Título original: *Love in the Afternoon*
Traducción: Ana Isabel Domínguez Palomo y María del Mar Rodríguez Barrena
1.ª edición: abril, 2013

© Lisa Kleypas, 2011
© Ediciones B, S. A., 2013
  para el sello B de Bolsillo
  Consell de Cent, 425-427 - 08009 Barcelona (España)
  www.edicionesb.com

Printed in Spain
ISBN: 978-84-9872-791-3
Depósito legal: B. 4.953-2013

Impreso por NOVOPRINT
           Energía, 53
           08740 Sant Andreu de la Barca - Barcelona

Amor en la tarde

LISA KLEYPAS

Para mi increíble e inteligente amiga Eloisa. Si se me permite parafrasearé a E. B. White: «No es frecuente que aparezca alguien que sea un verdadero amigo y un buen escritor.» Eloisa es ambas cosas.

Te quiere,

L. K.

Prólogo

A.A. Capitán Christopher Phelan
Primer Batallón de la Brigada de Fusileros
Cabo Mapan, Crimea

Junio de 1855

Queridísimo Christopher:
No puedo volver a escribirte.
No soy quien crees que soy.
Mi intención no era la de enviarte cartas de amor, pero en eso se han convertido. De camino hacia ti, mis palabras escritas se transforman en los latidos de mi corazón.
Vuelve, por favor, vuelve a casa y búscame.

Anónimo

1

Hampshire, Inglaterra
Ocho meses antes

Todo comenzó con una carta.

Para ser exactos, fue por la mención del perro.

—¿Qué pasa con el perro? —preguntó Beatrix Hathaway—. ¿De quién es el perro?

Su amiga Prudence, la beldad del condado de Hampshire, alzó la mirada de la carta que le había enviado su pretendiente, el capitán Christopher Phelan.

Aunque no era del todo apropiado que un caballero mantuviera correspondencia con una joven soltera, habían acordado intercambiarse las cartas a través de la cuñada de Phelan.

Prudence la miró con fingida seriedad.

—Hay que ver, Prudence, pareces más preocupada por un perro que por el capitán Phelan.

—El capitán Phelan no necesita que me preocupe por él —repuso Beatrix con pragmatismo—. Ya cuenta con la preocupación de todas las jóvenes casaderas de Hampshire. Además, él escogió ir a la guerra y estoy segura de que se lo está pasando en grande pavoneándose con su bonito uniforme.

11

—No es bonito en absoluto —fue la apenada réplica de Prudence—. De hecho, su nuevo regimiento tiene unos uniformes espantosos: muy sencillos, de color verde oscuro con botones negros, sin una pizca de dorado ni de encaje. Y cuando le pregunté por el motivo, el capitán Phelan me dijo que eran así para que los fusileros pudieran ocultarse mejor. Pero eso no tiene sentido alguno, ya que todo el mundo sabe que los soldados británicos son demasiado valientes y orgullosos como para esconderse durante una batalla. Pero Christopher... quiero decir, el capitán Phelan... el caso es que me dijo que tenía que ver con... En fin, usó una palabra que sonaba francesa...

—¿Camuflaje? —preguntó Beatrix, intrigada.

—Eso, ¿cómo lo sabes?

—Muchos animales tienen modos de camuflarse para evitar ser vistos. Los camaleones son un buen ejemplo. O el plumaje moteado de los búhos, que los ayuda a asemejarse al tronco de los árboles. De ese modo...

—¡Por Dios, Beatrix! No empieces con otra charla sobre los animales.

—No lo haré si me hablas del perro.

Prudence le dio la carta.

—Léelo tú misma.

—Pero, Pru —protestó Beatrix, al tiempo que las pulcras y pequeñas hojas caían en sus manos—, el capitán Phelan puede haberte escrito algo de índole personal.

—¡Ojalá tuviera esa suerte! Pero es deprimente. Sólo habla de batallas y de malas noticias.

Aunque Christopher Phelan era el último hombre a quien Beatrix defendería, se vio obligada a señalar:

—Está luchando en Crimea, Pru. No creo que haya muchas cosas alegres sobre las que escribir en tiempo de guerra.

—Bueno, nunca me han interesado los países extranjeros y tampoco he fingido que me interesaban.

Beatrix esbozó una sonrisa muy a su pesar.

—Pru, ¿estás segura de que quieres ser la esposa de un oficial del ejército?

—Bueno... pues claro... los oficiales que han comprado su posición casi nunca van a la guerra. Son caballeros de mundo muy elegantes, y si acceden a cobrar media paga, se libran de muchas obligaciones y apenas pasan tiempo con su regimiento. Ésa era la situación del capitán Phelan hasta que el Ministerio de Asuntos Exteriores lo reclamó. —Se encogió de hombros—. Supongo que las guerras nunca se organizan a gusto de nadie. Gracias a Dios que el capitán Phelan volverá pronto a Hampshire.

—¿Volverá pronto? ¿Cómo lo sabes?

—Mis padres dicen que la guerra terminará antes de Navidad.

—Yo también lo he oído. Aunque me pregunto si no estarán subestimando muchísimo las habilidades de los rusos... y sobrestimando las nuestras.

—¡Qué comentario más antipatriótico! —exclamó Prudence con un brillo risueño en los ojos.

—El patriotismo no tiene nada que ver con que el Ministerio de la Guerra, llevado por su entusiasmo, no planeara mejor su táctica antes de mandar a treinta mil hombres a la península de Crimea. Ni conocemos bien el lugar ni contamos con una buena estrategia para hacernos con el control.

—¿Cómo sabes tanto del tema?

—Leo el *Times*. Hay artículos sobre la guerra todos los días. ¿No lees los periódicos?

—La sección política no. Mis padres dicen que una joven educada no debe mostrar demasiado interés en esos temas.

—Mi familia habla de política durante la cena todas las noches, y mis hermanas y yo participamos. —Beatrix hizo una pausa deliberada antes de añadir con una sonrisa traviesa—: Incluso tenemos opiniones propias.

Prudence puso los ojos como platos.

—¡Por el amor de Dios! En fin, tampoco debería sorprenderme. Todo el mundo sabe que tu familia es... diferente.

«Diferente» era un apelativo mucho más agradable que los que solían utilizar para describir a la familia Hathaway. Los Hathaway eran cinco hermanos. Por orden de nacimiento: Leo, Amelia, Winnifred, Poppy y Beatrix. Tras la muerte de sus padres, los Hathaway habían tenido un grandísimo golpe de suerte. Aunque nacieron plebeyos, en su árbol genealógico existía una rama aristocrática a la que les unía un lejano parentesco. Gracias a una increíble sucesión de eventos inesperados, Leo heredó un vizcondado para el que no estaban preparados. Se habían mudado del pueblecito perdido de Primrose Place a la propiedad de Ramsay, en la zona sur del condado de Hampshire.

Después de seis años, los Hathaway habían conseguido aprender lo justo para hacerse un hueco en la alta sociedad. Sin embargo, ninguno había conseguido aprender a pensar como la aristocracia, ni había adquirido los valores o las afectaciones de la nobleza. Eran ricos, pero el dinero no era tan importante como la buena educación y los contactos. Y aunque cualquier otra familia en las mismas circunstancias habría intentado mejorar su situación social casándose con personas que estuvieran por encima en el escalafón social, de momento los Hathaway habían escogido casarse por amor.

En cuanto a Beatrix, había dudas de que alguna vez llegara a casarse. Sólo estaba medio civilizada, ya que pasaba casi todo el tiempo al aire libre, montando a caballo o paseando por los campos, las zonas pantanosas y los arroyos de Hampshire. Prefería la compañía de los animales a la de las personas, y se pasaba el tiempo coleccionando criaturas heridas y abandonadas para después devolverlas a la naturaleza. Las criaturas que no podían sobrevivir en libertad se convertían en mascotas y ella se ocupaba de cuidarlas. Al aire libre era feliz y se sentía realizada. De puertas para adentro, la vida no era tan perfecta.

Beatrix era cada vez más consciente de que la embargaba una sensación de disconformidad. De anhelo. El problema era que no había conocido al hombre adecuado para ella. Ninguno de los paliduchos petimetres que había conocido en los salones londinenses le resultaba adecuado, por supuesto. Y aunque los hombres robustos de la campiña le parecían más interesantes, ninguno tenía esa cualidad innombrable que anhelaba. Soñaba con un hombre cuya voluntad igualara la suya. Quería que la quisieran con pasión... que la pusieran a prueba... que la conquistaran...

Beatrix miró la carta doblada que tenía en las manos.

No se trataba de que Christopher Phelan le cayera mal, sino que sabía que él se oponía a todo lo que ella era. Sofisticado y privilegiado desde la cuna, el capitán se movía como pez en el agua en el civilizado ambiente que a ella le resultaba tan desconocido. Era el segundo hijo de una familia acomodada de la zona; su abuelo materno era un conde y la familia de su padre había conseguido su fortuna mediante una naviera.

Aunque los Phelan no estaban en la línea de sucesión al título, el hijo mayor, John, heredaría la propiedad de Riverton, en Warwickshire, cuando el conde muriera. John era un hombre serio e inteligente, entregado a su esposa, Audrey.

Sin embargo, el hermano menor, Christopher, era harina de otro costal. Como suele ser habitual en el caso de los hijos menores, Christopher se alistó en el ejército a los veintidós años. Comenzó como corneta, un puesto perfecto para un hombre tan apuesto, dado que su responsabilidad era portar el estandarte del regimiento en los desfiles y durante la instrucción. Era uno de los caballeros predilectos de las damas en Londres, adonde solía acudir sin el pertinente permiso de sus superiores y donde pasaba el tiempo bailando, bebiendo, jugando, comprando ropa de calidad y enzarzándose en escandalosas aventuras amorosas.

Beatrix se había encontrado a Christopher Phelan en dos

ocasiones; la primera durante un baile local, donde tuvo la impresión de que era el hombre más arrogante de todo Hampshire. Y la segunda, en una merienda al aire libre, durante la cual había modificado su opinión: era el hombre más arrogante sobre la faz de la tierra.

—Esa Hathaway es una muchacha muy peculiar —escuchó que Christopher Phelan le decía a su acompañante.

—Pues yo creo que es encantadora y original —protestó su amigo—. Y puede hablar sobre caballos mejor que cualquier otra mujer que haya conocido.

—No me extraña —fue la cínica respuesta de Phelan—. Debería estar en un establo, no en un salón de baile.

A partir de ese momento, Beatrix lo había evitado siempre que le era posible. No le importaba que la hubiera comparado, aunque de forma sutil, con un caballo, más que nada porque los caballos eran animales nobles con un espíritu también noble y generoso. Y aunque sabía que no era una belleza, tenía sus encantos. Más de un hombre había halagado su pelo castaño oscuro y sus ojos azules.

No obstante, dichos encantos no tenían ni punto de comparación con el esplendor dorado de Christopher Phelan. Era tan guapo como Lancelot. O Gabriel. O tal vez Lucifer, siempre y cuando se creyera que había sido uno de los ángeles más hermosos del Cielo. Phelan era alto y tenía los ojos plateados; su pelo era de color rubio dorado. Su complexión era fuerte y recia, con hombros anchos y caderas estrechas. Aunque se movía con elegancia indolente, poseía un aura poderosa, como la de un depredador, y un tanto egoísta.

Poco tiempo antes, Phelan, junto a unos cuantos oficiales más de diversos regimientos, había sido elegido para formar parte de la Brigada de Fusileros. Los «fusileros», como se hacían llamar, eran un cuerpo especial, entrenados para actuar por iniciativa propia. Se les animaba a ponerse a la vanguardia de sus propias líneas y a eliminar a oficiales y caballos que en situaciones normales estarían más allá del alcance de los fusiles. Debido a su gran puntería, Phelan había sido ascendido a capitán de Brigada.

Beatrix pensaba con cierta sorna que a Phelan posiblemente no le hubiera hecho gracia alguna el ascenso. Sobre todo porque se había visto obligado a cambiar el bonito uniforme de húsar, con el dolmán negro y los alamares dorados, por una chaqueta verde oscura sin adornos.

—Te doy permiso para que la leas —dijo Prudence mientras se sentaba delante de su tocador—. Tengo que retocarme el peinado antes de salir a pasear.

—Tienes el pelo estupendo —protestó Beatrix, que no vio problema alguno en el elaborado moño de trencitas rubias—. Y sólo vamos a dar un paseo por el pueblo. Ninguno de los lugareños se fijará en tu peinado para ver si está o no perfecto. No les importará en lo más mínimo.

—A mí sí me importa. Además, nunca se sabe con quién nos podemos encontrar.

Acostumbrada como estaba al acicalamiento constante de su amiga, Beatrix meneó la cabeza con una sonrisa en los labios.

—Muy bien. Si estás segura de que no te importa que lea la carta del capitán Phelan, leeré la parte del perro.

—Te quedarás dormida mucho antes de llegar a esa parte —la avisó Prudence, que se colocó una horquilla con mucha pericia para sujetar una trenza.

Beatrix examinó las líneas que componían la carta. Las palabras estaban muy apretujadas, como muelles comprimidos preparados para saltar de la página.

Querida Prudence:

Estoy sentado en una polvorienta tienda, intentando encontrar algo elocuente que escribir. No tengo ni idea. Debería escribir palabras bonitas, pero sólo se me ocurre esto: la llevo todo el día en mi pensamiento. Pienso en esta carta entre sus manos y en el perfume de su muñeca.

17

Anhelo el silencio y poder respirar aire puro, y una cama con una almohada blanca de plumas...

Beatrix enarcó las cejas y sintió una oleada de calor bajo el escote alto de su vestido. Dejó de leer para mirar a Prudence.

—¿Esto te parece aburrido? —le preguntó con voz serena, aunque el rubor se extendía por su piel como el vino tinto sobre un mantel.

—El principio es la única parte buena —contestó Prudence—. Sigue.

Hace dos días, mientras nos dirigíamos a Sebastopol, nos enfrentamos a los rusos en el río Alma. Me han dicho que salimos vencedores. Pero a mí no me lo parece. Hemos perdido al menos dos tercios de los oficiales de nuestro regimiento y un cuarto de la tropa. Ayer cavamos las tumbas. Al recuento final de muertos y heridos lo llaman «la factura del carnicero». De momento hay trescientos sesenta británicos muertos, pero morirán más a causa de sus heridas.

Uno de los caídos, el capitán Brighton, llevaba consigo un terrier muy terco llamado *Albert,* que tiene que ser el perro peor educado de toda la historia. Después de que enterráramos a Brighton, el perro se sentó junto a su tumba y estuvo gimiendo durante horas, y también intentó morder a todo aquel que se le acercaba. Cometí el error de ofrecerle un trocito de galleta y ahora esa maldita criatura me sigue a todas partes. Ahora mismo está sentado en mi tienda, mirándome con ojos de desquiciado. Casi nunca deja de gemir. Cada vez que me acerco, intenta morderme el brazo. Quiero pegarle un tiro, pero estoy cansado de matar.

Hay familias llorando por las vidas que he quitado. Hijos, hermanos, padres... Me he ganado un lugar en el infierno por todo lo que he hecho, y eso que la guerra acaba de empezar. Estoy cambiando, y no para mejor. El hombre a quien conocía ha desaparecido, y me temo que no le guste tanto el que ha ocupado su lugar.

El olor de la muerte, Prudence... está por todas partes.

El campo de batalla está sembrado de cuerpos desmembrados, de ropa, de suelas de botas... Imagínese la clase de explosión necesaria para arrancarle la suela de los zapatos. Dicen que después de una batalla, las flores silvestres crecen como nunca... la tierra está tan abierta y removida que permite que las nuevas semillas germinen mejor. Quiero llorar, pero no hay lugar para el llanto. Ni tiempo. Tengo que encerrar los sentimientos en alguna parte.

¿Sigue habiendo un lugar pacífico en el mundo? Por favor, escríbame. Cuénteme lo que está bordando o cuál es su canción preferida. ¿Está lloviendo en Stony Cross? ¿Han comenzado a cambiar las hojas de color?

Atentamente,

CHRISTOPHER PHELAN

Cuando Beatrix terminó de leer la carta, se percató de que la abrumaba una sensación muy peculiar, una especie de compasión desconcertada que le oprimía el corazón.

No le parecía posible que semejante carta estuviera escrita por el arrogante Christopher Phelan. No era lo que había esperado. Destilaba una vulnerabilidad y un anhelo que le habían llegado al alma.

—Tienes que responderle, Pru —dijo al tiempo que doblaba la carta con muchísimo más cuidado del que había demostrado antes.

—No pienso hacerlo. Sólo serviría para alentarlo a seguir quejándose. Guardaré silencio y tal vez eso lo lleve a escribir sobre algo más alegre la próxima vez.

Beatrix frunció el ceño.

—Sabes perfectamente que el capitán Phelan no me cae

demasiado bien, pero esta carta... Se merece tu compasión, Pru. Escríbele unas cuantas líneas. Unas cuantas palabras de consuelo. No tardarás nada. Y en cuanto al perro, puedo darle unos consejos...

—No pienso escribir nada sobre ese dichoso perro. —Prudence suspiró con impaciencia—. Escríbele tú.

—¿Yo? No quiere saber de mí. Cree que soy peculiar...

—Pues no sé por qué. Sólo porque llevaste a *Medusa* a la merienda al aire libre...

—Está muy bien educada —se defendió Beatrix.

—El caballero cuya mano quedó como un alfiletero no era de la misma opinión.

—Eso fue porque intentó cogerla de forma incorrecta. Cuando se coge un erizo...

—No, no te esfuerces en explicármelo porque no pienso coger uno. En cuanto al capitán Phelan... si tanto te ha emocionado, escribe tú la respuesta y firma con mi nombre.

—¿No se dará cuenta de que la letra es distinta?

—No, porque todavía no le he escrito.

—Pero no es mi pretendiente —protestó Beatrix—. No sé nada de él.

—En realidad, sabes tanto como yo. Conoces a su familia y eres amiga íntima de su cuñada. Además, tampoco diría que el capitán Phelan es mi pretendiente. Al menos, no el único. No pienso prometerle que voy a casarme con él hasta que regrese de la guerra con todas sus extremidades intactas. Me niego a tener un marido al que haya que llevar en silla de ruedas toda la vida.

—Pru, tienes la sensibilidad de una piedra.

La aludida sonrió.

—Al menos soy sincera.

Beatrix la miró con expresión indecisa.

—¿De verdad estás dejando en manos de una amiga la composición de una carta de amor?

Prudence descartó sus palabras con un gesto de la mano.

—Una carta de amor no. No había ni rastro de amor en la carta que él me ha enviado. Tú escríbele algo alegre, algo que lo anime.

Beatrix buscó a tientas el bolsillo de su vestido de paseo y se guardó la carta. En su cabeza discutía los pros y los contras, diciéndose que, cuando se hacía algo moralmente cuestionable por un buen motivo, nunca acababa bien. Claro que... era incapaz de librarse de la imagen que se había formado en su cabeza, la de un soldado exhausto escribiendo una carta a toda prisa en la intimidad de su tienda, con ampollas en las manos tras haber cavado las tumbas de sus compañeros. Y la de un perro sucio y desaliñado gimiendo en un rincón.

Se sentía muy inadecuada para encargarse de la tarea de escribirle. Y sospechaba que a Prudence le sucedía lo mismo.

Intentó imaginarse lo que sentiría Christopher después de haber abandonado su cómoda vida y encontrarse en un mundo donde veía amenazada su supervivencia día a día. Minuto a minuto. Le resultaba imposible imaginarse a un hombre tan guapo y consentido como Christopher Phelan enfrentándose al peligro y a las penalidades. Al hambre. A la soledad.

Beatrix miró a su amiga con expresión pensativa mientras sus miradas se encontraban en el espejo.

—¿Cuál es tu canción preferida, Pru?

—La verdad es que no tengo una en especial. Dile cuál es la tuya.

—¿No deberíamos decírselo a Audrey? —preguntó, refiriéndose a la cuñada de Phelan.

—Claro que no. Audrey tiene un problema de sinceridad. No mandaría la carta si se llega a enterar de que no la he escrito yo.

Beatrix emitió un sonido que pudo ser una carcajada o un gemido.

—Yo no diría que eso es un problema de sinceridad. Por favor, Pru, cambia de idea y contéstale. Sería muchísimo más fácil.

Sin embargo, Prudence solía cerrarse en banda cuando intentaban obligarla a hacer algo, y ese caso no fue una excepción.

—Más fácil para todos menos para mí —replicó con sequedad—. Estoy segura de que no sé contestar a semejante carta. Seguramente ya se le habrá olvidado que la escribió. —Se volvió hacia el espejo y se aplicó un poquito de bálsamo labial rosado.

Prudence era guapísima. Tenía un rostro ovalado, cejas finas y arqueadas, y unos grandes ojos verdes. Sin embargo, el espejo reflejaba a una persona muy pequeña. Era imposible adivinar lo que Prudence sentía de verdad por Christopher Phelan. Una cosa era segura: era mejor contestar, con independencia de lo acertado del contenido, a dar la callada por respuesta. Porque en ocasiones el silencio podía hacer tanto daño como una bala.

En la intimidad de su dormitorio de Ramsay House, Beatrix se sentó a su escritorio y mojó la pluma en la tinta azul marino. Una gata gris de tres patas llamada *Suerte* estaba tumbada en una esquina del escritorio, mirándola con expresión atenta. El erizo que mantenía como mascota, *Medusa*, ocupaba la otra esquina. *Suerte*, como criatura sensible que era, nunca molestaba al diminuto erizo.

Después de consultar la carta de Phelan, Beatrix escribió:

A.A. Capitán Christopher Phelan
Primer Batallón de la Brigada de Fusileros
Campamento de la 2.ª División, Crimea

17 de octubre de 1854

Se detuvo para acariciar la pata delantera que le quedaba a *Suerte* con un dedo.

—¿Cómo empezaría Pru una carta? —se preguntó en voz alta—. ¿Pondría «estimado»? ¿«Querido»?

Frunció la nariz al pensarlo.

No se le daba bien escribir cartas. Aunque procedía de una familia muy elocuente, siempre había preferido el instinto y la acción por encima de las palabras. De hecho, era capaz de averiguar más cosas sobre una persona durante un breve paseo al aire libre que durante una larguísima conversación en cualquier salón.

Después de considerar varias formas de escribirle a un desconocido mientras se hacía pasar por otra persona, se dio por vencida.

—¡A la porra! Escribiré como me dé la gana. Seguramente esté demasiado cansado después de la batalla como para darse cuenta de que la carta no se parece en nada a Pru.

Suerte apoyó la cabeza en el escritorio junto a la pata, entornó los párpados y comenzó a ronronear.

Mientras, Beatrix empezó a escribir.

Querido Christopher:

He leído los informes acerca de la batalla del río Alma. Según la crónica del señor Russell, corresponsal del *Times*, otros dos soldados de la Brigada de Fusileros y usted se adelantaron al regimiento de la Guardia de Coldstream y dispararon a varios oficiales enemigos, consiguiendo así provocar el caos entre sus filas. El señor Russell también ha contado con admiración que los fusileros no retrocedieron ni agacharon la cabeza cuando las balas comenzaron a silbar.

Si bien comparto la admiración que destilaba el artículo, estimado señor, me gustaría decirle que, en mi opinión, si agacha la cabeza cuando le disparan, no estará poniendo en peligro su valor. Agáchese, esquive, pegue un brinco o, a ser posible, escóndase detrás de una piedra. ¡Le prometo que no pensaré mal de usted!

¿Sigue *Albert* con usted? ¿Sigue mordiéndole? Según mi amiga Beatrix (la que se lleva erizos a las meriendas al aire libre), el perro está recibiendo demasiados estímulos y tiene miedo. Como los perros son lobos en el fondo y necesitan un líder en la manada, usted debe establecer su dominancia. Cada vez que intente morderle, cójalo del hocico, apriete un poco y dígale «No» con voz firme.

Mi canción preferida es *Más allá de las colinas, en tierras lejanas.* Ayer llovió en Hampshire, una suave tormenta de otoño que apenas arrancó las hojas de los árboles. Las dalias ya se han marchitado y las heladas han acabado con los crisantemos, pero el aire huele maravillosamente bien, a hojas secas, madera húmeda y manzanas maduras. ¿Se ha dado cuenta de que cada mes tiene un olor característico? En mi opinión, mayo y octubre son los meses que mejor huelen.

Me ha preguntado si queda algún lugar pacífico sobre la faz de la tierra, y mucho me temo que tengo que decirle que Stony Cross no es ese lugar. Hace poco, el burro del señor Mawdsley se escapó de su cuadra, corrió por el camino y consiguió colarse en un pasto cercado. La yegua del señor Caird pastaba tranquilamente cuando el malvado truhán se aprovechó de ella. Tal parece que la yegua ha concebido y se está fraguando una guerra entre Caird, que exige una compensación económica, y Mawdsley, que dice que si la cerca estuviera en mejor estado, el encuentro clandestino no habría tenido lugar. Lo peor de todo es que se ha sugerido que la yegua es una fresca y una ligera de cascos que no defendió su virtud con el ímpetu adecuado.

¿De verdad cree que se ha ganado un lugar en el infierno...? Yo no creo que el infierno exista, al menos en la otra vida. Creo que el infierno es creación del hombre y que lo padecemos en esta vida.

También me ha dicho que el caballero a quien yo conocía ha desaparecido. Ojalá pudiera ofrecerle más consuelo que decirle que no importa lo mucho que haya cambiado, porque seguirá siendo bienvenido a su regreso. Haga lo que tenga que hacer. Si eso le sirve, encierre sus sentimientos de momento bajo llave. Tal vez llegue el día en el que podamos liberarlos juntos.

Atentamente,

PRUDENCE

Beatrix nunca había engañado a otra persona adrede. Se habría sentido muchísimo más cómoda escribiéndole a Phelan con su propio nombre. Pero todavía recordaba las cosas que había dicho de ella. Seguro que no quería recibir una carta de la «peculiar» Beatrix Hathaway. Había pedido una carta a la guapa y rubia Prudence Mercer. Además, ¿no era mejor una carta escrita con nombre falso a no recibir carta alguna? Un hombre en la situación de Christopher necesitaba todas las palabras de aliento que pudieran darle.

El pobre necesitaba saber que le importaba a alguien.

Y, por algún motivo, después de haber leído su carta, Beatrix descubrió que a ella le importaba.

2

La luna llena del mes de septiembre, el mes de la cosecha, llegó acompañada de un tiempo seco y un cielo despejado, y los arrendatarios y los trabajadores de Ramsay recogieron la cosecha más abundante que se recordaba. Al igual que los demás habitantes de la propiedad, Beatrix estuvo muy ocupada con la cosecha y con las celebraciones posteriores. Una cena multitudinaria al aire libre y un baile. Ambos eventos tuvieron lugar en Ramsay House y asistieron más de mil invitados entre los que se incluían los arrendatarios, la servidumbre y los habitantes del pueblo.

Para decepción de Beatrix, Audrey Phelan no asistió, ya que John, su marido, sufría de una tos persistente. Así que Audrey se quedó en casa, cuidándolo.

«El médico nos ha prescrito un medicamento que ya empieza a hacerle efecto», le había escrito Audrey. «Pero nos ha advertido de que precisa guardar cama para poder recuperarse por completo.»

A finales de noviembre, Beatrix fue a casa de los Phelan dando un paseo por un sendero que se internaba en el bosque, flanqueado por robles retorcidos y hayas de extensas copas. Las oscuras hojas de los árboles parecían haber sido espolvoreadas con azúcar. A medida que el sol asomaba entre las nubes, sus rayos se reflejaban en la escarcha. Las suelas de los gruesos zapatos de Beatrix aplastaban la alfombra helada que formaban las hojas secas y el musgo.

La casa de los Phelan, un antiguo pabellón real de caza, estaba tapizada por la hiedra y se emplazaba en el centro de cuatro hectáreas de bosque. El sendero llevó a Beatrix hasta un coqueto camino empedrado que rodeaba la casa y llevaba hasta la puerta principal.

—Beatrix... —la llamó alguien en voz baja.

Al volverse vio a Audrey Phelan sentada en un banco de piedra.

—¡Ah, hola! —exclamó con alegría—. Como hacía días que no te veía, he pensado que... —Dejó la frase en el aire al percatarse del aspecto de su amiga.

Audrey llevaba un vestido mañanero muy sencillo y de un color grisáceo que se confundía con los colores de la arboleda. Estaba tan quieta y tan callada que Beatrix no había reparado en ella hasta que la llamó.

Eran amigas desde hacía tres años, cuando Audrey se casó con John y se mudó a Stony Cross. Había cierto tipo de amiga a quien se visitaba cuando no existían problemas: Prudence, en su caso. Sin embargo, también había otro tipo de amiga a quien se visitaba en las épocas difíciles: ésa era Audrey.

Beatrix frunció el ceño al ver la palidez de su amiga, en vez de su saludable color de cara, y en ese momento reparó en que tenía los ojos y la nariz enrojecidos e hinchados.

Preocupada, señaló:

—No llevas capa ni chal.

—Estoy bien —murmuró Audrey, si bien le temblaban los hombros. Meneó la cabeza e hizo un gesto con la mano al ver que Beatrix se quitaba la capa y se la echaba por los hombros para cubrir su delgada figura—. No, Bea, no...

—La caminata me ha dejado acalorada —le aseguró mientras se sentaba a su lado en el helado banco de piedra. Se produjo un momentáneo silencio, durante el cual vio que su amiga tragaba saliva. Algo terrible había sucedido. Esperó con el corazón en un puño, obligándose a tener paciencia—. Audrey —dijo a la postre—, ¿le ha pasado algo al capitán Phelan?

Su amiga la miró con expresión perdida, como si intentara descifrar un idioma desconocido.

—Al capitán Phelan... —repitió en voz baja, tras lo cual negó con la cabeza—. No, por lo que sabemos Christopher está bien. De hecho, ayer nos llegó un fajo de cartas suyas. Una de ellas es para Prudence.

El alivio al escuchar esas palabras fue casi abrumador.

—Si quieres, yo se la llevo —se ofreció, disimulando su interés.

—Te lo agradezco —aceptó Audrey mientras se retorcía una y otra vez los dedos que mantenía en el regazo.

Beatrix alargó un brazo y le cubrió las manos.

—¿Ha empeorado la tos de tu marido?

—El médico se fue hace un rato. —Audrey respiró hondo y añadió, desconcertada—: John tiene tuberculosis.

Beatrix le dio un apretón en las manos.

Ambas guardaron silencio mientras las ramas de los árboles crujían por el gélido azote del viento.

La gravedad de las noticias era tan injusta que resultaba difícil de asimilar. John Phelan era un buen hombre, el primero en acudir en cuanto alguien necesitaba ayuda. Había sufragado el tratamiento médico de la esposa de uno de sus arrendatarios porque ellos no se lo podían permitir; había puesto su piano a disposición de los niños del vecindario para que recibieran clases; y había colaborado en la reconstrucción del obrador de Stony Cross que había ardido hasta los cimientos. En todas esas ocasiones se había mostrado discreto y un tanto avergonzado, como si temiera que lo pescaran haciendo una buena obra. ¿Por qué tenía que sufrir de esa forma un hombre como John?

—No es una sentencia de muerte —le recordó Beatrix a

su amiga al cabo de un rato—. Algunos sobreviven a la enfermedad.

—Uno de cada cinco —precisó Audrey, arrastrando las palabras.

—Tu marido es joven y fuerte. Y alguien tendrá que ser ese uno de cada cinco. Ya verás como es John.

Audrey logró asentir con la cabeza, pero no replicó.

Ambas sabían que la tuberculosis era una enfermedad particularmente virulenta que destrozaba los pulmones y ocasionaba terribles pérdidas de peso, además de una fatiga constante. Pero lo peor era la extenuante tos, que se volvía más persistente con el paso del tiempo e iba acompañada de esputos sanguinolentos hasta que los pulmones se llenaban tanto de líquido que el enfermo era incapaz de respirar.

—Mi cuñado Cam sabe mucho de hierbas y medicinas —comentó Beatrix—. Su abuela era la sanadora de su tribu.

—¿Un remedio gitano? —preguntó Audrey, cuestionando la sugerencia.

—Debéis intentarlo todo, cualquier cosa —insistió ella—. Incluyendo un remedio gitano. Los romaníes viven en comunión con la naturaleza y conocen su potencial sanador. Le diré a Cam que prepare un tónico que ayude a los pulmones del señor Phelan a...

—Es posible que John se niegue a tomarlo —la interrumpió su amiga—. Y su madre tampoco lo tolerará. Los Phelan son personas muy convencionales. Si el tónico no procede del maletín de un médico o de la botica, no aprobarán su uso.

—De todas formas, le diré a Cam que me dé algo.

Audrey ladeó la cabeza hasta dejarla apoyada en el hombro de Beatrix.

—Bea, eres una buena amiga. Voy a necesitar tu apoyo durante los próximos meses.

—Ya lo tienes —replicó sin más.

Una nueva ráfaga de viento azotó el lugar, colándose por las mangas de Beatrix. Audrey se obligó a abandonar la ofuscada tristeza que la embargaba y se puso en pie, tras lo cual le devolvió la capa.

—Vamos dentro y te daré la carta de Pru.

El interior de la casa era acogedor y estaba muy calentito, gracias a los techos bajos de madera y a las ventanas con sus gruesos cristales, que permitían el paso de la grisácea luz invernal. Parecía que todos los hogares de la casa estaban encendidos, y el calor se propagaba de forma muy agradable por las ordenadas habitaciones. En casa de los Phelan, todo era sencillo y elegante. Los muebles eran señoriales y habían alcanzado una edad venerable.

Una criada de aspecto apocado se acercó para hacerse cargo de la capa de Beatrix.

—¿Dónde está tu suegra? —quiso saber ella mientras seguía a Audrey en dirección a la escalera.

—Está descansando en su dormitorio. La noticia la ha afectado mucho. —Se produjo una brevísima pausa—. John siempre ha sido su preferido.

Beatrix estaba al tanto de ese detalle, como casi todos los habitantes de Stony Cross. La señora Phelan adoraba a sus dos hijos, los únicos que le quedaban después del fallecimiento de sus otros dos hijos que murieron cuando eran pequeños, y de una niña que nació muerta. Sin embargo, era de John de quien se sentía más orgullosa y de quien más ambicionaba. Por desgracia, ninguna mujer habría sido buena como esposa de John a ojos de su madre. Audrey había padecido terribles críticas durante los tres años de su matrimonio, sobre todo en lo concerniente a su incapacidad para concebir.

Subieron la escalera, flanqueada por retratos familiares de gruesos marcos dorados. La mayoría era de los Beauchamp, la rama aristocrática de la familia. Era inevitable reparar en la extraordinaria belleza de los Beauchamp, que se había heredado de generación en generación. Narices estrechas, ojos resplandecientes y abundante pelo.

Al llegar a la parte superior de la escalera escucharon un

ataque de tos procedente del fondo del pasillo. El desgarrador sonido llevó a Beatrix a hacer una mueca compasiva.

—Bea, ¿te importa esperar un momento? —le preguntó Audrey, presa de la ansiedad—. Tengo que ir a ver a John, es la hora de su medicina.

—Sí, por supuesto.

—El dormitorio de Christopher, el que ocupa cuando nos visita, es éste. He dejado la carta en la cómoda.

—Yo la cojo.

Audrey se marchó para atender a su marido mientras Beatrix entraba en el dormitorio de Christopher, no sin antes asomarse por la puerta para echarle un vistazo al interior.

La estancia estaba en penumbras. Se acercó para descorrer una de las gruesas cortinas, de modo que la luz del día se derramó sobre la alfombra, conformando un brillante rectángulo. La carta descansaba en la cómoda. La cogió emocionada, deseando romper el sello.

Sin embargo se reprendió, estaba dirigida a Prudence.

Soltó un suspiro impaciente mientras se guardaba la carta en el bolsillo de su vestido de paseo y se demoró para echarle un vistazo a la cómoda, a los objetos colocados con gran pulcritud en una bandeja de madera.

Una brocha de afeitar con mango de plata... una navaja de afeitar de hoja plegable... una jabonera vacía... una cajita de porcelana con tapa de plata. Incapaz de resistirse, levantó la tapa para ver el interior. Descubrió tres pares de gemelos, dos de plata y uno de oro, la cadena de un reloj y un botón de bronce. Después de cerrar la cajita, cogió la brocha de afeitar y se la llevó con curiosidad a la mejilla. Las cerdas eran suaves, sedosas. El ligero movimiento de la brocha liberó un agradable olor. A jabón de afeitar con una nota amaderada.

Se acercó la brocha a la nariz y aspiró el olor... Una fragancia intensamente masculina. A cedro, lavanda y laurel. Se imaginó a Christopher extendiéndose el jabón por la cara, torciendo la boca hacia un lado y realizando todo el ritual de muecas que tantas veces había visto hacer a su padre y a su hermano mientras se afeitaban.

—¿Beatrix?

Soltó la brocha sintiéndose culpable y salió al pasillo.

—He encontrado la carta —dijo—. He descorrido las cortinas, volveré a correrlas y...

—¡Ah, no te preocupes! Deja que entre la luz. Odio las habitaciones oscuras. —Esbozó una tensa sonrisa—. John se ha tomado la medicina —añadió—. Lo adormila. Así que mientras descansa, bajaré a hablar con la cocinera. A John le apetecen natillas.

Bajaron juntas la escalera.

—Gracias por llevarle la carta a Prudence —dijo Audrey.

—Es muy amable por tu parte ofrecerte para que puedan mantener correspondencia.

—No es nada. Accedí a hacerlo por Christopher. La verdad es que me sorprende que Prudence se moleste siquiera en contestarle.

—¿Por qué lo dices?

—Porque creo que le importa un comino. Se lo advertí a Christopher antes de que se marchara, pero estaba tan impresionado por su belleza y su alegría que al final se convenció de que entre ellos había algo sincero.

—Pensaba que Prudence te caía bien.

—Me cae bien. Bueno, o al menos lo intento. Por ti. —Esbozó una sonrisa torcida al ver la expresión de Beatrix—. He decidido que quiero parecerme a ti, Bea.

—¿A mí? Qué disparate. ¿No te has dado cuenta de lo rara que soy?

La sonrisa de Audrey se ensanchó y, por un instante, volvió a ser la joven alegre que había sido antes de que su marido enfermara.

—Aceptas a la gente tal como es. Creo que tratas a las personas como a tus animales, con paciencia, observando sus hábitos y sus necesidades, sin juzgarlas.

—En el caso de tu cuñado no fue así. Lo juzgué muy mal —le recordó Beatrix, arrepentida.

—La gente debería ser más severa con él —comentó Audrey, aún sonriendo—. Eso mejoraría su carácter.

La carta cerrada que llevaba en el bolsillo era un tormento para Beatrix. Volvió a casa deprisa, ensilló un caballo y puso rumbo a Mercer House, una construcción de diseño intrincado con torretas, un porche con columnas talladas y vidrieras de colores en las ventanas.

Prudence, que se acababa de levantar, ya que la noche anterior había asistido a un baile y se había acostado a las tres de la madrugada, la recibió ataviada con una bata de terciopelo adornada con metros y metros de encaje blanco.

—¡Ay, Bea, deberías haber venido al baile de anoche! Había muchísimos caballeros guapos, incluyendo un destacamento de caballería que se marchará a Crimea dentro de dos días. ¡Estaban deslumbrantes con sus uniformes!

—Vengo de ver a Audrey —dijo Beatrix casi sin aliento mientras entraba en el gabinete privado de la planta alta y cerraba la puerta—. El pobre señor Phelan no se encuentra bien y... en fin, ya te lo contaré luego. Antes... ¡tienes carta del capitán Phelan!

Prudence aceptó la carta con una sonrisa.

—Gracias, Bea. Y siguiendo con lo que te contaba de los oficiales que conocí anoche, un teniente moreno me invitó a bailar y...

—¿No vas a leerla? —la interrumpió ella, abatida al ver que dejaba la carta en una mesita auxiliar.

Prudence esbozó una sonrisa misteriosa.

—Vaya, vaya... te veo un poco impaciente. ¿Quieres que la lea ahora mismo?

—Sí —contestó al tiempo que se sentaba en una silla tapizada con una tela estampada con flores.

—Pero antes quiero contarte lo del teniente.

—Lo del teniente me importa un pimiento, quiero saber qué cuenta el capitán Phelan.

Prudence rio entre dientes.

—No te había visto tan emocionada desde el año pasado, cuando le robaste a lord Campdon el zorro que importó de Francia.

—No lo robé, lo rescaté. Mira que importar un zorro para una cacería... no es muy deportivo que digamos. —Señaló la carta—. ¡Ábrela!

Prudence rompió el sello, ojeó la carta y meneó la cabeza, como si no diera crédito.

—¡Ahora me escribe de no sé qué mulas! —Puso los ojos en blanco y le dio la carta a Beatrix.

A.A. Señorita Prudence Mercer
Stony Cross
Hampshire, Inglaterra

7 de noviembre de 1854

Querida Prudence:

Pese a los artículos que describen a los soldados británicos como hombres impávidos ante el peligro, le aseguro que cuando los fusileros nos encontramos bajo el fuego enemigo, nos agachamos, brincamos y corremos para ponernos a cubierto. Gracias a sus consejos, ahora también esquivo las balas y les hago el quite con gran éxito. En mi opinión, la antigua fábula ha resultado incierta: en ocasiones es preferible ser la liebre en vez de la tortuga.

El 24 de octubre libramos una batalla en el puerto sureño de Balaclava. La Brigada Ligera recibió órdenes de cargar directamente sobre una batería de cañones rusos por motivos que se nos escapaban a todos. Cinco regimientos de caballería acabaron destrozados, ya que no contaron con refuerzo alguno. Perdimos a doscientos hombres y casi cuatrocientos caballos en veinte minutos. El 5 de noviembre se produjo otra batalla en Inkerman.

Fuimos a rescatar a los soldados que quedaron atrapados en el campo de batalla antes de que los rusos llegaran hasta ellos. *Albert* me acompañó bajo una lluvia de balas y cañonazos, y me ayudó a localizar a los heridos para poder ponerlos a salvo. Mi mejor amigo del regimiento murió.

Por favor, Pru, dale las gracias a tu amiga Beatrix por sus consejos sobre *Albert*. Ya no muerde tanto, a mí casi nunca, aunque les ha dado algún que otro mordisco a los que entran en la tienda.

¿Mayo y octubre son los meses que mejor huelen? Yo voto por diciembre: pino, nieve, el humo de la chimenea y canela. En cuanto a tu canción favorita, ¿sabes que *Más allá de las colinas* es el himno oficial de la Brigada de Fusileros?

Parece que casi todo el mundo ha caído víctima de alguna enfermedad menos yo. No tengo síntomas de cólera ni del resto de enfermedades que han azotado a las dos divisiones. Tengo la impresión de que debería fingir algún tipo de problema digestivo en aras de la decencia.

En cuanto a la disputa del burro: aunque me solidarizo con Caird y su yegua de moral distraída, me siento obligado a señalar que el nacimiento de una mula no es un mal resultado. Las mulas son más dóciles que los caballos, por regla general padecen menos enfermedades y, lo mejor de todo, sus orejas son muy expresivas. No son tan cabezotas como los burros, siempre y cuando se las sepa manejar. Si mi aparente cariño por estos animales te resulta sorprendente, lo entenderás cuando te cuente que de pequeño tuve una llamada *Héctor*, en honor al personaje de la *Ilíada*.

Jamás te impondría la obligación de pedirte que me esperes, Pru, pero sí te pido que vuelvas a escribirme. He leído tu última carta tantas veces que he perdido la cuenta.

No sé por qué, pero ahora me resultas más real que nunca, pese a los tres mil kilómetros que nos separan.

Tu siempre fiel,

CHRISTOPHER

P. D.: Te envío un esbozo de *Albert*.

A medida que leía, Beatrix se sintió preocupada, conmovida y tan emocionada que se le cayeron las medias.

—Déjame contestarle y firmar con tu nombre —le suplicó—. Una carta más. Por favor, Pru. Te la enseñaré antes de enviársela.

Prudence estalló en carcajadas.

—La verdad, esto es lo más tonto que... ¡En fin! Si te hace ilusión, escríbele otra carta más.

Durante la siguiente media hora, Beatrix participó en una irrelevante conversación sobre el baile, los invitados que habían asistido y los últimos cotilleos procedentes de Londres. Se guardó la carta de Christopher Phelan en el bolsillo y se quedó de piedra al tocar un objeto extraño. Un mango metálico... y el suave roce de las cerdas de una brocha de afeitar. Se quedó blanca al comprender que se había metido sin querer en el bolsillo la brocha de afeitar que debería haber dejado en la cómoda.

Su problema había regresado.

Sin saber muy bien cómo, se las arregló para seguir sonriendo y charlando tranquilamente con Prudence, disimulando el torbellino que se agitaba en su interior.

Siempre que algo la ponía nerviosa y la preocupaba, se guardaba en el bolsillo algún objeto pequeño mientras estaba en alguna tienda o de visita en casa de algún conocido. Le sucedía desde que sus padres murieron. A veces, no era consciente de que había cogido algo, pero en otras ocasiones la compulsión era tan fuerte que empezaba a sudar y a temblar hasta que acababa claudicando.

El problema nunca había sido el robo de los objetos en sí. Las dificultades se presentaban a la hora de devolverlos. Beatrix y su familia siempre se las habían arreglado para dejarlos en sus lugares correspondientes. Aunque, en algún que otro caso, habían requerido de medidas extremas para conseguirlo: visitas a horas intempestivas, excusas ridículas para registrar la casa en cuestión... Circunstancias que habían aumentado la fama de excéntrica de la familia Hathaway.

Menos mal que devolver la brocha no le supondría muchos problemas. Podría hacerlo durante su próxima visita a Audrey.

—Supongo que debería arreglarme —dijo Prudence.

Beatrix captó la indirecta al punto.

—Desde luego. Es hora de que vuelva a casa. Tengo pendientes varias tareas. —Sonrió y añadió a la ligera—: Incluida la de escribir otra carta.

—No pongas nada raro —dijo Prudence—. Sabes que tengo una reputación que mantener.

3

A.A. Capitán Christopher Phelan
Primer Batallón de la Brigada de Fusileros
Campamento Home Ridge
Inkerman, Crimea

3 de diciembre de 1854

Querido Christopher:

Esta mañana he leído que más de dos mil soldados británicos murieron en una reciente batalla. Se rumorea que un oficial de los fusileros ha sufrido una herida de bayoneta. No has sido tú, ¿verdad? ¿Estás herido? Temo muchísimo por ti. Y siento muchísimo que mataran a tu amigo.

Estamos decorando la casa para las fiestas, colgando acebo y muérdago. Te envío una tarjeta de Navidad hecha por un artista local. Fíjate en la borla que pende de un cordoncito al final. Cuando tiras de ella, los hombrecillos que festejan a la izquierda engullen sus copas de vino. («Engullir» es una palabra extraña, ¿no te parece? Pero es una de mis preferidas.)

Me encantan los villancicos tradicionales. Me encanta la uniformidad de todas las navidades. Me encanta comer pudín de ciruela aunque no me guste el pudín de ciruela. Hay cierto consuelo en los rituales, ¿no crees?

Albert parece un perro encantador, tal vez no tenga la planta de un caballero, pero por dentro es un compañero leal y sincero.

Me preocupa que te haya pasado algo. Espero que estés a salvo. Enciendo todas las noches una vela en el árbol por ti.

Contéstame en cuanto puedas.

Atentamente,

PRUDENCE

P. D.: Comparto tu predilección por las mulas. Son criaturas muy sencillas que nunca se vanaglorian de sus antepasados. Ojalá algunas personas fueran un poco más comedidas a ese respecto.

A.A. Señorita Prudence Mercer
Stony Cross
Hampshire

1 de febrero de 1854

Querida Pru:

Mucho me temo que fui yo quien recibió la herida de bayoneta. ¿Cómo lo has sabido? Sucedió mientras subíamos una colina para tomar una batería de cañones rusa. Fue una herida superficial en el hombro, nada que mereciera la pena contar al público.

Padecimos una tormenta el 14 de noviembre que destrozó los campamentos y hundió los barcos británicos y franceses amarrados a puerto. Se perdieron más vidas y, por desgracia, también se perdió la mayoría de las provisiones y de los avituallamientos para pasar el invierno. Creo que esto es lo que se conoce como «campaña dura». Tengo hambre. Anoche soñé con comida. Normalmente sueño contigo, pero siento mucho reconocer que anoche fuiste eclipsada por un plato de cordero con salsa de menta.

Hace muchísimo frío. Ahora duermo con *Albert*. Somos compañeros de cama a regañadientes, pero ambos estamos dispuestos a soportarlo para evitar morir congelados. *Albert* se ha convertido en un elemento indispensable de la compañía: consigue llevar mensajes bajo el fuego enemigo y corre mucho más rápido que cualquier hombre. También es un centinela magnífico y un gran explorador.

Te pongo una lista con algunas de las cosas que he aprendido de *Albert:*

1. Cualquier comida es buena hasta que se la come otra persona.

2. Duerme cuando puedas.

3. No ladres a menos que sea importante.

4. Perseguirse el rabo es algo inevitable.

Espero que la Navidad haya sido espléndida. Gracias por la tarjeta. Me llegó el 24 de diciembre y pasó por toda mi compañía, ya que la mayoría de los soldados no había visto una tarjeta de Navidad en la vida. Antes de que volviera a mis manos, los caballeros de la tarjeta habían engullido muchas veces sus copas.

A mí también me gusta la palabra «engullir». De hecho, siempre me han gustado las palabras poco conocidas. Aquí tienes una: «encasquillar», pero con el significado de herrar los caballos. O «nidificar», que es hacer un nido. ¿Ha parido ya la yegua del señor Caird? A lo mejor le pido a mi hermano que haga una oferta. Nunca se sabe cuándo se va a necesitar una buena mula.

Querido Christopher:
Me parece demasiado normal enviarte una carta por correo. Ojalá encontrara un modo más interesante de ha-

cerlo... Podría atar el pergamino a la pata de una paloma o mandarte un mensaje en una botella. Sin embargo, y en aras de la eficacia, me conformaré con el correo ordinario.

Acabo de leer en el *Times* que has protagonizado más actos heroicos. ¿Por qué te arriesgas tanto? El deber ordinario de un soldado ya es bastante peligroso de por sí. Ten cuidado, Christopher... y si no lo tienes por tu propio bien, que sea por el mío. Mi petición es absolutamente egoísta... porque no soportaría dejar de recibir tus cartas.

Estoy lejísimos, Pru. Es como si viera mi vida desde fuera. En medio de tanta brutalidad he descubierto los placeres sencillos de acariciar un perro, de leer una carta y de contemplar el cielo nocturno. Esta noche casi creí ver la antigua constelación llamada Argo..., que recibió su nombre de la embarcación que Jasón y los argonautas utilizaron para salir en busca del vellocino de oro. Se supone que no se puede ver la constelación a menos que estés en Australia, pero de todas formas estoy casi seguro de que la vi.

Te ruego que olvides lo que te escribí antes: quiero que me esperes. No te cases con nadie antes de que vuelva a casa.

Espérame.

Querido Christopher:
Éste es el perfume de marzo: lluvia, tierra húmeda, plumas y menta. Por las mañanas y por las tardes me tomo un té con menta fresca endulzado con miel. He estado paseando mucho últimamente. Creo que pienso mejor cuando estoy al aire libre.

Anoche el cielo estaba muy despejado. Alcé la vista para buscar tu constelación. Soy malísima con las estrellas. Nunca soy capaz de verlas, sólo distingo Orión y su cinturón. Pero cuanto más tiempo miraba, más se me antojaba que el cielo era un océano y que estaba surcado por una flota de estrellas. Una flotilla estaba anclada junto a la luna, mientras que el resto de embarcaciones se alejaba de ella. Me imaginé que estábamos los dos a bordo de uno de esos barcos, surcando la luz de la luna.

La verdad es que el mar me pone nerviosa. Lo veo demasiado grande. Prefiero los bosques que rodean Stony Cross. Siempre me resultan fascinantes, llenos de milagros cotidianos: las telarañas relucientes por la reciente lluvia; los árboles nuevos que crecen a partir de los troncos de los robles caídos... Ojalá pudieras verlos conmigo. Y juntos escucharíamos cómo el viento silba entre las copas de los árboles, creando una maravillosa melodía... ¡Música arbórea!

Ahora mismo te estoy escribiendo con los pies descalzos demasiado cerca de la chimenea. De hecho, de vez en cuando me he quemado las medias, y en una ocasión tuve que apagarme los pies contra el suelo porque empezaron a humear. Pese a todo, soy incapaz de abandonar la costumbre. Así que ya sabes cómo distinguirme entre la multitud con los ojos vendados. Sólo tienes que seguir el olor a medias quemadas.

En el sobre incluyo una pluma de petirrojo que encontré durante mi paseo matutino de hoy. Es para que te dé suerte. Llévala en el bolsillo.

En este mismo instante tengo una sensación extrañísima, como si estuvieras junto a mí. Como si mi pluma se hubiera convertido en una varita mágica y te hubiera hecho aparecer en la habitación. Si lo deseo con todas mis fuerzas...

Queridísima Prudence:

Llevo la pluma de petirrojo en el bolsillo. ¿Cómo sabías que necesitaba un amuleto que llevar conmigo a la batalla? Estas dos últimas semanas he estado en una trinchera disparando, intercambiando fuego con los rusos. Ha dejado de ser una guerra para la caballería, ahora todo depende de los ingenieros y de la artillería. *Albert* se ha quedado en la trinchera conmigo, y sólo ha salido para enviar mensajes de una punta a otra de nuestras líneas.

Durante los periodos de alto el fuego, he intentado imaginarme que estaba en otro lugar. Te he imaginado con los pies en alto delante de la chimenea, y también me he imaginado tu aliento a té con menta fresca. Me imagino paseando por los bosques de Stony Cross contigo. Me encantaría ver algunos de esos milagros cotidianos, pero no creo que pueda encontrarlos sin ti. Necesito tu ayuda, Pru. Creo que eres la única oportunidad que tengo para reintegrarme al mundo.

Me parece que guardo más recuerdos de ti de los que tengo en realidad. Nos vimos en muy pocas ocasiones. Un baile. Una conversación. Un beso. Ojalá pudiera revivir esos momentos. Los apreciaría muchísimo más. Lo apreciaría todo muchísimo más. Anoche volví a soñar contigo. No pude verte el rostro, pero te sentí junto a mí. Me estabas susurrando.

La última vez que te tuve entre mis brazos no te conocía de verdad. Ni me conocía a mí, por cierto. Jamás escarbamos más allá de la superficie. Tal vez sea bueno que no lo hiciéramos... no creo que hubiera podido dejarte si hubiera sentido entonces lo que siento ahora.

Voy a decirte por qué lucho. No lucho por Inglaterra, por sus aliados ni por patriotismo. Todo se ha reducido a la esperanza de estar contigo.

Querido Christopher:

Me has hecho comprender que las palabras son lo más importante del mundo. Mucho más en este momento. En cuanto Audrey me dio tu última carta, el corazón empezó a latirme con fuerza y tuve que correr hacia mi escondite secreto para leerla en privado.

Se me había olvidado comentártelo... La primavera pasada, durante uno de mis largos paseos, encontré un edificio extrañísimo en el bosque, un solitario torreón de ladrillo y argamasa cubierto por completo por hiedra y musgo. Más tarde, cuando le pregunté a lady Westcliff por dicho torreón, me dijo que en la Edad Media era habitual contar con una residencia secreta. El señor del castillo podía usarla para mantener a su amante. En una ocasión, un antepasado de lord Westcliff se escondió allí de sus criados sedientos de sangre. Lady Westcliff me dijo que podía ir al torreón cada vez que quisiera, ya que lleva mucho tiempo abandonado. Suelo ir a menudo. Es mi escondite, mi santuario... y ahora que tú estás al tanto, también será el tuyo.

Acabo de encender una vela y la he colocado junto a la ventana. Una estrellita fugaz para guiarte en tu camino a casa.

Queridísima Prudence:

Entre todo el ruido, los hombres y la locura, intento pensar en ti en tu casa secreta... como mi princesa en su torre. Y en mi estrellita en la ventana.

Las cosas que tenemos que hacer en guerra... Creía que todo sería más fácil con el paso del tiempo. Y siento decir que es verdad. Temo por mi alma. Las cosas que he hecho, Pru... Las cosas que aún me quedan por hacer... Si no espero que Dios me perdone, ¿cómo pedirte que lo hagas tú?

Querido Christopher:

El amor lo perdona todo. No tienes ni que pedirlo.

Desde que me hablaste de la constelación Argo, he estado leyendo sobre las estrellas. Tenemos un montón de libros acerca de ellas, ya que el tema era uno de los intereses de mi padre. Aristóteles afirmaba que las estrellas están hechas de una materia distinta a los cuatro elementos terrestres... de algo llamado la «quintaesencia», y da la casualidad de que ésa también es la materia de la psique humana. Razón por la que el espíritu de los hombres se corresponde con las estrellas. Tal vez no sea un punto de vista muy científico, pero me gusta la idea de que todos llevamos dentro una pequeña estrella.

Te llevo siempre conmigo en mis pensamientos... que me guían como si fueran una constelación. No importa lo lejos que estés, querido amigo, porque te llevo junto a mí gracias a las estrellas que moran en mi alma.

Querida Pru:

Estamos preparándonos para un largo asedio. No sé cuándo podré escribirte de nuevo. Ésta no es mi última carta, sólo la última durante un tiempo. Ten por seguro que algún día volveré a tu lado.

Hasta que pueda abrazarte, estas palabras manidas y desmañadas son la única manera de llegar hasta ti. Pero son un pobre sustituto del amor. Las palabras nunca podrán hacerte justicia ni captar lo que significas para mí.

Aun así... Te quiero. Lo juro por esa estrella que todos llevamos dentro... Y no abandonaré este mundo hasta que hayas escuchado esas palabras de mis labios.

Beatrix, que estaba sentada en el enorme tronco caído de un roble en medio del bosque, dejó de leer. No se dio cuenta de que estaba llorando hasta sentir la brisa contra sus húmedas mejillas. Le dolió la cara cuando intentó recuperar la compostura.

Le había escrito el 30 de junio sin saber que ella le había mandado una carta ese mismo día. Era imposible no interpretarlo como una señal.

No había experimentado semejante sensación de pérdida, de agonizante anhelo, desde la muerte de sus padres. Era una pena distinta, por supuesto, pero teñida de la misma desesperación.

«¿Qué he hecho?», se preguntó.

Ella, que siempre había ido por la vida con una sinceridad brutal, había perpetrado un engaño imperdonable. Y la verdad sólo empeoraría las cosas. Si Christopher Phelan llegaba a descubrir que le había estado escribiendo con falsos pretextos, la odiaría. Y si nunca averiguaba la verdad, ella siempre sería la muchacha «que debería estar en un establo». Nada más.

«Ten por seguro que algún día volveré a tu lado...»

Esas palabras estaban dirigidas a ella, con independencia de que se las escribiera a Prudence.

—Te quiero —susurró mientras se echaba a llorar con más fuerza.

¿Cómo se habían apoderado esos sentimientos de ella sin que se diera cuenta? ¡Por el amor de Dios! Casi no recordaba el aspecto de Christopher Phelan, y se le estaba rompiendo el corazón por su culpa. Lo peor de todo era que su declaración seguramente estaba motivada por las duras condiciones de la guerra. El Christopher que conocía a través de las cartas, el hombre a quien quería, podría desaparecer en cuanto volviera a casa.

Nada bueno podía surgir de esa situación. Tenía que cortar por lo sano. Ya no podía continuar fingiendo ser Prudence. No era justo para ninguno de los implicados, especialmente para Christopher.

Beatrix regresó a casa muy despacio. Al entrar en Ramsay House se cruzó con Amelia, que salía a pasear con su hijo Rye.

—¡Mira quién está aquí! —exclamó Amelia—. ¿Te gustaría venir a los establos con nosotros? Rye va a montar en su poni.

—No, gracias. —Tenía la impresión de que le habían clavado la sonrisa con alfileres.

Todos los miembros de su familia se esforzaban por incluirla en sus vidas. Todos eran muy generosos en ese aspecto. Y, sin embargo, tenía la sensación, cada vez más acuciante e inexorable, de que se estaba encasillando en el papel de tía solterona.

Se sentía una excéntrica. Y sola. Una paria, como los animales que mantenía.

Su mente pasó de repente a recordar a los hombres a quienes había conocido durante los bailes, las cenas y las veladas. Nunca le había faltado atención masculina. Tal vez debería alentar a uno de esos caballeros, escoger al candidato más adecuado y acabar con ese asunto. A lo mejor merecía la pena casarse con un hombre a quien no quería con tal de tener una vida propia.

Aunque eso sería otra forma de desdicha.

Metió la mano en el bolsillo del vestido para tocar la carta de Christopher Phelan. Al tocar el papel, que él había tocado, le dio un vuelco el corazón y experimentó una sensación cálida y placentera.

—Estás muy callada últimamente —dijo Amelia con una expresión interrogante en sus ojos azules—. Y parece que has estado llorando. ¿Te pasa algo, cariño?

Beatrix se encogió de hombros con gesto inquieto.

—Supongo que me siento triste por la enfermedad del señor Phelan. Según Audrey, ha empeorado.

—Vaya... —Amelia la miró con preocupación—. Ojalá pudiéramos hacer algo. Si preparo una cesta con brandi de ciruelas y natillas, ¿se la llevarás en mi nombre?

—Por supuesto. Iré a verlos esta tarde.

Tras retirarse a la intimidad de su habitación, Beatrix se sentó a su escritorio y sacó la carta de nuevo. Le escribiría una última carta a Christopher Phelan, algo impersonal, una amable retirada. Cualquier cosa mejor que seguir engañándolo.

Con sumo cuidado destapó el tintero, mojó la pluma y comenzó a escribir:

Querido Christopher:

Aunque te tengo una gran estima, querido amigo, sería una insensatez por ambas partes precipitarnos mientras continuas lejos. Te mando mis mejores deseos para que vuelvas sano y salvo. Sin embargo, creo que lo mejor sería posponer cualquier mención a nuestros sentimientos hasta que estés con nosotros. De hecho, creo que lo mejor sería que interrumpiéramos nuestra correspondencia...

Con cada frase, le costaba más mover los dedos como era debido. La pluma empezó a temblarle y las lágrimas a resbalar por sus mejillas una vez más.

—Pamplinas —dijo.

Le dolía escribir semejantes mentiras. Se le había formado tal nudo en la garganta que casi no podía respirar.

Decidió que, antes de poder terminar esa carta, escribiría la verdad, escribiría esa carta que anhelaba mandarle, y después la destruiría.

Sollozando, cogió otra hoja de papel y escribió unas cuantas líneas a toda prisa, líneas que sólo ella leería, con la esperanza de mitigar el intenso dolor que le atenazaba el corazón.

Queridísimo Christopher:

No puedo volver a escribirte.

No soy quien crees que soy.

Mi intención no era la de enviarte cartas de amor, pero en eso se han convertido. De camino hacia ti, mis palabras escritas se transforman en los latidos de mi corazón.

Vuelve, por favor, vuelve a casa y búscame.

Se le llenaron los ojos de lágrimas. Dejó la carta a un lado, retomó la primera versión y la terminó, asegurándole que rezaba para que volviera sano y salvo.

En cuanto a la carta de amor, arrugó el papel y lo metió en un cajón. Después la quemaría en una ceremonia privada y vería cómo esas palabras tan sentidas se convertían en cenizas.

4

Esa misma tarde, Beatrix fue a pie a la casa de los Phelan. Llevaba una enorme cesta, cargada con brandi, natillas, queso de cabra tierno y una tarta casera, sin relleno ni decoración y con apenas azúcar. Daba igual que los Phelan necesitaran esas cosas o no, lo que contaba era la intención.

Amelia la había instado a recorrer la distancia en un carruaje o una carreta, ya que la cesta era un poco pesada. Sin embargo, quería gastar fuerzas andando, con la esperanza de calmar así sus atormentados pensamientos. Echó a andar con paso firme mientras aspiraba el aroma primaveral. «Junio huele a...», quería escribirle a Christopher... «Junio huele a madreselva, a hierba y a ropa tendida al sol...», le diría.

Cuando llegó a su destino le dolían los brazos por haber soportado el peso de la cesta durante demasiado tiempo.

La casa, casi cubierta por la espesa hiedra, parecía un hombre arropado con su gabán. Beatrix sintió un escalofrío premonitorio cuando se acercó a la puerta principal para llamar. Un mayordomo cariacontecido la hizo pasar y la liberó de la cesta antes de acompañarla al salón recibidor.

La casa parecía estar demasiado caldeada, sobre todo después del paseo. Sintió los regueros de sudor debajo de su vestido de paseo y dentro de sus resistentes botines.

Audrey entró en el salón recibidor, muy delgada y desaliñada, con el moño medio deshecho. Llevaba un delantal salpicado de manchas oscuras.

Manchas de sangre.

Cuando Audrey vio la expresión preocupada de Beatrix, intentó esbozar una sonrisa alicaída.

—Como ves, no estoy en condiciones de recibir visitas. Pero tú eres una de las pocas personas con quien no tengo que guardar las apariencias. —Al darse cuenta de que aún llevaba el delantal, se lo quitó e hizo un ovillo con él—. Gracias por la cesta. Le he dicho al mayordomo que le lleven una copa del brandi a la señora Phelan. Está en la cama.

—¿Está enferma? —preguntó cuando Audrey se sentó a su lado.

Su amiga negó con la cabeza.

—Sólo trastornada.

—Y... ¿y tu marido?

—Se está muriendo —contestó Audrey sin tapujos—. No le queda mucho. El médico nos ha dicho que es cuestión de días.

Beatrix hizo ademán de tocarla, de abrazarla como abrazaría a uno de sus animales heridos.

Audrey dio un respingo y levantó las manos en un gesto defensivo.

—No, no me toques. No soportaría que me tocases. Me rompería en pedazos. Tengo que ser fuerte por John. Tenemos que hablar deprisa. Sólo dispongo de unos minutos.

Beatrix unió las manos en el regazo al punto.

—Deja que te ayude —dijo en voz baja—. Deja que me quede con él un rato mientras tú descansas. Una hora.

Audrey esbozó una sonrisa torcida.

—Gracias, amiga. Pero no puedo dejar que nadie más se quede con él. Tengo que hacerlo yo.

—En ese caso, ¿me quedo con su madre?

Audrey se frotó los ojos.

—Eres muy amable por ofrecerte. Pero no creo que quiera la compañía de otra persona. —Suspiró—. Si mi suegra pudiera elegir, preferiría morir con John a tener que seguir viviendo sin él.

—Pero tiene otro hijo.

—No le queda amor para Christopher. Todo ha sido para John.

Mientras Beatrix intentaba asimilar esas palabras, el reloj de pie dio la hora, como si expresara así su desaprobación. El péndulo oscilaba imitando el gesto negativo de una cabeza.

—Eso es imposible —dijo a la postre.

—Es totalmente posible —replicó Audrey con una sonrisa torcida—. Algunas personas tienen una capacidad infinita para amar. Como es el caso de tu familia. Pero otras personas tienen reservas limitadas. La señora Phelan ha agotado todo su amor. Tenía lo justo para su marido y para John. —Se encogió de hombros con gesto cansado—. Aunque da igual que quiera o no a Christopher. Ahora mismo todo da igual.

Beatrix se metió la mano en el bolsillo y sacó la carta.

—Tengo esto para él —dijo—. Para el capitán Phelan. De parte de Pru.

Audrey cogió la carta con expresión indescifrable.

—Gracias. La enviaré con la que le he escrito comunicándole el estado de salud de John. Querrá saberlo. Pobre Christopher... tan lejos.

Beatrix se preguntó si debería recuperar su carta. Era el peor momento posible para distanciarse de Christopher. Claro que, tal vez por el mismo motivo, fuera también el mejor. Una pequeña herida que padecería junto a otra muchísimo mayor.

Audrey observó las emociones que cruzaban por su rostro.

—¿Se lo vas a decir? —preguntó en voz baja.

Beatrix parpadeó.

—¿El qué?

La pregunta le valió un resoplido.

—No soy tonta, Bea. Prudence está en Londres ahora mismo, asistiendo a bailes y todos esos eventos sociales de la temporada. No ha podido escribir esta carta.

Beatrix sintió el calor que le inundaba las mejillas antes de quedarse blanca.

—Me la dio antes de marcharse.

—¿Porque siente devoción por Christopher? —Audrey torció el gesto—. La última vez que la vi, ni siquiera se acordó de preguntar por él. Además, ¿cómo es que siempre eres tú la que entrega y recoge las cartas? —Le lanzó una mirada amable, aunque también cargada de reproche—. A juzgar por lo que Christopher nos ha escrito a John y a mí, es evidente que está prendadito de Prudence. Pero sólo por lo que ella le ha escrito. Y si termino con una cabeza de chorlito por cuñada, Bea, que sepas que será culpa tuya.

Al ver que a Beatrix comenzaba a temblarle la barbilla y a brillarle los ojos, Audrey le dio un apretón en la mano.

—Como te conozco, sé que tus intenciones eran buenas. Pero dudo mucho de que el resultado también lo sea. —Suspiró—. Tengo que volver con John.

Mientras Audrey la acompañaba al vestíbulo, Beatrix se sintió sobrecogida ante la certeza de que su amiga tendría que enfrentarse pronto a la muerte de su marido.

—Audrey —dijo con voz rota—, ojalá pudiera soportarlo por ti.

Audrey la miró un buen rato con el rostro sonrojado por la emoción.

—Por eso, Beatrix, eres una verdadera amiga.

Dos días después, los Hathaway fueron informados de que John Phelan había muerto durante la noche. Llevados por la compasión, sopesaron la mejor manera de ayudar a las mujeres de la familia. Por regla general, el deber de visitar a los Phelan y ofrecer sus servicios habría recaído en Leo, el cabeza de familia. Pero Leo se encontraba en Londres, ya que había sesiones parlamentarias. El debate político del momento era una acalorada protesta acerca de la incompetencia y la indiferencia que habían provocado que se enviaran tropas a Crimea sin apoyo y sin provisiones adecuadas.

Decidieron que fuera Merripen, el marido de Win, quien acudiera al hogar de los Phelan en nombre de la familia. Nadie esperaba que lo recibieran, ya que los familiares estarían demasiado abrumados por la pena como para recibir visitas. Sin embargo, Merripen entregaría una carta en la que les expresaban su apoyo en todo lo que necesitaran.

—Merripen, ¿podrías darle mis condolencias a Audrey y preguntarle si quiere que la ayude con los preparativos del entierro? —le preguntó Beatrix antes de que se marchara—. O preguntarle si quiere que me quede con ella.

—Por supuesto —le aseguró Merripen y sus ojos oscuros tenían una expresión cariñosa. Dado que había estado con los Hathaway desde que era un niño, la familia lo consideraba como un hermano más—. ¿Por qué no le escribes unas líneas? Le entregaré la nota a algún criado.

—Enseguida vuelvo.

Beatrix corrió escaleras arriba, recogiéndose las faldas para evitar tropezar.

Se acercó al escritorio, sacó papel y pluma y metió la mano en el cajón para coger el tintero. Dejó la mano suspendida en el aire al ver la carta medio arrugada en el cajón.

Era la carta educada y distante que le había escrito a Christopher Phelan.

Nunca la había enviado.

Se quedó de piedra y las rodillas amenazaron con ceder bajo su peso.

—¡Dios mío! —susurró al tiempo que se sentaba en una silla cercana con tanta fuerza que la madera crujió.

Debía de haberle dado a Audrey la carta equivocada. La

carta sin firmar que comenzaba con un: «No puedo volver a escribirte. No soy quien crees que soy...»

Se le desbocó el corazón por culpa del pánico. Intentó aclarar el torbellino que eran sus pensamientos para pensar con claridad. ¿Habrían mandado ya la carta? Tal vez estuviera a tiempo de recuperarla. Le preguntaría a Audrey... No, eso sería el colmo del egoísmo y la desconsideración. El marido de Audrey acababa de morir. No se merecía que la molestasen con tonterías en ese momento.

Era demasiado tarde. Tendría que dejar las cosas como estaban y Christopher Phelan tendría que interpretar lo que quisiera de esa última carta tan extraña.

«Vuelve, por favor, vuelve a casa y búscame.»

Con un gemido, se inclinó hacia delante y apoyó la cabeza en el escritorio. El sudor hizo que la frente se le quedara pegada a la madera. Fue consciente de que *Suerte* saltaba al escritorio y comenzaba a frotarse con su pelo mientras ronroneaba.

«Por favor, Dios mío —pensó a la desesperada—, que Christopher no responda. Que todo acabe aquí. Que nunca averigüe que fui yo.»

5

Scutari, Crimea

—Me parece que un hospital es el lugar menos apropiado
para que un hombre intente recobrar la salud —dijo Christopher afablemente mientras acercaba una taza de caldo a los
labios de un herido.

El joven soldado al que estaba dándole de comer, que no
tendría más de diecinueve o veinte años, gruñó en señal de
aprobación al tiempo que bebía.

Christopher llevaba en el hospital de campaña tres días.
Lo habían herido durante el asalto al fuerte Redan, que se
produjo durante el interminable asedio a Sebastopol. Mientras acompañaba a un grupo de zapadores cuya misión era
trasladar una escalera hasta un fortín ruso, se produjo una
explosión y, de repente, sintió que lo herían en un costado y
en la pierna derecha a la vez.

Los barracones convertidos en hospital de campaña estaban
atestados de heridos, ratas y bichos. El agua procedía de una
fuente frente a la cual se alineaban los sanitarios a la espera de
llenar sus cubos con el fétido chorrito que salía. Puesto que el
agua no era potable, se usaba para lavar y enjuagar las vendas.

Christopher había sobornado a unos cuantos sanitarios para

que le llevaran una taza de licor fuerte. Cuando lo hicieron, extendió el contenido de la taza sobre sus heridas con la esperanza de evitar que le supuraran. La primera vez que lo hizo, el dolor fue tan ardiente que se desmayó y se cayó al suelo, un espectáculo hilarante para el resto de los heridos que descansaban en el barracón. Soportó con estoicismo las bromas posteriores al incidente, a sabiendas de que las risas eran muy necesarias en ese lugar tan asqueroso.

Le habían extirpado la metralla de las heridas del costado y de la pierna, pero no estaban sanando bien. Esa mañana había descubierto que tenía la piel enrojecida y tirante. La idea de enfermar gravemente en ese lugar era aterradora.

El día anterior, y pese a las airadas protestas de los soldados que yacían en las camas, los sanitarios habían empezado a coser la manta ensangrentada de uno de los heridos para cubrirlo con ella y llevarlo a la fosa antes incluso de que hubiera muerto. A modo de respuesta a los furiosos gritos de los pacientes, los sanitarios les aseguraron que el hombre no sentía nada, que le faltaban minutos para morir y que necesitaban la cama urgentemente. Todo cierto. Sin embargo, como era uno de los pocos heridos capaces de ponerse en pie, Christopher intercedió y les dijo que si lo dejaban en el suelo, esperaría al lado del hombre hasta que exhalara su último aliento. Y estuvo durante una hora entera sentado en el duro suelo, apartando los bichos, con la cabeza del moribundo apoyada en el muslo sano.

—¿Cree que le ha hecho algún bien? —le preguntó con ironía uno de los sanitarios cuando el pobre desgraciado por fin murió, y permitió que se lo llevaran.

—A él no —contestó en voz baja—, pero a ellos tal vez sí. —Y señaló con la cabeza en dirección a la hilera de camastros destartalados, cuyos ocupantes habían sido testigos de la escena. Para todos ellos era importante tener la certeza de que si les llegaba la hora, los tratarían al menos con un poco de humanidad.

El joven soldado que ocupaba la cama contigua a la de Christopher no podía valerse por sí mismo, ya que había perdido un brazo y la mano del otro. Puesto que no había enfermeras disponibles para atenderlos a todos, Christopher decidió que él se ocuparía de alimentarlo. Se arrodilló soportando como pudo el dolor que le provocaba la postura, y levantó la cabeza del soldado para ayudarlo a beberse la taza de caldo.

—Capitán Phelan —lo llamó una de las Hermanas de la Caridad con voz irritada.

Los bruscos ademanes de la monja y su furiosa expresión resultaban tan intimidantes que algunos de los soldados habían sugerido (a espaldas de la susodicha, claro estaba) que si la enviaran al frente para luchar contra los rusos, ganarían la guerra en cuestión de horas.

Al ver a Christopher arrodillado junto al camastro, enarcó sus pobladas cejas grises.

—¿Ocasionando problemas otra vez? —le preguntó—. Capitán, regrese ahora mismo a su cama. Y no vuelva a levantarse, a menos que su intención sea la de empeorar tanto que no pueda volver a hacerlo.

Christopher la obedeció y regresó a su camastro trastabillando.

La monja se acercó y le colocó la fresca palma de su mano en la frente.

—Fiebre —anunció—. No se mueva de esa cama o haré que lo aten, capitán. —Retiró la mano y notó que le colocaban algo en el pecho.

Abrió los ojos y vio que se trataba de un fajo de cartas.

Prudence.

Cogió el fajo sin pérdida de tiempo y rompió con dificultad el sello por las prisas.

En su interior había dos cartas.

Esperó a que la monja se marchara para abrir la de Prudence. Ver su letra le provocó una intensa emoción. La quería y la necesitaba con una intensidad incontenible.

Sin saber cómo y aunque estaban separados por medio mundo, se había enamorado de ella. El hecho de no conocerla mucho no importaba. Porque adoraba lo poco que sabía de ella.

Leyó las escuetas líneas.

Las palabras parecían estar mal colocadas, como si se tratara de un rompecabezas infantil con el abecedario. Las leyó de nuevo a fin de captar su significado.

«... No soy quien crees que soy... por favor, vuelve a casa y búscame...»

Sus labios pronunciaron su nombre en silencio. Se llevó la mano al pecho, aplastando la carta sobre su desbocado corazón.

¿Qué le había pasado a Prudence?

La extraña e impulsiva carta lo había dejado muy confundido.

—«No soy quien crees que soy» —se descubrió leyendo en voz alta.

No, por supuesto que no lo era. Como tampoco lo era él. Christopher Phelan no era esa criatura herida y febril que yacía en el camastro de un hospital. Y Prudence Mercer no era la coqueta insípida por quien la había tomado. Gracias a las cartas habían descubierto mutuamente la promesa de algo mucho más profundo.

«... por favor, vuelve a casa y búscame...»

Sus manos le parecieron torpes e hinchadas mientras trataba de abrir la carta de Audrey. La fiebre lo estaba entorpeciendo. Empezaba a dolerle la cabeza... un insoportable dolor palpitante... leyó la carta a duras penas.

Querido Christopher:

No encuentro el modo de comunicarte las noticias con delicadeza. La salud de John ha empeorado. Está a las puertas de la muerte, pero se enfrenta a ella con la misma paciencia y nobleza que ha demostrado durante toda su vida.

Cuando leas estas líneas, no me cabe duda de que ya no estará con nosotros...

La mente de Christopher se negó a seguir asimilando el resto de la carta. Ya tendría tiempo para leerla después. Ya tendría tiempo para llorar a su hermano.

Consiguió colocarse de costado y utilizó la manta para protegerse. El resto de los soldados siguió matando el tiempo a su alrededor, charlando o jugando a las cartas cuando era posible. Todos hicieron el misericordioso esfuerzo de dejarlo tranquilo para concederle la intimidad que necesitaba.

6

Beatrix no recibió más cartas de Christopher Phelan durante los diez meses que siguieron a la última que le envió. A Audrey sí le había escrito, pero dado el sufrimiento que sentía por la muerte de John, su amiga apenas era capaz de hablar con los demás, ni siquiera con ella.

Audrey sí le había dicho que habían herido a Christopher, pero que se había recobrado en el hospital y había vuelto al frente. Beatrix buscaba ansiosa cualquier referencia de su nombre en el periódico, y encontró numerosas muestras de su valentía. Durante el largo asedio a la ciudad de Sebastopol, Christopher se convirtió en el soldado más condecorado de la artillería. Además de la medalla de la Orden de Bath, recibió la medalla de la Campaña de Crimea con méritos por las batallas de Alma, Inkerman, Balaclava y Sebastopol; fue proclamado caballero por la Legión de Honor francesa; y fue nombrado caballero de la Orden de Medjidie por los turcos.

La amistad de Beatrix con Prudence se había enfriado, muy a su pesar, desde el día que le dijo que ya no le escribiría más a Christopher.

—Pero ¿por qué? —protestó su amiga—. ¿No te divierte mantener correspondencia con él?

—Ya no —contestó con voz ahogada.

Su amiga le lanzó una mirada incrédula.

—No me puedo creer que lo abandones de esta manera. ¿Qué va a pensar cuando vea que ya no recibe más cartas?

La pregunta le provocó un nudo en el estómago, ocasionado por la culpa y el deseo de retomar la pluma. Ni siquiera sabía si le saldría la voz para contestar.

—No puedo seguir escribiéndole sin confesarle la verdad. Todo esto ha tomado un cariz muy íntimo. Yo... creo que mis sentimientos están muy implicados. ¿Entiendes lo que estoy tratando de decirte?

—Lo que entiendo es que eres una egoísta. Por tu culpa la situación es tal que ya no puedo escribirle porque notaría la diferencia entre tu letra y la mía. Lo menos que podías hacer es mantenerlo interesado en mí hasta que regrese.

—¿Con qué fin? —le preguntó ceñuda. No le gustaba la expresión «mantenerlo interesado en mí», como si fuera un bobo. Uno entre muchos otros—. Tienes muchos pretendientes.

—Sí, pero el capitán Phelan se ha convertido en un héroe de guerra. Es posible que incluso la reina lo invite a cenar cuando regrese. Y ahora que su hermano ha muerto, heredará la propiedad de Riverton. Es tan buen partido como un aristócrata.

Aunque en el pasado le había hecho gracia el carácter superficial de Prudence, en ese momento la irritó. Christopher se merecía mucho más que ser valorado sólo por esos méritos superfluos.

—¿Se te ha ocurrido pensar que tal vez haya cambiado después de la guerra? —le preguntó en voz baja.

—Bueno, todavía puede sufrir alguna herida, pero espero que no sea así.

—Me refiero a su carácter.

—¿Por haber estado en el frente? —Prudence se encogió de hombros—. Supongo que lo habrá afectado, sí.

—¿Has leído los artículos que han publicado sobre él?

—He estado muy ocupada —respondió su amiga a la defensiva.

—Le han concedido la medalla de la Orden de Medjidie por salvar a un oficial turco herido. Unas semanas después se arrastró hacia un puesto de la artillería francesa que había sido bombardeado, con el resultado de diez soldados franceses muertos y cinco cañones destrozados, se hizo con el control del único cañón en funcionamiento y logró mantener la posición él solo, luchando contra el enemigo, durante ocho horas. En otra ocasión...

—No necesito saber todo eso —protestó Prudence—. ¿Adónde quieres llegar, Bea?

—A que tal vez regrese siendo otro hombre. Y si de verdad te importa, deberías intentar comprender lo que ha sufrido. —Le entregó un fajo de cartas atadas con una estrecha cinta azul—. Para empezar, deberías leerlas todas. Debería haber copiado las cartas que le envié para que las leyeras también. Pero me temo que no se me pasó por la cabeza.

Prudence las aceptó de mala gana.

—Muy bien, las leeré. Pero estoy segura de que Christopher no me hablará de las cartas cuando regrese... porque me tendrá a su lado.

—Deberías hacer el esfuerzo de conocerlo mejor —insistió Beatrix—. Creo que lo quieres por los motivos equivocados; cuando, en realidad, hay razones de peso para que lo hagas. Se lo merece. Y no por el valor que ha demostrado en la batalla ni por todas las relucientes medallas que le han concedido. De hecho, ésa es la parte más insignificante de su persona. —Guardó silencio un instante y llegó a la conclusión de que a partir de ese momento debería evitar a las personas y relacionarse sólo con animales—. El capitán Phelan me comentó en una carta que cuando os conocisteis apenas escarbasteis más allá de la superficie.

—¿De qué superficie?

Beatrix la miró desolada y comprendió que, en el caso de Prudence, lo único que había bajo la superficie era más superficie.

—Me dijo que posiblemente fueras su única oportunidad para reintegrarse al mundo.

Prudence la miró en ese momento con un gesto raro.

—Tal vez sea mejor que dejes de escribirle, sí. Pareces un poco obsesionada con él. Espero que no hayas pensado que Christopher... —Hizo una pausa en aras de la delicadeza—. Da igual.

—Sé lo que has estado a punto de decir —replicó Beatrix con serenidad—. Por supuesto que no me he hecho ilusiones al respecto. No se me ha olvidado que me comparó con un caballo.

—No te comparó con un caballo —la corrigió su amiga—. Se limitó a comentar que deberías estar en un establo. Sin embargo, es un hombre sofisticado, y nunca sería feliz con una mujer que pasa gran parte del tiempo entre animales.

—Prefiero la compañía de los animales a la de las personas que conozco —le soltó, si bien se arrepintió al instante del exabrupto, sobre todo al ver que Prudence se lo tomaba como una afrenta personal—. Lo siento. No quería decir...

—En ese caso, tal vez sea mejor que te vuelvas con tus mascotas —la interrumpió su amiga con voz gélida—. Seguro que te alegra mucho más hablar con alguien que no te puede replicar.

Beatrix abandonó Mercer House humillada y furiosa. Aunque lo hizo después de escuchar que Prudence decía:

—Bea, por el bien de todos los implicados, prométeme que nunca le dirás al capitán Phelan que fuiste tú quien escribió las cartas. Sería una tontería. Porque aunque se lo dijeras, él no te aceptará. Será algo vergonzoso para él, una fuente de resentimiento. Un hombre como él no podrá olvidar semejante engaño.

Y desde aquel día, Beatrix y Prudence no volvieron a verse, salvo de pasada. Y ya no hubo más cartas.

Beatrix se atormentaba pensando cómo estaría Christopher, si *Albert* seguía con él, si sus heridas se habían curado correctamente... pero ya no tenía derecho a preguntar por él.

No lo había tenido nunca.

Para júbilo de toda Inglaterra, Sebastopol cayó en septiembre de 1855 y en febrero del año siguiente comenzaron las conversaciones de paz. Cam, el cuñado de Beatrix, comentó que aunque Inglaterra hubiera ganado la guerra, la victoria siempre era una cuestión pírrica, porque no podía ponerse precio a las vidas cercenadas ni a los heridos. Un sentimiento romaní con el que Beatrix estaba de acuerdo. En total habían muerto ciento cincuenta mil soldados aliados, bien a causa de las batallas o bien por las enfermedades. En el bando ruso las bajas ascendían a más de cien mil.

Cuando los regimientos recibieron por fin la esperada orden de volver a casa, Audrey y la señora Phelan recibieron las noticias de que la Brigada de Fusileros de Christopher llegaría a Dover a mediados de abril, de modo que se marcharon a Londres. El pueblo ansiaba recibir a los fusileros, ya que Christopher era un héroe nacional. Se había recortado su retrato de los periódicos para pegarlo en los escaparates de las tiendas, y en las tabernas y cafeterías se repetía sin cesar el relato de sus hazañas. Muchos pueblos y condados redactaron largos pergaminos de agradecimiento para hacérselos llegar, y por parte de los políticos lo esperaban nada menos que tres espadas ceremoniales con su nombre grabado y con incrustaciones de piedras preciosas como reconocimiento a sus servicios.

Sin embargo, el día que los fusileros desembarcaron en Dover, Christopher no participó en las celebraciones. La multitud aclamó a la Brigada de Fusileros y exigió que el famoso francotirador saludara, pero al parecer Christopher había elegido evitar el alegre recibimiento, los actos ceremoniales y los banquetes. Ni siquiera hizo acto de presencia en la cena de honor celebrada por la reina y su consorte.

—¿Qué crees que le habrá pasado al capitán Phelan? —preguntó Amelia, la hermana mayor de Beatrix, después de que pasaran tres días sin tener noticias del aludido—. Por lo que recuerdo de él, era un tipo muy sociable a quien le habría encantado ser el centro de tanta atención.

—Su ausencia está creando más expectativa si cabe —señaló Cam.

—No quiere ser el centro de atención —dijo Beatrix, sin poder contenerse—. Ha corrido en busca de refugio.

Cam enarcó una ceja oscura, como si el comentario le hubiera resultado gracioso.

—¿Como si fuera un zorro? —le preguntó.

—Sí. Los zorros son astutos. Aunque en un primer momento parece que corren en dirección contraria a su objetivo, siempre dan media vuelta y al final consiguen lo que quieren. —Beatrix guardó silencio y miró con expresión ausente por la ventana, hacia el bosque, oscurecido por la tardanza de la primavera. Demasiado viento de levante, demasiada lluvia—. El capitán Phelan quiere volver a casa. Pero se ocultará hasta que la jauría deje de buscarlo.

Después de ese comentario se sumió en el silencio mientras Cam y Amelia seguían conversando. Tal vez fuera producto de su imaginación, pero tenía el curioso presentimiento de que Christopher Phelan estaba muy cerca.

—Beatrix —Amelia se acercó a ella y le pasó un brazo con cariño por los hombros—, ¿estás un poco melancólica? Tal vez deberías haberte ido a Londres para disfrutar de la temporada social como tu amiga Prudence. Podrías haberte quedado con Leo y Catherine, o con Poppy y Harry en el hotel...

—No tengo el menor interés en la temporada social —le aseguró—. Ya he participado en cuatro ocasiones diferentes, y me han sobrado tres.

—Pero siempre has estado muy solicitada. Los caballeros te adoran. Y tal vez haya alguien nuevo.

Beatrix puso los ojos en blanco.

—Es imposible que aparezca alguien nuevo en la escena social londinense.

—Cierto —convino Amelia después de una breve reflexión—. Sin embargo, creo que estarías mejor en la ciudad que aquí. En el campo hay demasiada tranquilidad para ti.

En ese momento irrumpió en la estancia un niño de pelo oscuro que montaba un caballito de madera y que profirió un grito de guerra mientras blandía una espada. Se trataba de Rye, el hijo de Amelia y Cam, que ya tenía cuatro años y medio. El extremo posterior del caballito golpeó de forma accidental una lámpara de pie que tenía una tulipa de cristal azul, obligando a Cam a agacharse de forma refleja para evitar que acabara estrellándose contra el suelo.

Rye se volvió, y al ver a su padre en el suelo se abalanzó sobre él entre carcajadas.

Cam se quitó de encima a su hijo, tras lo cual le dijo a su esposa:

—No hay tanta tranquilidad.

—Echo de menos a Jàdo... —se quejó Rye, refiriéndose a su primo y compañero de juegos preferido—. ¿Cuándo va a volver?

Merripen, Win y su hijo Jason, apodado Jàdo, se habían marchado a Irlanda hacía un mes para visitar la propiedad que algún día heredarían. Dado que el abuelo de Merripen estaba enfermo, éste había accedido a instalarse allí durante el tiempo que hiciera falta a fin de familiarizarse con la propiedad y con sus arrendatarios.

—Todavía falta mucho —contestó Cam con pesar—. Tal vez no vuelvan hasta Navidad.

—Es demasiado —se lamentó Rye con un sentido suspiro.

—Cariño, tienes más primos —le recordó Amelia.

—Todos están en Londres.

—Edward y Emmaline vendrán a pasar el verano. Y hasta entonces tienes a tu hermanito.

—Pero Alex no es divertido —protestó el niño—. No habla ni juega a la pelota. Y moja los pantalones.

—Por delante y por detrás, sí —añadió Cam con un brillo risueño en sus ojos ambarinos mientras miraba a su esposa.

Amelia intentó, en vano, contener una carcajada.

—No lo hará siempre.

Rye, que seguía sentado a horcajadas sobre el pecho de su padre, miró a su tía Beatrix.

—¿Quieres jugar conmigo, tita?

—Claro. ¿A las canicas o a los palillos?

—A la guerra —contestó el niño, encantado—. Yo seré la caballería y tú los rusos, y te perseguiré por el seto del jardín.

—¿Por qué no recreamos el Tratado de París?

—¡No puedes hacer un tratado antes de la guerra! —protestó Rye—. No habría nada que tratar.

Beatrix miró a su hermana con una sonrisa.

—Muy lógico.

Rye saltó para agarrarla de la mano y tiró de ella hacia el pasillo.

—Vamos, tita —insistió—. Te prometo que no te golpearé con la espada como la última vez.

—Rye, ¡no te metas en el bosque! —exclamó Cam una vez que salieron—. Uno de los arrendatarios dice que esta mañana salió un perro vagabundo de la avellaneda y que estuvo a punto de atacarlo. Dice que la pobre criatura está rabiosa.

Beatrix se detuvo para mirarlo por encima del hombro.

—¿Qué tipo de perro?

—Un chucho con el pelo áspero de un terrier. El hombre dice que le ha robado una gallina.

—No te preocupes, papá —replicó Rye con un deje confiado en la voz—. Con la tía Beatrix estaré a salvo. Todos los animales la quieren, hasta los rabiosos.

7

Después de pasar una hora correteando por los setos y la huerta, Beatrix llevó a Rye de vuelta a la casa para que pudiera retomar sus lecciones vespertinas.

—No me gustan las clases —dijo Rye con un suspiro mientras se acercaban a las puertas francesas laterales—. Prefiero seguir jugando.

—Sí, pero tienes que aprender a contar.

—No me hace falta, de verdad. Ya sé contar hasta cien. Y estoy seguro de que no voy a necesitar contar más de cien de nada.

Beatrix sonrió.

—Pues tienes que practicar con la lectura. Así podrás leer un montón de historias de aventuras.

—Pero si me paso el tiempo leyendo aventuras —replicó Rye—, no podré vivirlas.

Beatrix meneó la cabeza y se echó a reír.

—Ya debería saber que no puedo discutir contigo, Rye. Eres más listo que el hambre.

El niño subió la escalera, pero se volvió para mirarla.

—¿No vienes, tita?

—Todavía no —contestó sin prestarle mucha atención, ya que estaba mirando el bosque que había más allá de Ramsay House—. Creo que voy a dar un paseo.

—¿Quieres que vaya contigo?

—Gracias, Rye, pero ahora mismo prefiero pasear sola.

—Vas en busca del perro —conjeturó, acertando plenamente.

Beatrix sonrió.

—A lo mejor.

Rye la miró con expresión interrogante.

—¿Tita?

—¿Sí?

—¿Te vas a casar algún día?

—Eso espero, Rye. Pero primero tengo que encontrar al caballero adecuado.

—Si nadie se casa contigo, yo lo haré cuando crezca. Pero sólo si soy más alto que tú, porque no me gustaría tener que echar la cabeza hacia atrás para mirarte.

—Muchas gracias —le dijo, al tiempo que contenía una sonrisa y se volvía para encaminarse al bosque.

Era un trecho que había recorrido en infinidad de ocasiones. El paisaje le resultaba familiar. Las sombras estaban salpicadas por la luz del sol que se colaba entre las copas de los árboles. Los troncos estaban tapizados por musgo, salvo en aquellos puntos en los que la erosión había hecho que la madera se convirtiera en polvo. El suelo estaba blando debido a las recientes lluvias y cubierto por las finas hojas, los helechos y los amentos de los avellanos. Y los sonidos también le resultaban familiares: los trinos de los pájaros, el silbido del viento entre las hojas y los ruidos de un millar de pequeñas criaturas.

Sin embargo, pese a su conocimiento del bosque, era consciente de un nuevo sentimiento. De la sensación de que debía ser cauta. El aire estaba cargado con la promesa de... algo. Conforme avanzaba, la sensación se iba intensificando. El pulso le latía frenético en las muñecas, en la garganta e incluso en las rodillas.

Atisbó un movimiento frente a ella y vislumbró una forma que se arrastraba por debajo de los árboles, agitando los helechos. No era una forma humana.

Cogió una rama caída y la partió con pericia hasta dejarla con el largo adecuado para un bastón.

La criatura se quedó quieta y se hizo el silencio en el bosque.

—Ven —la llamó.

Un perro se acercó a ella, abriéndose paso entre las hojas y los arbustos. El animal parecía un terrier. El perro se detuvo a unos metros de ella y se puso a gruñir, enseñándole los dientes.

Beatrix se quedó quieta mientras lo estudiaba con calma. Era un perro delgado, con el pelo muy corto salvo en los graciosos bigotes, en las orejas y en la parte superior de los ojos. Unos ojos muy expresivos, brillantes y redondos.

Era imposible no reconocer esa cara tan peculiar. Ya la había visto antes.

—¿*Albert*? —preguntó, asombrada.

El perro levantó las orejas al escuchar el nombre antes de agazaparse y gruñir, emitiendo un sonido que ponía de manifiesto su rabia y confusión.

—Te ha traído con él —dijo al tiempo que tiraba el palo. Se le llenaron los ojos de lágrimas, aunque soltó una carcajada—. Me alegro muchísimo de que consiguieras sobrevivir a la guerra sano y salvo. Ven, *Albert,* quiero que seamos amigos.

Se quedó quieta y dejó que el perro se acercara muy despacio. Le olisqueó las faldas, rodeándola. Al cabo de un momento sintió su húmedo hocico contra el dorso de la mano. No hizo ademán de acariciarlo, se limitó a dejar que se familiarizara con su olor. Cuando vio el cambio en la cara del perro, cuando se percató de que relajaba las mandíbulas y de que abría la boca, le dijo con firmeza:

—Siéntate, *Albert.*

El perro bajó los cuartos traseros al suelo y gimió. Beatrix extendió una mano para acariciarle la cabeza y rascarle detrás de las orejas. *Albert* se puso a jadear, encantado, con los ojos medio cerrados por el placer.

—Así que te has escapado, ¿no? —le preguntó, acariciándole el áspero pelo de la cabeza—. Eres muy travieso. Supongo que te lo has pasado en grande persiguiendo conejos y ardillas. Y luego está el rumor de una gallina perdida... Será mejor que te mantengas alejado de los gallineros o no te irá nada bien en Stony Cross. ¿Te llevo a casa, bonito? Seguro que te está buscando. Que...

Dejó de hablar al escuchar algo... a alguien... que se abría paso entre la maleza. *Albert* volvió la cabeza y soltó un ladrido alegre al tiempo que se acercaba trotando a la figura.

Beatrix tardó un poco más en levantar la cabeza. Se esforzó por controlar su respiración e intentó tranquilizar los desaforados latidos de su corazón. Era consciente de que el perro regresaba a ella, con paso alegre y la lengua fuera. El perro miró a su amo como si le dijera: «¡Mira lo que he encontrado!»

Beatrix soltó el aire despacio y miró al hombre que se había detenido a unos tres metros de ella.

Christopher.

Fue como si el mundo se detuviera.

Intentó comparar al hombre que tenía delante con el libertino que fuera en otro tiempo. Pero parecía imposible que se tratara de la misma persona. Ya no era un dios del Olimpo que hubiera bajado a la Tierra... En ese momento era un guerrero curtido por experiencias amargas.

Su tez era una mezcla de dorado y cobrizo, como si se hubiera impregnado de sol lentamente. Los mechones rubios de su pelo estaban pulcramente cortados a capas. Su rostro era impasible, pero veía algo muy volátil en esas contenidas facciones.

¡Qué triste parecía! Y qué solo.

Quería correr hacia él. Quería tocarlo. El esfuerzo de

mantenerse en el sitio hizo que sus músculos comenzaran a temblar.

Se oyó hablar en una voz un tanto temblorosa:

—Bienvenido a casa, capitán Phelan.

Christopher siguió callado, mirándola sin reconocerla. ¡Por el amor de Dios, esos ojos! Eran una mezcla de hielo y fuego, y su mirada la atravesaba.

—Soy Beatrix Hathaway —consiguió decir—. Mi familia...

—La recuerdo.

La voz grave fue como una caricia aterciopelada en sus oídos. Fascinada, y asombrada, Beatrix clavó la vista en ese rostro impasible.

Para Christopher Phelan era una desconocida. Pero el recuerdo de sus cartas flotaba entre ambos, aunque él no fuera consciente.

Beatrix acarició el pelo duro de *Albert*.

—No estuvo en Londres —dijo ella—. Ha habido mucha algarabía por su culpa.

—No estaba preparado para la ciudad.

Esas escasas palabras expresaban un mundo. Por supuesto que no estaba preparado. Pasar de la brutalidad sanguinaria de la guerra a la fanfarria de los desfiles, las trompetas y los pétalos de flores sería un contraste descomunal.

—No creo que ningún hombre en su sano juicio lo estuviera —replicó—. La ciudad está desquiciada. Su imagen decora todos los escaparates. Y están nombrando cosas en su honor.

—Cosas —repitió él con cautela.

—Han creado el sombrero Phelan.

Christopher frunció el ceño.

—No es verdad.

—Claro que sí. De copa redondeada y ala estrecha. Se vende en gris o en negro. Tienen uno en el escaparate de la mercería de Stony Cross.

Todavía con el ceño fruncido, Christopher masculló algo.

Beatrix siguió acariciando las orejas de *Albert*.

—Supe... Sé cosas de *Albert* gracias a Prudence. Es maravilloso que se lo haya traído con usted.

—Fue un error —repuso él con tono seco—. Se está comportando como un loco desde que atracamos en Dover. De momento, ha intentado morder a dos personas, incluyendo a uno de mis criados. No deja de ladrar. Anoche tuve que encerrarlo en el cobertizo del jardinero, pero se escapó.

—Tiene miedo —explicó Beatrix—. Cree que si se comporta así, nadie le hará daño.

El perro, nervioso, se levantó sobre las patas traseras y se le echó encima, a lo que Beatrix respondió dándole un ligero toque con la rodilla en el pecho.

—Ven —ordenó Christopher con un tono tan autoritario que le provocó a Beatrix un escalofrío.

El perro se acercó a su amo con el rabo entre las patas. Christopher se sacó una correa trenzada del bolsillo de la chaqueta y se la puso al perro. Acto seguido la miró, subiendo desde las dos manchas de barro de sus faldas hasta la suave curva de sus pechos.

—Lo siento —se disculpó él con brusquedad.

—No pasa nada. No me importa. Pero debería aprender a no saltar sobre la gente.

—Sólo ha estado con soldados. No tiene ni idea de cómo comportarse entre gente educada.

—Puede aprender. Estoy segura de que será un perro estupendo en cuanto se acostumbre a su nuevo hogar. —Hizo una pausa antes de añadir—: Podría trabajar con él la próxima vez que vaya a ver a Audrey. Tengo buena mano con los perros.

Christopher la miró con expresión pensativa.

—Se me había olvidado que es amiga de mi cuñada.

—Sí. —Titubeó un momento—. Debería haberle expresado mis condolencias por la muerte de...

Christopher levantó una mano para que se callara. Y cuando la volvió a bajar, tenía el puño apretado.

Beatrix entendía su postura. El dolor por la muerte de su hermano seguía estando muy vivo. Era un territorio que todavía no podía atravesar.

—No ha tenido la oportunidad de llorar su pérdida, ¿verdad? —preguntó en voz baja—. Supongo que su muerte no era algo del todo real hasta que volvió a Stony Cross.

Christopher le lanzó una mirada de advertencia.

Beatrix había visto esa misma expresión en animales capturados. Era una animosidad impotente hacia todo aquel que se acercara. Había aprendido a respetar semejante mirada, a sabiendas de que los animales salvajes eran más peligrosos cuanto más indefensos se sintieran. Se concentró de nuevo en el perro y siguió acariciándolo.

—¿Cómo está Prudence? —lo oyó preguntar. Le dolió escuchar esa nota de titubeante anhelo en su voz.

—Creo que muy bien. Está en Londres para pasar la temporada social. —Titubeó antes de añadir con tiento—: Seguimos siendo amigas, pero tal vez ya no seamos tan íntimas como antaño.

—¿Por qué?

Christopher la miraba con detenimiento. Era evidente que cualquier mención referente a Prudence merecía toda su atención.

«Por ti», pensó Beatrix, que consiguió esbozar una sonrisa torcida.

—Parece que tenemos intereses distintos.

«A mí me interesas tú y a ella sólo le interesa tu herencia», pensó.

—No se puede decir que estén cortadas por el mismo patrón.

Al escuchar la nota sarcástica de su voz, Beatrix ladeó la cabeza y lo miró con curiosidad.

—No lo entiendo.

Christopher titubeó antes de explicarse.

—Sólo quiero decir que la señorita Mercer es convencional. Mientras que usted... no lo es.

Su voz estaba teñida de un ligerísimo deje de superioridad... que le fue imposible pasar por alto.

De repente, toda la compasión y la ternura que estaba sintiendo desaparecieron al darse cuenta de que Christopher Phelan no había cambiado en un aspecto fundamental: seguía profesándole la misma antipatía de siempre.

—No me gustaría ser una persona convencional —replicó—. Suelen ser aburridas y superficiales.

Al parecer, Christopher se lo tomó como un insulto hacia Prudence.

—¿En comparación con la gente que lleva alimañas de jardín a las meriendas al aire libre? Nadie podría acusarla de ser aburrida, señorita Hathaway.

Beatrix se quedó blanca. La había insultado. Darse cuenta de ese hecho hizo que se le entumeciera el cuerpo.

—Puede insultarme todo lo que quiera —dijo, sorprendida de poder hablar—. Pero no se meta con mi erizo.

Dio media vuelta y se alejó de él a grandes zancadas. *Albert* gimió e hizo ademán de seguirla, lo que obligó a Christopher a llamarlo.

Beatrix no volvió la cabeza siquiera, se limitó a seguir su camino. Por si no fuera bastante malo querer a un hombre que no la correspondía, para colmo quería a uno que la despreciaba.

Por ridículo que pareciera, deseó poder escribirle a Christopher para hablarle del desconocido con quien acababa de cruzarse.

«Ha sido muy desdeñoso —le diría—. Se ha desentendido de mí como si no mereciera un mínimo de respeto. Es evidente que cree que estoy asilvestrada e incluso un poco loca. Y lo peor de todo es que posiblemente tenga razón.»

Se le pasó por la cabeza que ése era el motivo por el que

prefería la compañía de los animales a la de las personas. Los animales no engañaban. No emitían señales contradictorias sobre sí mismos. Y era de todos sabido que un animal no podía cambiar su forma de ser.

Christopher regresó a casa con *Albert* trotando tranquilamente a su lado. Por alguna razón, el perro parecía haber mejorado mucho después del encuentro con Beatrix Hathaway. Mientras lo miraba con expresión crítica, el perro alzó la cabeza y le devolvió la mirada enseñándole los dientes como si sonriera, con la lengua colgando.

—Idiota —masculló, aunque no tenía claro si se lo decía al perro o a sí mismo.

Se sentía inquieto y culpable. Sabía que se había comportado como un imbécil con Beatrix Hathaway. La muchacha se había mostrado amable y él se había mostrado frío y despectivo.

No era su intención ofenderla. Simplemente anhelaba muchísimo estar con Prudence, anhelaba esa voz dulce y sincera que había protegido su cordura. Cada palabra de cada carta que le había enviado seguía resonando en su alma.

«He estado paseando mucho últimamente. Creo que pienso mejor cuando estoy al aire libre.»

De modo que cuando salió en busca de *Albert* y se encontró en mitad del bosque, lo asaltó una idea descabellada... La idea de que ella se encontraba cerca, de que el destino los uniría así de rápido, con suma facilidad.

Sin embargo, en vez de encontrar a la mujer con la que soñaba, a la mujer a la que anhelaba y necesitaba, se había encontrado a Beatrix Hathaway.

En realidad, no le caía mal. Beatrix era una criatura rara, cierto, pero bastante cautivadora, y ciertamente muchísimo más atractiva de lo que recordaba. De hecho, se había convertido en una belleza durante su ausencia, ya que su cuerpo desgarbado había desarrollado unas preciosas curvas en los lugares adecuados...

Meneó la cabeza con impaciencia en un intento por reconducir sus pensamientos. Sin embargo, no pudo desentenderse de la imagen de Beatrix Hathaway. Un rostro ovalado muy bonito, una boca sensual y unos ojos hipnóticos, de un azul tan intenso que parecía tener toques de púrpura. Además de un sedoso pelo oscuro, recogido al descuido y con algunos mechones sueltos.

¡Por Dios! Hacía muchísimo que no se acostaba con una mujer. Estaba muy necesitado de contacto físico, se sentía solo, abrumado por la pena y la rabia a partes iguales. Tenía muchos anhelos por satisfacer, pero no sabía cómo hacerlo. Aunque encontrar a Prudence le parecía un buen comienzo.

Descansaría allí unos días. Cuando se sintiera más centrado, iría a Londres en busca de Prudence. Sin embargo, de momento saltaba a la vista que había perdido su piquito de oro. Era consciente de que había dejado de ser el hombre relajado y encantador, para convertirse en un tipo impasible y taciturno.

En parte se debía a que no estaba durmiendo bien. Cualquier ruido, ya fuera el crujido del suelo de madera o el golpeteo de una rama contra una ventana, lo despertaba con el corazón desbocado y preparado para la acción. También le sucedía estando despierto. El día anterior, a Audrey se le había caído uno de los libros del montón que llevaba en las manos y él había estado a punto de dar un salto. De forma instintiva había echado mano al arma antes de recordar que ya no iba armado. Su fusil se había convertido en una parte más de él, como sus brazos... de hecho, a veces sentía su presencia fantasma.

Aminoró el paso. Se detuvo y se arrodilló junto a *Albert*, mirando esa cara de bigotes largos.

—Es duro dejar la guerra atrás, ¿verdad? —murmuró mientras acariciaba al perro con fuerza y cariño. *Albert* se puso a jadear, se abalanzó sobre él e intentó lamerle la cara—. Pobrecillo, no tienes ni idea de lo que está pasando, ¿a que no? Seguro que esperas que empiecen a caernos bombas en cualquier momento.

Albert se tendió panza arriba y se arqueó para que le rascara la barriga. Christopher lo hizo antes de ponerse en pie.

—Volvamos a casa —dijo—. Dejaré que vuelvas a entrar... pero ojo con morderle a alguien.

Por desgracia, en cuanto entraron en la mansión tapizada de hiedra, *Albert* demostró la misma hostilidad de siempre. Con expresión seria, Christopher lo arrastró al saloncito, donde su madre y Audrey estaban tomando el té.

Albert les ladró. Le ladró a una criada aterrada. Le ladró a una mosca que vio en una pared. Le ladró a la tetera.

—¡Cállate! —ordenó Christopher entre dientes al tiempo que tiraba del rabioso perro hacia el canapé. Ató la correa a una de las patas—. Siéntate, *Albert*. Échate.

El perro se tumbó en el suelo a regañadientes, sin dejar de gruñir.

Audrey esbozó una falsa sonrisa y, parodiando las costumbres, le preguntó:

—¿Sirvo el té?

—Gracias —contestó él con voz seca antes de acercarse a la mesita.

Su madre arrugó la cara como un acordeón y dijo con voz tensa:

—Está manchando la alfombra de barro. ¿Tienes que imponernos la presencia de esa criatura, Christopher?

—Sí, tengo que hacerlo. Tiene que acostumbrarse a estar en la casa.

—Pues yo no me acostumbraré —replicó su madre—. Entiendo que el perro te haya ayudado durante la guerra. Pero seguro que ahora no te hace falta.

—¿Azúcar? ¿Leche? —preguntó Audrey, cuyos ojos castaños habían perdido la expresión risueña al mirar a madre e hijo.

—Sólo azúcar.

Christopher la vio disolver un terrón de azúcar en el té con la ayuda de una cucharilla. Aceptó la taza y se concentró en el líquido humeante mientras intentaba controlar una oleada de rabia inmerecida. Eso también representaba un problema, esas oleadas de sentimientos desmedidos que no se correspondían con las circunstancias.

Cuando se calmó lo suficiente como para hablar, dijo:

—*Albert* hizo muchísimo más que ayudarme. Mientras yo pasaba día tras día en las embarradas trincheras, hacía guardia para que pudiera dormir sin temor a que me sorprendieran. Llevó mensajes de un lado a otro de nuestras líneas para que no hubiera errores en las órdenes. Nos alertaba cuando se daba cuenta del avance del enemigo muchísimo antes de que nuestros ojos u oídos pudieran detectarlo. —Se detuvo para mirar la expresión de su madre, tensa y apenada—. Le debo la vida. Y mi lealtad. Por más feo y maleducado que parezca, da la casualidad de que lo quiero. —Miró de reojo al perro.

El rabo de *Albert* comenzó a golpear el suelo con entusiasmo.

Audrey no parecía muy convencida. Su madre, en cambio, parecía furiosa.

Christopher se bebió el té durante el silencio que se hizo en la estancia. Se le encogía el corazón al ver los cambios en ambas mujeres. Las dos estaban muy delgadas y pálidas. El pelo de su madre había encanecido. Sin duda alguna, la larga enfermedad de John les había pasado factura antes de su muerte, y los meses de luto, casi un año ya, habían rematado la tarea.

Una vez más pensó que era una pena que el protocolo del luto impusiera semejante soledad a las personas, sobre todo durante una época en la que se habrían beneficiado de tener compañía y algunas distracciones agradables.

Tras soltar la taza de té a medio beber, su madre se apartó de la mesa. Christopher se puso en pie para retirarle la silla.

—Soy incapaz de disfrutar del té con esa bestia mirándome —dijo su madre—. En cualquier momento dará un salto y se tirará a mi cuello.

—Está atado a la pata del canapé, madre —señaló Audrey.

—Da igual. Es una criatura salvaje y la detesto. —Salió de la estancia con la espalda muy tiesa por la indignación.

Liberada de la mordaza que constituían los buenos modales, Audrey apoyó un codo en la mesa, y la barbilla, en la mano.

—Tus tíos la han invitado a pasar una temporada en Hertfordshire —explicó—. La he animado a que acepte. Necesita un cambio de aires.

—La casa está demasiado a oscuras —dijo él—. ¿Por qué están todas las contraventanas cerradas y las cortinas corridas?

—Le molesta la luz.

—¡Y un cuerno! —La miró con el ceño fruncido—. Debería marcharse —dijo—. Lleva encerrada en este mausoleo demasiado tiempo. Y lo mismo digo de ti.

Audrey suspiró.

—Ha pasado casi un año. Pronto acabaré el luto completo y podré pasar al medio luto.

—¿Y qué es eso exactamente? —preguntó él, ya que tenía una noción muy vaga sobre esos rituales femeninos.

—Pues que podré abandonar el velo —contestó Audrey sin entusiasmo—. Podré ponerme ropa gris y lavanda, y adornos sin brillo. También podré asistir a ciertos eventos sociales muy concretos, siempre y cuando no parezca que me lo estoy pasando bien.

Christopher resopló para expresar su desdén.

—¿Quién ha inventado esas normas?

—No lo sé. Pero que Dios nos ayude si no las cumplimos,

porque nos enfrentaríamos a la ira de la alta sociedad. —Hizo una pausa—. Tu madre dice que no va a abandonar el luto completo. Que tiene la intención de vestir de negro lo que le queda de vida.

Christopher asintió con la cabeza, en absoluto sorprendido. La devoción de su madre por su hermano se había visto reforzada por su muerte.

—Salta a la vista que, cada vez que me mira, desea que hubiera sido yo quien hubiera muerto —dijo.

Audrey abrió la boca para replicar, pero volvió a cerrarla.

—No es culpa tuya que hayas vuelto vivo —replicó a la postre—. Me alegro de que estés aquí. Y creo que en el fondo de su corazón, tu madre también se alegra. Pero se ha desequilibrado un poco durante este último año. No creo que sea del todo consciente de lo que dice o hace. Creo que alejarse de Hampshire un tiempo le vendrá bien. —Hizo una pausa—. Yo también me voy a ir, Christopher. Quiero ver a mi familia, en Londres. Y no sería apropiado que los dos nos quedáramos en la casa sin una carabina.

—Si te parece bien, te acompañaré a Londres dentro de unos días. He pensado ir a la ciudad para ver a Prudence Mercer.

Audrey frunció el ceño.

—Vaya...

Christopher la miró con expresión interrogante.

—Supongo que no has cambiado de opinión con respecto a ella.

—Oh, claro que he cambiado. A peor.

Le fue imposible no salir en defensa de Prudence.

—¿Por qué?

—Estos dos últimos años, Prudence se ha ganado a pulso la reputación de coqueta. Todo el mundo está al tanto de que ambiciona casarse con un hombre rico, a ser posible un aristócrata. Espero que no te hayas ilusionado con la esperanza de que ha estado aguardando tu regreso.

—No iba a estar encerrada todo el tiempo que yo he estado ausente.

—Estupendo, porque no lo ha hecho. En realidad, y tal como apuntan todos los indicios, se ha olvidado de ti por completo. —Hizo una pausa antes de añadir con rencor—: Pero, poco después de la muerte de John y de que tú te convirtieras en el nuevo heredero de Riverton, Prudence desarrolló un renovado interés por ti.

Christopher mantuvo el rostro impasible mientras asimilaba aquella información indeseada. No se parecía en nada a la mujer con la que se había carteado. Saltaba a la vista que Prudence era víctima de unos rumores malintencionados; aunque, a juzgar por su belleza y su encanto, también era de esperar.

Sin embargo, no tenía deseos de enzarzarse en una discusión con su cuñada. Con la idea de apartarla del espinoso tema de Prudence Mercer, dijo:

—Por cierto, me he encontrado por casualidad con una amiga suya mientras paseaba.

—¿Con quién?

—Con la señorita Hathaway.

—¿Con Beatrix? —Audrey lo miró con detenimiento—. Espero que fueras amable con ella.

—No mucho —admitió.

—¿Qué le has dicho?

Christopher miró su taza de té con el ceño fruncido.

—He insultado a su erizo —masculló.

Audrey le dirigió una mirada exasperada.

—¡Por el amor de Dios! —Comenzó a remover su té con tanta fuerza que la taza peligraba—. Y pensar que hubo un tiempo en el que eras famoso por tu piquito de oro. ¿Qué instinto perverso te lleva a insultar una y otra vez a una de las mujeres más agradables que conozco?

—No la he insultado una y otra vez, sólo ha sido hoy.

Audrey torció el gesto.

—Qué selectiva es tu memoria. Todo Stony Cross sabe que una vez dijiste que debería estar en un establo.

—Jamás le habría dicho algo semejante a una mujer, sin importar lo excéntrica que fuera. Que es —se corrigió.

—Beatrix te oyó mientras se lo decías a uno de tus amigos en la fiesta de la cosecha que se celebró en Stony Cross Manor.

—¿Y ella se lo contó a todo el mundo?

—No, cometió el error de contárselo a Prudence, quien a su vez se lo dijo a todo el mundo. Prudence es una cotilla sin remedio.

—Es evidente que no te gusta Prudence en lo más mínimo —comenzó él—, pero si la...

—Me he esforzado para que me caiga bien. Creía que debajo de todas esas capas de artificio encontraría a la verdadera Prudence. Pero debajo no hay nada. Y dudo mucho que lo haya algún día.

—¿Y crees que Beatrix Hathaway es mejor que ella?

—En todos los aspectos, salvo por su belleza, tal vez.

—Ahí te equivocas —le informó—. La señorita Hathaway es guapísima.

Audrey enarcó las cejas.

—¿Eso crees? —preguntó a la ligera mientras se llevaba la taza a los labios.

—Es evidente. Con independencia de lo que opine de su carácter, la señorita Hathaway es una mujer muy atractiva.

—En fin, no sé... —Audrey se concentró en su té y le añadió otro terrón de azúcar—. Es bastante alta.

—Su altura y su figura son perfectas.

—Y el pelo castaño es tan común...

—No es un castaño normal, es tan oscuro que parece negro. Y esos ojos...

—Azules —dijo Audrey, restándoles importancia.

—Del azul más profundo y puro que he visto. Ningún artista podría capturar... —Se detuvo de repente—. Da igual. Me estoy yendo por las ramas.

—¿Y qué querías decirme? —preguntó Audrey con voz dulce.

—Lo que quería decirte es que me da igual que la señorita Hathaway sea guapa o no. Es peculiar, al igual que su familia, y no me interesa ninguno de ellos. Y por el mismo motivo, me importa un comino que Prudence Mercer sea guapa... me interesa cómo funciona su mente. Esa mente encantadora, original y maravillosamente atractiva.

—Entiendo. La mente de Beatrix es peculiar mientras que la de Prudence es original y atractiva.

—Eso es.

Audrey meneó la cabeza despacio.

—Debería decirte una cosa. Pero si te lo dijera, no me creerías, o no querrías creerme, y me parece que con el paso del tiempo te será muy evidente. Es una de esas cosas que se deben descubrir por uno mismo.

—Audrey, ¿de qué puñetas estás hablando?

Tras cruzar sus delgados brazos por delante del pecho, su cuñada lo miró con expresión seria. Aunque en sus labios se veía el asomo de una sonrisa.

—Si eres un caballero como Dios manda —dijo a la postre—, mañana irás a ver a Beatrix y te disculparás por haber herido sus sentimientos. Ve durante uno de tus paseos con *Albert*. Seguro que le encantará ver al perro, aunque no pueda decir lo mismo de ti.

8

A la tarde siguiente, Christopher fue caminando hasta Ramsay House. No le apetecía especialmente, pero no tenía nada planeado y con tal de no aguantar las miradas rencorosas de su madre o, lo que era peor, el silencioso estoicismo de Audrey, prefería ir a algún lado. El silencio de las estancias y los recuerdos atesorados en cada uno de sus rincones le resultaban insoportables.

Todavía no le había preguntado a Audrey cómo fueron los últimos días de John, cuáles fueron sus últimas palabras.

Beatrix Hathaway había dado en el clavo al decir que la muerte de John no había sido real hasta volver a casa.

Una vez que se internaron entre los árboles, *Albert* se alejó para corretear entre la maleza. Christopher se sentía un tanto inquieto y malhumorado al pensar en la bienvenida, o más bien en la ausencia de ésta, que recibiría en Ramsay House. No le cabía duda de que Beatrix le había hablado a su familia sobre su espantoso comportamiento. De modo que estarían muy molestos con él, y con toda la razón del mundo. Se sabía que los Hathaway eran una familia muy unida, casi un clan, y que se mostraban muy protectores entre sí. Algo natural teniendo en cuenta que dos de ellos eran romaníes, por no mencionar las carencias del resto en cuanto a linaje y buena educación.

La única razón por la que se los aceptaba en los círculos sociales era el título nobiliario ostentado por Leo, lord Ramsay. Por suerte para todos, se llevaban muy bien con lord Westcliff, uno de los aristócratas más poderosos y respetados del reino. Esa amistad les había garantizado la entrada en las altas esferas; algo que, de otra forma, les habría resultado inalcanzable. No obstante, lo que más irritaba a la nobleza rural del vecindario era la absoluta indiferencia de los Hathaway al respecto, a los que les habría dado igual no ser recibidos por nadie.

Mientras se acercaba a Ramsay House se preguntó qué puñetas estaba haciendo presentándose en casa de los Hathaway sin avisar. Probablemente no fuera un día apropiado para recibir visitas, desde luego que la hora no lo era. Aunque dudaba mucho de que lo notasen siquiera.

La propiedad era pequeña pero productiva. Contaba con más de mil hectáreas de tierras de labor y tenía más de doscientos arrendatarios, todos ellos muy prósperos. Además, la madera del extenso bosque suponía una importante fuente de ingresos anuales. En ese momento atisbó a lo lejos la parte superior de la mansión, un edificio conformado por la mezcla de varios estilos: medieval en el centro con sus ventanas abuhardilladas y sus puntiagudos aleros; pináculos y relieves jacobinos; y un ala de planta cuadrada con la sencillez del estilo georgiano a la izquierda. La mezcla de estilos arquitectónicos no era inusual. Muchas mansiones antiguas habían sufrido añadidos en diversas épocas de estilo diferente al original. Sin embargo, tratándose de los Hathaway, la construcción parecía acentuar su peculiaridad.

Christopher le colocó a *Albert* la correa y siguió caminando hasta la entrada con cierto temor.

Si la suerte estaba de su parte, no habría nadie para recibirlo.

Después de atar la correa de *Albert* a una de las delgadas columnas del porche, llamó a la puerta y esperó, tenso.

Retrocedió al cabo de unos instantes, cuando un ama de llaves que parecía frenética abrió la puerta con brusquedad.

—Le pido disculpas, señor, tenemos un... —Guardó silencio al escuchar el característico sonido de la porcelana al romperse—. ¡Válgame Dios! —exclamó al tiempo que le hacía un gesto para que pasara al recibidor—. Si es tan amable de esperar...

—¡La tengo! —dijo un voz masculina, que añadió—: ¡Maldita sea, no! Va hacia la escalera.

—¡No la dejéis subir! —chilló una mujer, y al cabo de un momento se escuchó el llanto agudo de un bebé—. ¡Ese bicho espantoso ha despertado al bebé! ¿Dónde están las criadas?

—Escondidas, supongo.

Christopher seguía en el porche, parpadeando mientras escuchaba el ensordecedor alboroto.

—¿Se permiten animales dentro de la casa? —le preguntó al ama de llaves como si tal cosa.

—No, claro que no —se apresuró a contestar la mujer—. Lo que escucha... es... es un bebé. Llorando. Sí. Un bebé.

—Pues no me lo parece —replicó.

Albert ladró en el porche justo cuando un gato de tres patas apareció corriendo por el pasillo, seguido por un erizo con las púas erizadas que se movía inusualmente rápido. El ama de llaves corrió tras ellos.

—¡*Pandora,* ven aquí! —exclamó una segunda voz femenina, la de Beatrix Hathaway, comprendió Christopher, cuyos sentidos se aguzaron al reconocerla.

Semejante conmoción lo soliviantó, ya que sus instintos lo instaban a hacer algo, si bien ignoraba lo que estaba sucediendo.

De repente apareció una cabra blanca de gran tamaño por el pasillo, saltando, brincando y haciendo cabriolas.

Y tras ella apareció Beatrix Hathaway, que se detuvo al doblar la esquina.

—¡Podrías haber intentado detenerla! —gritó, tras lo cual alzó la vista para mirarlo y frunció el ceño—. ¡Ah, es usted!

—Señorita Hathaway... —le dijo.

—Sosténgalo un momento. —Y antes de salir corriendo le dejó algo cálido en las manos, que no paraba de retorcerse.

Estupefacto, Christopher miró a la criatura que tenía entre las manos. Un cabrito de color crema con la cabeza marrón. Se las apañó como pudo para sostener al animal mientras veía cómo Beatrix se alejaba, y en ese instante se percató de que llevaba pantalones y botas.

A esas alturas de su vida había visto mujeres vestidas de muy diversas maneras y también sin vestir. No obstante, jamás había visto a una vestida con la ropa de un mozo de cuadra.

—Debo de estar soñando —le dijo de forma distraída al nervioso cabrito—. Un sueño muy raro en el que aparecen Beatrix Hathaway y dos cabras...

—¡La tengo! —gritó la voz masculina—. Beatrix, te dije que la valla tenía que ser más alta.

—¡No la ha saltado! —protestó Beatrix—. ¡Se la ha comido!

—¿Quién la ha dejado entrar?

—Nadie. Ha abierto una de las puertas de atrás a cabezazos.

La conversación siguió a un volumen más bajo.

Mientras Christopher esperaba, un niño moreno de unos cuatro o cinco años entró casi sin resuello por la puerta. Llevaba una espada de madera en la mano y un pañuelo atado en la cabeza, lo que le confería el aspecto de un pirata en miniatura.

—¿Han cogido la cabra? —le preguntó a Christopher sin más preámbulo.

—Creo que sí.

—¡Rayos y centellas! Me he perdido la parte más divertida —dijo el niño con un suspiro—. ¿Quién es usted? —le preguntó, alzando la vista.

—El capitán Phelan.

El niño lo miró con renovado interés.

—¿Dónde está su uniforme?

—No lo llevo desde que acabó la guerra.

—¿Ha venido a ver a mi padre?

—No, he venido a visitar a la señorita Hathaway.

—¿Es uno de sus pretendientes?

Christopher negó con la cabeza.

—Podría serlo, pero todavía no lo sabe —comentó el niño con perspicacia.

Sus palabras estuvieron a punto de arrancarle una sonrisa, la primera genuina desde hacía mucho tiempo.

—¿La señorita Hathaway tiene muchos pretendientes?

—Pues sí. Pero ninguno quiere casarse con ella.

—¿Y a qué crees tú que se debe?

—No quieren acabar atravesados —contestó el niño, encogiéndose de hombros.

—¿Cómo dices? —Christopher enarcó las cejas.

—Antes de casarte, Cupido tiene que dispararte una flecha para que te enamores —le explicó el niño. Tras una pausa reflexiva, añadió—: Pero no creo que lo de después duela tanto como el principio.

Christopher no pudo contenerse y sonrió. En ese momento, Beatrix regresó por el pasillo, tirando de la cuerda que la cabra llevaba al cuello.

La señorita Hathaway lo miró con expresión arrobada.

Y su sonrisa se esfumó en cuanto miró esos ojos tan azules. Unos ojos increíblemente penetrantes y luminosos... los ojos de un ángel errante. Unos ojos que hacían pensar que, por muchas cosas que vieran en el pecaminoso mundo, jamás perderían la inocencia. Beatrix le recordó así sin más que era imposible limpiar de su conciencia las cosas que había visto y que había hecho como se hacía con los objetos de plata.

—Rye —le oyó decir una vez que apartó la mirada de él y la clavó en el niño—, lleva a *Pandora* al establo, ¿quieres? —le dijo mientras le tendía la cuerda—. Y al cabrito también —añadió después de quitarle al animal de los brazos.

El roce de esas manos en la pechera de la camisa suscitó una respuesta enervante, una punzada de deseo que fue directa a su entrepierna.

—Sí, tita. —El niño se marchó por la puerta principal, arreglándoselas para coger las cabras sin llegar a soltar la espada.

Y él se quedó donde estaba, mirando a Beatrix e intentando no parecer sorprendido. Aunque falló de forma estrepitosa porque para el caso bien podría estar delante de él en ropa interior. De hecho, habría sido preferible, porque al menos no le habría resultado tan erótico. El atuendo masculino delineaba a la perfección las curvas de sus caderas y de sus muslos. Y ella parecía ajena por completo a la situación. ¡La madre que la...! ¿Qué tipo de mujer era?

Sintió una mezcla de sentimientos contradictorios contra la que se vio obligado a luchar: irritación, fascinación y deseo. Beatrix Hathaway era la personificación de la feminidad más saludable con ese pelo a punto de desparramarse y esas mejillas sonrojadas por la actividad física.

—¿A qué ha venido? —le preguntó.

—A disculparme —contestó él—. Ayer fui... muy descortés.

—No, fue un grosero.

—Tiene razón. Y lo siento mucho. —Al ver que ella no decía nada, se devanó los sesos en busca de las palabras adecuadas. Él, que en el pasado tenía un piquito de oro con las mujeres...—. He pasado demasiado tiempo rodeado de brutos. Y desde que volví de Crimea me he dado cuenta de que sufro repentinos arranques de mal humor. Yo... las palabras son demasiado preciosas como para pronunciarlas al descuido.

Tal vez fuera producto de su imaginación, pero le pareció que su expresión se suavizaba un poco.

—No hace falta que se disculpe por encontrarme antipática —lo tranquilizó ella—. Sólo por ser descortés.

—Grosero —la corrigió—. Y no es cierto.

—¿El qué? —le preguntó ella con el ceño fruncido.

—Que la encuentre antipática. Me refiero a que no la conozco lo suficiente como para que me resulte simpática o antipática.

—Capitán —replicó Beatrix—, estoy segura de que cuantas más cosas descubra sobre mí, más antipatía me profesará. Por lo tanto, vamos a ahorrarnos tiempo y admitir ya que no nos soportamos; así nos evitaremos la parte intermedia.

Su actitud era tan sincera y directa que a Christopher le hizo gracia.

—Me temo que no puedo complacerla —dijo.

—¿Por qué no?

—Porque después de escucharla decir eso, resulta que ha empezado a caerme bien.

—Se le pasará —le aseguró ella.

El tono convencido de su voz estuvo a punto de arrancarle una sonrisa.

—La verdad es que la cosa empeora por momentos —comentó—. Ahora estoy segurísimo de que me gusta.

Beatrix lo miró con manifiesto escepticismo.

—¿Y qué pasa con mi erizo? ¿También le gusta?

Christopher meditó la respuesta.

—Es imposible forzar el afecto por los roedores.

—*Medusa* no es un roedor. Es un erinaceino.

—¿Por qué lo llevó a una merienda al aire libre? —le preguntó sin poder resistirse.

—Porque pensé que su compañía sería más agradable que la de las personas con las que tendría que relacionarme —contestó con el asomo de una sonrisa en los labios—. Y acerté. —Hizo una pausa—. Estamos a punto de tomar el té, ¿le apetece acompañarnos? —lo invitó.

Christopher ni siquiera la dejó terminar antes de negar con la cabeza. Los Hathaway le harían preguntas y tendría que responderlas con delicadeza. La simple idea de mantener una conversación prolongada le resultaba extenuante y le provocaba ansiedad.

—Gracias, pero no. Tengo que...

—Es mi condición para perdonarlo —lo interrumpió Beatrix. Esos ojos azules lo miraban de forma penetrante con un brillo provocador.

Sorprendido y fascinado, Christopher se preguntó cómo era posible que una joven de apenas veinte años tuviese el valor de darle órdenes.

No obstante, la tarde había tomado un giro muy entretenido. ¿Por qué no tomar el té con los Hathaway? No lo esperaban en ningún otro sitio. Y por mal que fuese el asunto, sería preferible a volver a las oscuras estancias de su casa.

—En ese caso... —Sorprendido, dejó la frase en el aire al ver que Beatrix Hathaway se inclinaba hacia él.

—¡Vaya por Dios! —exclamó ella mientras observaba con detenimiento las solapas de su chaqueta de tweed—. Está lleno de pelos de cabra. —Y procedió a sacudirle las solapas con vigor.

Christopher tardó un buen rato en recordar que debía seguir respirando.

—Señorita Hathaway... —En sus esfuerzos por limpiarle la chaqueta se había acercado demasiado. Sin embargo, ansiaba sentirla todavía más cerca. ¿Qué se sentiría al abrazarla y acercar la mejilla a esa brillante melena oscura?

—No se mueva —le dijo ella, que continuó sacudiéndole las solapas con las manos—. Ya casi no queda ninguno.

—No, no era eso, es que... —Christopher perdió el control. La agarró por las delgadas muñecas y le sostuvo las manos en el aire.

«¡Dios!», exclamó para sus adentros al sentir la suavidad de su piel... al sentir el exquisito latido de su pulso en las yemas de los dedos. Al sentir el estremecimiento que la recorrió. Ansiaba seguir dicho estremecimiento con las manos, pasar las palmas por esas curvas tan delicadas. Ansiaba sentirla a su alrededor, sus brazos, sus piernas, su pelo.

Sin embargo, pese a sus innegables encantos, jamás perseguiría a una mujer como Beatrix Hathaway, aunque no estuviera enamorado de Prudence. Porque lo que en realidad ansiaba, lo que necesitaba, era recuperar la normalidad. Recuperar la vida que le devolvería la serenidad.

Beatrix se zafó con delicadeza de sus dedos. Esos ojos azules lo miraban con recelo, de forma penetrante.

Ambos se sobresaltaron al escuchar los pasos que se acercaban.

—Buenas tardes —dijo una agradable voz femenina.

Se trataba de Amelia, la mayor de las Hathaway. Una mujer más baja y voluptuosa que su hermana. La rodeaba una especie de ternura maternal, como si estuviera preparada para consolar y tranquilizar a quien lo necesitara en cualquier momento.

—Señora Rohan... —dijo en voz baja mientras la saludaba con una inclinación de cabeza.

—Señor... —replicó ella con un deje interrogante en la voz. Aunque los habían presentado con anterioridad, saltaba a la vista que no lo recordaba.

—Amelia, es el capitán Phelan —terció Beatrix.

Los ojos azules de Amelia Rohan se abrieron de par en par.

—¡Qué agradable sorpresa! —exclamó al tiempo que le tendía la mano a Christopher.

—El capitán Phelan y yo sentimos una mutua antipatía —le informó Beatrix—. De hecho, somos enemigos enconados.

Christopher la miró de reojo al punto.

—¿Desde cuándo somos enemigos enconados?

Beatrix hizo oídos sordos a la pregunta y siguió hablando con su hermana.

—De todas formas, tomará el té con nosotros.

—Maravilloso —replicó Amelia, que aceptó sus palabras con total naturalidad—. ¿Por qué sois enemigos, cariño?

—Me lo encontré ayer mientras paseaba —contestó Beatrix—, y me dijo que *Medusa* era una «alimaña de jardín» y me regañó por haberla llevado a una merienda al aire libre.

Amelia miró a Christopher con una sonrisa.

—*Medusa* se ha ganado muchos apelativos por aquí, entre ellos «alfiletero inmundo» o «cactus ambulante».

—Nunca entenderé el incomprensible odio que la gente siente por los erizos —dijo Beatrix.

—Hacen agujeros en el jardín —señaló Amelia—, y no son precisamente mimosos. El capitán Phelan lleva razón en parte, cariño. Deberías haber llevado a tu gata a la merienda al aire libre.

—No seas tonta. Los gatos no disfrutan de las meriendas al aire libre tanto como los erizos.

La conversación prosiguió a tal velocidad que Christopher no fue capaz de decir ni pío. Hasta que se le presentó la oportunidad.

—Le he pedido disculpas a la señorita Hathaway por mis comentarios —informó a Amelia con cierto malestar.

—Encantador —replicó la dama, que lo miró con expresión benevolente—. Un hombre capaz de pedir disculpas. Sin embargo, debe saber que las disculpas con los Hathaway caen en saco roto. Normalmente nos agradan las cosas que a otros les ofenden, y viceversa. Pase, capitán, está usted entre amigos.

Christopher se encontró caminando por una casa alegre y muy luminosa, con numerosas ventanas y montones de libros por todos los sitios.

—Beatrix —dijo Amelia por encima del hombro mientras caminaban por el pasillo—, quizá deberías reconsiderar tu atuendo. Puede que el pobre capitán Phelan lo encuentre un poco escandaloso.

—Ya me ha visto así —replicó la aludida, que caminaba detrás de él—, y ya lo he escandalizado. ¿Para qué cambiarme? Capitán, ¿se sentiría más cómodo si me quitara los pantalones?

—No —se apresuró a contestar.

—Bien, seguiré con ellos. De verdad, no entiendo por qué las mujeres no podemos vestirnos así todo el tiempo. Con los pantalones se puede caminar libremente e incluso saltar. ¿Cómo vamos a perseguir cabras con un vestido?

—Un detalle que las modistas deberían tener en cuenta —señaló Amelia—. Aunque lo comento pensando más en los niños que en las cabras.

Llegaron a una estancia flanqueada por una hilera de ventanales orientados al jardín que conformaban un semicírculo. Un lugar acogedor, con mullidos sillones y cojines bordados. Una criada estaba ocupada colocando el servicio de té sobre la mesita. Christopher no pudo evitar comparar la acogedora escena con el tirante té del día anterior en el inmaculado salón de Phelan House.

—Tillie, por favor, coloca otro servicio —dijo Amelia—. Tenemos un invitado.

—Sí, señora. —La criada parecía muy preocupada—. ¿Se ha ido la cabra?

—Se ha ido, sí —fue la tranquilizadora respuesta—. Sirve el té cuando esté listo. —Amelia miró a Christopher con un ceño fingido—. Esa cabra ha sido un quebradero de cabeza desde el principio. Y el bicho no es bonito siquiera. Las cabras parecen ovejas mal esquiladas.

—Eso es injusto —protestó Beatrix—. Las cabras poseen mucho más carácter e inteligencia que las ovejas, que se limitan a hacerlo todo en rebaño. Bastantes he visto en Londres, gracias.

—¿Ovejas? —le preguntó él, perdido por completo.

—Mi hermana está hablando de forma figurativa, capitán —comentó Amelia.

—En realidad, he visto algunas ovejas en Londres —les aseguró Beatrix—, pero me refería a la gente. Todos comentan los mismos chismes, cosa aburridísima. Siguen la moda al pie de la letra y confirman la opinión de la mayoría por muy estúpida que sea. Es imposible enriquecerse en su compañía. Al final se acaba en fila y balando.

Cam Rohan entró en ese momento, riéndose entre dientes.

—Es obvio que los Hathaway no son ovejas. Porque llevo años intentando llevaros por el buen camino y no hay manera.

Por lo que Christopher recordaba de Rohan, había trabajado durante un tiempo en un casino londinense y después había amasado una fortuna gracias a diversas inversiones. Aunque en Stony Cross todo el mundo sabía que adoraba a su mujer y a su familia, Rohan no encajaba en la imagen de un cabeza de familia serio y respetable. Su melena oscura, sus exóticos ojos ambarinos y el diamante que llevaba en la oreja delataban su herencia romaní.

Rohan se acercó a él y lo saludó con una inclinación de cabeza, tras lo cual lo observó con gesto afable.

—Capitán Phelan, me alegro de verlo. Todos esperábamos que regresara sano y salvo.

—Gracias. Espero no importunar.

—En absoluto. Con lord Ramsay y su esposa todavía en Londres y mi hermano Merripen y Win de visita en Irlanda, esto está demasiado tranquilo últimamente. —Rohan guardó silencio un instante y en sus ojos apareció un brillo risueño—. Cabras aparte, por supuesto.

Las damas tomaron asiento mientras la servidumbre pasaba los cuencos de agua y las servilletas, tras lo cual llegó la opípara bandeja del té. Mientras Amelia servía, Christopher se percató de que añadía unas cuantas hojas verdes en la taza de Beatrix.

Consciente de su interés, Amelia dijo:

—A mi hermana le gusta el té con sabor a menta. ¿Le apetece, capitán?

—No, gracias, es que... —Dejó la frase en el aire mientras la observaba añadir una cucharada de miel a la taza.

«Por las mañanas y por las tardes me tomo un té con menta fresca endulzado con miel.»

El recuerdo de Prudence despertó el familiar anhelo y Christopher lo alejó a duras penas, obligándose a concentrarse en el presente, en las personas que lo rodeaban.

En el silencio que se produjo escuchó los ladridos de *Albert* procedentes del exterior. Se preguntó con desesperada impaciencia si el dichoso perro aprendería alguna vez a guardar silencio.

—Quiere protegerlo —dijo Beatrix—. No sabe adónde me lo he llevado y eso lo inquieta.

Christopher soltó un tenso suspiro.

—Tal vez sería mejor que me marchara. Es capaz de ladrar durante horas.

—Tonterías. *Albert* debe aprender a adaptarse a sus planes. Voy a por él.

La autoritaria actitud que demostraba lo irritó, por muy ciertas que fueran sus palabras.

—Puede romper algo —comentó, al tiempo que se ponía en pie.

—No creo que haga un estropicio peor que la cabra —replicó Beatrix, que se levantó para mirarlo de frente.

Rohan también se puso en pie en aras de las buenas costumbres, sin dejar de observarlos.

—Señorita Hathaway... —protestó Christopher, aunque acabó guardando silencio mientras parpadeaba por la sorpresa cuando la aludida le colocó una mano en el pecho. Las yemas de sus dedos se posaron por un instante en el lugar donde latía su corazón.

—Déjeme intentarlo —le dijo con suavidad.

Christopher retrocedió un paso, sin aliento. Su cuerpo había respondido con desconcertante rapidez al roce de su mano. Una dama jamás tocaba el torso de un caballero a menos que las circunstancias fueran tan extremas como... en fin, ni siquiera era capaz de imaginar un escenario que lo justificara.

Tal vez si se le prendía el chaleco y ella quisiera apagar el fuego con las manos. No se le ocurría ninguna otra razón justificable para hacer algo así.

Sin embargo, si señalaba la falta de etiqueta del gesto, él cometería otro error igual de garrafal, ya que era de mala educación corregir a una dama. Molesto y excitado, se limitó a asentir con la cabeza.

Una vez que Beatrix abandonó la estancia, los dos hombres volvieron a sentarse.

—Capitán Phelan —murmuró Amelia—, le pido que nos disculpe. Veo que mi hermana lo ha sorprendido. Le aseguro que hemos intentado pulir nuestros modales, pero somos un grupo de filisteos sin remedio. Y aprovechando que Beatrix no nos escucha, le aseguro que no suele vestirse de esa forma tan estrafalaria. Aunque de vez en cuando se le presenta alguna tarea imposible de realizar con falda. Como reemplazar un nido caído de una rama o domar un caballo y demás.

—Una solución más convencional sería la de prohibir la actividad en cuestión que necesitara del atuendo masculino —sugirió Christopher con mucho tiento.

Rohan sonrió.

—Una de mis reglas particulares para tratar con los Hathaway consiste en no prohibirles nada —replicó—. Porque eso garantiza que sigan haciéndolo.

—¡Por Dios, ni que fuésemos tan malos! —protestó Amelia.

Rohan miró a su mujer con una expresión elocuente y con la sonrisa aún en los labios.

—Los Hathaway requieren libertad —le dijo a Christopher—. Beatrix en particular. Una vida ordinaria, confinada en salitas de estar y salones, sería como encerrarla en una cárcel. No he conocido a ninguna *gadji* que se relacione con el mundo con la naturalidad y vitalidad que lo hace ella. —Al percatarse de que no lo entendía, añadió—: Es el término que los romaníes usan para las mujeres de su clase.

—Y gracias a Beatrix tenemos un zoológico formado por animales que nadie quiere —añadió Amelia—. Una cabra con la mandíbula inferior demasiado grande, una gata con tres patas, un erizo obeso, una mula con malformaciones, etcétera, etcétera.

—¿Una mula? —Christopher la miró fijamente, pero antes de que pudiera preguntarle por el animal en concreto, Beatrix volvió tirando de la correa de *Albert*.

Christopher se puso en pie para hacerse cargo del perro, pero ella negó con la cabeza.

—Gracias, capitán, pero lo tengo controlado.

Albert comenzó a menear el rabo con alegría al verlo y ladró con la intención de abalanzarse sobre él.

—¡No! —lo corrigió Beatrix, que tiró del perro hacia atrás y le colocó la mano en el hocico un momento—. Tu dueño está a salvo. No hace falta que te alborotes. Ven. —Cogió un cojín que descansaba en un canapé y lo colocó en un rincón.

Christopher la observó conducir al perro hasta el rincón y quitarle la correa una vez que estuvo de pie sobre el cojín. *Albert* se negó a sentarse o a tumbarse, pero obedeció la orden de quedarse en el rincón.

—Ahí quieto —le dijo ella.

Para sorpresa de Christopher, el perro no se movió. Un perro capaz de atravesar el fuego cruzado en el frente se acobardaba ante Beatrix Hathaway.

—Creo que va a ser bueno —comentó la susodicha mientras regresaba a su sillón—. Pero sería mejor que no le prestáramos atención. —En cuanto estuvo sentada, se colocó la servilleta en el regazo y cogió su taza. Sonrió al percatarse de la expresión de Christopher—. Tranquilo, capitán —le dijo con suavidad—. Cuanto más relajado esté usted, más tranquilo estará *Albert*.

Durante la hora que transcurrió, Christopher disfrutó de unas cuantas tazas de té caliente azucarado y dejó que la animada conversación fluyera a su alrededor. Poco a poco, los tensos nudos que llevaba guardados en el pecho comenzaron a aflojarse. Frente a él colocaron un platito con sándwiches y tartaletas. De vez en cuando miraba de reojo a *Albert,* que acabó tumbándose en el cojín con el hocico sobre las patas.

Los Hathaway fueron una experiencia nueva para Christopher. Inteligentes y chistosos, sus conversaciones cambiaban con rapidez y tomaban rumbos inesperados. Pronto le quedó muy claro que las Hathaway eran demasiado inteligentes para navegar por los círculos sociales más exquisitos. El único tema de conversación que no trataron fue la guerra de Crimea, cosa que les agradeció mucho. Parecían comprender que el tema de la guerra era el último que le apetecía tratar. Y sólo por eso, si bien había otros motivos, le cayeron bien.

Sin embargo, Beatrix era un problema.

Se sentía a la deriva con ella. La familiaridad con la que lo trataba lo sorprendía y lo irritaba a la vez. Y verla vestida con los pantalones, con las piernas cruzadas como si fuera un hombre, era muy desconcertante. Era una mujer rara. Subversiva y un tanto asilvestrada.

Cuando el té llegó a su fin, Christopher les agradeció la tarde tan agradable que había pasado.

—Espero que no tarde mucho en volver a visitarnos —le dijo Amelia.

—Lo haré —replicó él, sin intención de cumplir su palabra. Estaba convencido de que los Hathaway, aunque divertidos, eran preferibles en pequeñas y espaciadas dosis.

—Lo acompañaré hasta la linde del bosque —se ofreció Beatrix mientras se acercaba a *Albert.*

Christopher se las arregló para disimular la exasperación.

—No hace falta, señorita Hathaway.

—Claro que no —convino ella—, pero lo haré de todas formas.

Christopher apretó los dientes mientras extendía el brazo para que le diera la correa de *Albert.*

—Yo lo llevo —rehusó Beatrix, sin soltar la correa.

Consciente de que Rohan observaba la escena con cara de estar pasándoselo en grande, Christopher se mordió la lengua y siguió a Beatrix al exterior.

Amelia se acercó a los ventanales y observó a las dos figuras que se alejaban por la huerta en dirección al bosque. Los manzanos, cuajados de brotes verdes y flores blancas, no tardaron en conspirar con la pareja para ocultarlos a la vista.

La actitud alegre y juguetona que Beatrix había demostrado con el serio militar le resultaba muy extraña, como si su hermana tratara de hacerle recordar al capitán Phelan algo que había olvidado.

Cam se acercó también al ventanal y se colocó detrás de ella. Amelia se apoyó en él, encantada de contar con la firme y fuerte presencia de su marido. La rodeó con un brazo para acariciarla por delante y ella se estremeció por la sensualidad del momento.

—Pobre hombre —comentó mientras pensaba en los ojos atormentados de Phelan—. Ni siquiera lo reconocí al verlo. Me pregunto si será consciente de lo mucho que ha cambiado.

Cam le rozó la sien con los labios mientras replicaba:

—Me temo que se está dando cuenta ahora que está en casa.

—Antes era un hombre muy simpático. Ahora parece muy serio. Y esa mirada que tiene a veces, como si te estuviera atravesando...

—Ha pasado dos años enterrando amigos —dijo Cam en voz baja—. Y ha participado en el tipo de combate que endurece a un hombre hasta extremos insospechados. —Hizo una pausa para reflexionar—. Hay ciertas cosas que no se pueden olvidar. La cara de los hombres a los que matas no te abandonan jamás.

A sabiendas de que estaba recordando un episodio muy concreto de su pasado, Amelia se volvió y lo estrechó con fuerza entre sus brazos.

—Los romaníes no creen en la guerra —siguió Cam, con los labios pegados a su pelo—. En los conflictos, las discusiones y las peleas, sí. Pero no en quitarle la vida a un hombre que no te ha hecho nada. Ése es uno de los motivos por el que no podría ser un buen soldado.

—Pero esos mismos motivos te hacen un marido estupendo.

Los brazos de Cam la estrecharon mientras le susurraba algo en romaní. Aunque Amelia no entendió las palabras, su áspero sonido la excitó. Se pegó más a él y colocó la mejilla contra su pecho mientras reflexionaba en voz alta.

—Salta a la vista que Beatrix está fascinada por el capitán Phelan.

—Siempre la atraen las criaturas heridas.

—Las más peligrosas, por regla general.

Cam le acarició la espalda para reconfortarla.

—No la perderemos de vista, *monisha*.

Beatrix mantuvo el paso que marcaba Christopher de camino al bosque. Todavía estaba irritado por no llevar la correa de *Albert* y dejársela a otra persona. La determinación que demostraba era tan molesta como una china en el zapato. Sin embargo, cuando la tenía cerca le resultaba imposible sentirse ajeno al entorno. Tenía la habilidad de mantenerlo anclado en el presente.

No pudo evitar fijarse en los movimientos de sus piernas y sus caderas, enfundadas en los pantalones. ¿En qué estaba pensando su familia para permitir que se vistiera de esa forma? Era inaceptable incluso en privado. Esbozó una sonrisa irónica al caer en la cuenta de que tenía una cosa en común con Beatrix Hathaway: ambos llevaban el paso cambiado con respecto al resto del mundo.

La diferencia estribaba en el hecho de que él lo hacía a propósito.

Sin embargo, antes de la guerra era sencillo seguir el paso de los demás. Siempre sabía lo que hacer o lo que decir. En ese momento, la simple idea de regresar a los círculos sociales le parecía una especie de juego cuyas normas había olvidado.

—¿Se licenciará pronto? —le preguntó Beatrix.

Asintió con la cabeza.

—Me marcho a Londres dentro de unos días para arreglar todo el papeleo, sí.

—Vaya —comentó antes de añadir en voz más baja—: Supongo que irá a ver a Prudence.

Respondió a sus palabras con una especie de gruñido evasivo. En el interior del bolsillo de su chaqueta descansaba la breve y manoseada nota de la que nunca se separaba.

«No soy quien crees que soy.»

«Vuelve, por favor, vuelve a casa y búscame.»

Sí. Iría en su busca, averiguaría por qué le había escrito esas dolorosas palabras. Y después se casaría con ella.

—Ahora que su hermano nos ha abandonado —la oyó decir—, tendrá que aprender a manejar la propiedad de Riverton.

—Entre otras cosas —replicó él con voz cortante.

—Riverton incluye una gran parte del bosque de Arden.

—Lo sé —repuso con suavidad.

Beatrix no pareció percatarse del tono sarcástico.

—Algunos propietarios están talando demasiados árboles para vender la madera a los madereros de la zona. Espero que no sea su caso.

Christopher guardó silencio con la esperanza de que la conversación decayera.

—¿Quiere heredar Riverton? —le preguntó ella, sorprendiéndolo.

—Mi opinión no importa. Dado que soy el siguiente heredero, haré lo que se espera de mí.

—Pero sí que importa —insistió Beatrix—. Por eso se lo he preguntado.

Tras perder la paciencia, Christopher dijo:

—La respuesta es no, no quiero heredar Riverton. Siempre fue para John. Me siento como un puñetero impostor tratando de ocupar su sitio.

Con cualquier otra persona, el vehemente exabrupto habría supuesto el cese de las preguntas. Pero Beatrix siguió insistiendo.

—¿Qué habría hecho si su hermano siguiera vivo? Se licenciaría de todas formas, ¿verdad?

—Sí. Me he cansado del ejército.

—¿Y después? ¿Qué habría hecho?

—No lo sé.

—¿Cuáles son sus aptitudes, sus habilidades?

Aminoraron el paso al llegar a la linde del bosque. Sus habilidades... Aguantar la bebida, ganar siempre al billar o a las cartas, seducir mujeres... Era un tirador extraordinario y un excelente jinete.

Y en ese momento recordó la habilidad que más elogios le había reportado, la que lo había cubierto de gloria y medallas.

—Tengo un don —contestó mientras le quitaba la correa de *Albert* de la mano. Acto seguido miró esos enormes ojos azules—: Soy un buen asesino.

Y, sin más, se alejó y la dejó en la linde del bosque.

9

Durante la semana posterior al regreso de Christopher a Hampshire, las desavenencias entre madre e hijo fueron escalando hasta el punto de que les costaba estar en la misma habitación más de unos minutos seguidos. La pobre Audrey intentaba ejercer de mediadora, pero no tenía mucho éxito.

La señora Phelan había tomado la costumbre de quejarse sin parar. Era incapaz de pasar por una habitación sin lanzar una queja al aire, como las niñas encargadas de arrojar pétalos de flores en las bodas. Se pasaba el día con los nervios a flor de piel, lo que la obligaba a acostarse a oscuras a mediodía, todos los días. Un sinfín de malestares y dolores le impedían supervisar las tareas domésticas y, de resultas, nada se hacía a su entera satisfacción.

Durante ese periodo de reposo diario, la señora Phelan reaccionaba al tintineo de los platos en la cocina como si la estuvieran apuñalando. Los murmullos o los pasos en la planta superior eran una agonía para sus nervios. Todo el servicio tenía que andar como si estuviera pisando huevos por temor a molestarla.

—He visto a hombres con miembros amputados que se quejaban muchísimo menos que mi madre —le dijo Christopher a Audrey, que esbozó una sonrisa torcida.

—Lleva un tiempo obsesionada con los rituales del luto —comentó Audrey sin sonreír—, como si creyera que de ese modo conseguirá retener a John. Me alegro de que tu tío venga a por ella mañana. La rutina que ha establecido tiene que acabarse.

Cuatro veces por semana, como mínimo, la señora Phelan iba al cementerio situado junto a la iglesia de Stony Cross y pasaba una hora junto a la tumba de John. Dado que no quería ir sola, solía pedirle a Audrey que la acompañase. Sin embargo, el día anterior había insistido en que Christopher fuera con ella. De modo que éste había pasado una hora cariacontecido y en silencio mientras su madre se arrodillaba junto a la lápida de John y dejaba escapar alguna lagrimilla.

Después, cuando por fin le indicó que quería ponerse en pie, Christopher hizo ademán de ayudarla, pero su madre quiso que se arrodillara y rezara como ella había hecho.

Fue incapaz de hacerlo, ni siquiera para complacerla.

—Lloraré a mi modo —le dijo—. Y cuando yo lo decida, no cuando lo decidas tú.

—La falta de respeto que demuestras hacia tu hermano no es decente —lo reprendió su madre con rabia—. Tu hermano se merece que el hombre que se ha beneficiado tantísimo de su muerte lo llore, o al menos que parezca que lo hace.

Christopher la miró, estupefacto.

—¿Que me he beneficiado? —repitió en voz baja—. Sabes perfectamente que siempre me ha importado un comino heredar o no Riverton. Daría todo lo que poseo para devolverle la vida. Si hubiera podido dar mi vida a cambio de la suya, lo habría hecho.

—¡Ojalá hubiera sido posible! —exclamó su madre con voz ponzoñosa.

Y regresaron a la casa en silencio.

Durante todo el trayecto, Christopher se preguntó cuántas horas había estado su madre junto a la tumba de John, rezando y deseando que hubiera muerto su otro hijo.

John había sido el hijo perfecto, responsable y de fiar. Él, en cambio, había sido el hijo díscolo y travieso, mujeriego, irresponsable e insensato. Al igual que su padre, William. Cada vez que William se veía envuelto en un escándalo en Londres, escándalo que solía involucrar a la esposa de otro, la señora Phelan se mostraba fría y distante con Christopher, como si fuera el sustituto oficial de su marido infiel. Cuando William Phelan murió al caerse de un caballo, todo Londres comentó lo extraño que resultaba que no hubiera muerto a manos de un marido cornudo o del padre de alguna de las mujeres a las que había seducido.

Christopher tenía doce años cuando su padre murió. Y en ausencia de éste había asumido poco a poco el papel de libertino desatado. Tal parecía que era lo que se esperaba de él. A decir verdad, le encantaban los placeres que ofrecía la ciudad, sin importar que sus diversiones fueran pasajeras y superficiales. Ser oficial del ejército resultó el trabajo perfecto para él, ya que descubrió que le gustaban todos los aspectos que conllevaba su cargo. Hasta que, pensó con una sonrisa torcida, lo llamaron a filas para ir a la guerra.

Y resultó muchísimo más efectivo en combate de lo que él mismo, y cualquier otra persona, había previsto. Sin embargo, cuanto más efectivo se volvía a la hora de matar a los demás, más muerto se sentía por dentro.

No obstante, estaba Prudence. La única parte decente que quedaba de él era precisamente la parte que la quería. La idea de ir a buscarla lo ponía muy nervioso.

Aún le costaba dormir y solía despertarse de un brinco en mitad de la noche por culpa de las pesadillas. Y había momentos a lo largo del día en los que cualquier ruido lo sobresaltaba, haciendo que buscara el fusil que ya no llevaba consigo. Pero estaba seguro de que todo eso mejoraría con el tiempo.

Tenía que mejorar.

10

Obviamente, era absurdo esperar algo en lo concerniente a Christopher Phelan. Un hecho que Beatrix se repetía una y otra vez. Christopher quería a Prudence. A la guapa, rubia y convencional Prudence.

Era la primera vez en su vida que anhelaba ser lo que no era.

«Creo que eres la única oportunidad que tengo para reintegrarme al mundo...»

Quizá Prudence fuera, después de todo, la mujer que Christopher necesitaba. Era capaz de manejarse en el ambiente social como ella jamás podría hacer. Pues sí. Si era lo mejor para él, no podía culparlo. Bastantes sufrimientos y penalidades había padecido. Nada más lejos de su intención que ocasionarle alguna dificultad.

Pero... no podía dejar de pensar en él. Era como una enfermedad. Le resultaba imposible seguir con su vida como siempre. Se pasaba el día al borde de las lágrimas. Se sentía acalorada, cansada y sin apetito. De hecho, estaba tan alicaída que Amelia insistió en prepararle un tónico de acedera.

—Estás desconocida —le dijo su hermana—. Con lo alegre que tú eres...

—¿Por qué voy a estar alegre si no tengo motivos? —le preguntó ella, malhumorada.

—¿Es que tienes motivos para estar triste?

Beatrix ansiaba confiar en su hermana, pero guardó silencio. Amelia no podía hacer nada para mejorar su situación. Además, aunque pudiera decírselo a cien personas o a mil, seguiría sintiéndose igual. Languidecía por un hombre que jamás podría tener, y no quería que le señalaran lo absurda que estaba siendo. Ni siquiera quería dejar de languidecer. La fuerza de su amor era el único vínculo que la unía a él.

Estaba tan obsesionada con Christopher que incluso había pensado en pasar el resto de la temporada social en Londres. Así podría visitar a Audrey, y también lo vería a él. Sin embargo, también se vería obligada a verlo con Prudence... bailando con ella, coqueteando con ella, cortejándola. Y estaba segurísima de que no podría soportarlo.

No, se quedaría en Hampshire, donde debía estar.

Audrey le dijo que había tomado una sabia decisión.

—Bea, ha cambiado, y no precisamente para mejor. Nada más volver me tentó la idea de decirle la verdad sobre las cartas. De decirle que eras tú quien le había escrito, no Prudence. Pero ahora me alegro de no haberlo hecho. No es quien era. Bebe más de la cuenta. Se sobresalta con cualquier cosa. A veces oye o ve cosas que no existen. Y sé que no duerme bien. Lo escucho vagar sin rumbo por las noches. Pero cuando intento hablar con él, le resta importancia a mis preguntas como si fueran tonterías mías. Otras veces, una simple pregunta basta para provocarle un arrebato de ira que controla a duras penas. No sé si...

—¿Qué? —susurró Beatrix, muerta de la preocupación.

Audrey la miró fijamente.

—No sé si Prudence podrá manejarlo. Christopher está decidido a conseguirla, pero ya no es el hombre que era. Y Prudence carece del sentido común como para darse cuenta. Me pregunto si será un peligro para ella.

Beatrix se encaminó a Phelan House con un propósito en mente mientras reflexionaba sobre las funestas palabras de su amiga. Aunque no podía ayudar a Christopher, había muchas cosas que podía hacer por *Albert*. Era muy probable que un perro agresivo acabara haciéndole daño a alguien; y dadas las circunstancias, el pobre perro carecería del cariño y la atención que necesitaba. Los perros eran criaturas gregarias por naturaleza, de ahí la necesidad de enseñarle a *Albert* a relacionarse con otras criaturas.

El ama de llaves de los Phelan, la señora Clocker, la saludó en la puerta y le informó de que Audrey no estaba en casa, pero que regresaría pronto del pueblo.

—¿Quiere esperarla, señorita Hathaway?

—En realidad, me gustaría comentarle una cosa al capitán Phelan. —Beatrix esbozó una sonrisa insegura al percatarse de la mirada interrogante del ama de llaves—. Quiero ofrecerme a cuidar a *Albert* mientras él está en Londres.

La señora Clocker puso los ojos como platos.

—El señor tiene intención de dejar aquí al animal para que lo cuide la servidumbre. —Y susurró, inclinándose hacia ella—: Señorita, es un engendro del infierno. Ni el mismísimo diablo lo querría.

Beatrix esbozó una sonrisa comprensiva.

—Espero que mi influencia sea positiva. Si el capitán Phelan me lo permite, me llevaré hoy a *Albert* y así le ahorraré la carga de tener que cuidarlo.

La expresión del ama de llaves se tornó radiante.

—¡Qué detalle por su parte, señorita Hathaway! Informaré al capitán Phelan de inmediato. —Y se marchó a toda prisa, como si temiera que pudiera desaparecer.

En cuanto la alta figura de Christopher entró en el salón recibidor, Beatrix se ruborizó de la cabeza a los pies.

«Ya está bien, Beatrix Hathaway —se dijo a modo de reprimenda—. Si sigues haciendo el tonto, tendrás que irte a casa y beberte todo el tónico de acedera.»

—Señorita Hathaway... —la saludó Christopher al tiempo que hacía una exquisita reverencia.

Las oscuras ojeras provocadas por la falta de sueño aumentaban si cabía su atractivo, ya que le otorgaban un aura de humanidad a sus cinceladas facciones.

Beatrix se las arregló para sonreír con alegría.

—Buenos días, capitán Phelan.

—Es más de mediodía.

—Ah, ¿sí? —Le echó un vistazo al reloj que descansaba en la repisa de la chimenea. Eran las doce y media—. En ese caso, buenas tardes.

El capitán enarcó una ceja.

—¿Puedo ayudarla en algo?

—Más bien es al contrario, espero. Me gustaría llevarme a *Albert* a Ramsay House mientras usted está en Londres.

Sus palabras hicieron que la mirara con los ojos entrecerrados.

—¿Por qué?

—Porque me encantaría ayudarlo a adaptarse a su nueva vida. *Albert* recibirá los mejores cuidados, y yo trabajaré con él, lo adiestraré y... —Dejó la frase en el aire al percatarse de la seriedad de su expresión. Hasta ese momento no se le había ocurrido que pudiera rechazar su oferta.

—Se lo agradezco, señorita Hathaway, pero creo que es mejor para todos que se quede aquí con la servidumbre.

—¿Es porque... porque duda de mi habilidad para ayudarlo? —consiguió preguntarle.

—El perro es muy nervioso. Necesita tranquilidad y silencio. Sin ánimo de ofender, creo que el ambiente de Ramsay House es demasiado caótico para él.

Beatrix lo miró con los ojos entrecerrados.

—Discúlpeme, capitán, pero está usted muy equivocado. Ése es precisamente el tipo de entorno que *Albert* necesita. Verá, desde la perspectiva de un perro...

—No necesito sus consejos.

—Sí los necesita —lo corrigió de forma impulsiva—. ¿Por qué está tan seguro de que lleva razón? Al menos podría escucharme un momento. No sé si se ha dado cuenta de que es muy posible que sepa más de perros que usted.

Christopher la atravesó con la mirada adusta de un hombre poco acostumbrado a que le llevaran la contraria.

—No lo dudo. Pero en el caso de *Albert,* yo sé más que usted.

—Sí, pero...

—Es hora de que se marche, señorita Hathaway.

Beatrix se sintió invadida por una amarga decepción.

—¿Qué cree que hará la servidumbre con él durante su ausencia? —le preguntó con malos modos y siguió sin darle opción a que le contestara—: Lo encerrarán en algún cobertizo, o en alguna habitación, porque le tienen miedo y así sólo conseguirán convertirlo en un peligro mucho mayor. *Albert* está enfadado, nervioso y solo. No sabe lo que se espera de él. Necesita atención y cuidados constantes. Y yo soy la única persona con el tiempo y la disposición necesarios para ofrecérselos.

—Ese perro ha sido mi compañero durante dos años —señaló Christopher con brusquedad—. Jamás se me ocurriría obligarlo a vivir en ese manicomio que es Ramsay House. *Albert* no necesita semejante caos, ni todo ese ruido ni la confusión ni...

Sus palabras se vieron interrumpidas por una andanada de agudos ladridos y por un ensordecedor estruendo. *Albert* acababa de entrar corriendo por la puerta principal y se había cruzado en el camino de una criada que llevaba una bandeja con la cubertería de plata que acababa de pulir.

Beatrix alcanzó a ver tenedores y cucharas esparcidos por el suelo justo antes de que alguien la arrojara al suelo del salón recibidor. El impacto la dejó sin aliento.

Atónita, se percató de que estaba inmovilizada sobre la alfombra por el peso de un cuerpo masculino.

Pese al asombro, intentó analizar la situación. Christopher se había abalanzado sobre ella. Sus brazos le protegían la cabeza. Se había movido por instinto para protegerla con su cuerpo. Y ambos resollaban en el suelo, con la ropa desordenada e íntimamente unidos.

Christopher alzó la mirada para ojear sus alrededores con recelo. En un primer momento, la ferocidad de su expresión la asustó. Ésa era la cara del soldado inmerso en el combate, comprendió. Eso era lo que habían visto sus enemigos antes de que los matara.

Albert llegó corriendo hasta ellos entre furiosos ladridos.

—No —dijo Beatrix en voz baja al tiempo que extendía un brazo para hacerle una señal con un dedo—. Échate.

Los ladridos se transformaron en un gruñido amenazador mientras la obedecía sin apartar la mirada de su dueño en ningún momento.

Beatrix volvió a mirar a Christopher. Estaba jadeando y tragando saliva en un intento por recuperar la normalidad.

—Christopher —lo llamó con delicadeza, si bien no pareció escucharla. En ese instante no había palabras que pudieran alcanzarlo.

Le pasó un brazo por los hombros y el otro por la cintura. Era un hombre corpulento, increíblemente atlético, y sin embargo todo su cuerpo era presa de continuos temblores. Sintió una arrolladora ternura mientras le acariciaba la nuca.

Albert gimió suavemente sin dejar de observarlos.

Por encima del hombro de Christopher, Beatrix vio que la criada estaba en la puerta con unos cuantos tenedores en la mano, sin saber muy bien qué hacer. Aunque le importaba un comino crear un escándalo o acabar con la reputación ajada, intentó proteger a Christopher en ese momento tan vulnerable. Porque estaba segura de que él no querría que lo viesen perder el control de esa forma.

—Déjanos —le ordenó en voz baja a la criada.

—Sí, señorita. —Agradecida, la muchacha no tardó en darse media vuelta y cerrar la puerta del salón recibidor.

Beatrix miró de nuevo a Christopher, quien no parecía haberse percatado de la conversación. Con mucho tiento, lo instó a bajar la cabeza y apoyó la mejilla en su lustroso pelo rubio. Se dispuso a esperar, dejando que él sintiera el ritmo de su respiración.

Christopher tenía un olor limpio, estival, a sol y azafrán. Cerró los ojos y se permitió disfrutar del peso de ese cuerpo tan firme. Se percató de que tenía una de sus rodillas entre las piernas, sobre sus voluminosas faldas.

Pasó un minuto, y después otro. Estaba segura de que recordaría toda la vida ese momento, tumbada en el suelo bajo él, iluminados por el sol que entraba por la ventana. Su delicioso peso, el íntimo y cálido roce de su aliento en el cuello. Si fuera posible, habría prolongado ese momento eternamente.

«Te quiero —pensó—. Te quiero con locura, con desesperación, para siempre.»

Christopher levantó la cabeza y la miró con expresión desconcertada.

—Beatrix... —susurró, y la gravedad de su voz la excitó—. ¿Le he hecho daño? —le preguntó mientras enterraba esos dedos largos en su alborotado pelo oscuro.

Beatrix sintió un nudo en el estómago. Negó con la cabeza, incapaz de hablar. Porque Christopher la estaba mirando de verdad... la estaba mirando, ¡oh, cómo la miraba! Ése era el hombre de sus sueños. El hombre con quien había mantenido correspondencia. Un hombre tan atento, tan real y tan deslumbrante que estaba a punto de echarse a llorar.

—Creía que... —Christopher se interrumpió mientras rozaba una de sus encendidas mejillas con un pulgar.

—Lo sé —susurró ella, con los nervios a flor de piel por sus caricias.

—No ha sido mi intención.

—Lo sé.

Esos ojos se clavaron en sus labios entreabiertos de tal modo que sintió su mirada como si fuera una caricia. Su corazón siguió bombeando sangre a toda velocidad para animar sus lánguidas extremidades. Cada respiración elevaba su torso, de modo que era muy consciente de la presión de ese cuerpo firme, del olor a limpio de su camisa.

Los sutiles cambios que sufrió su expresión la tenían hipnotizada: el sonrojo, el brillo plateado de sus ojos. Un mundo de posibilidades irrumpió en la quietud, como un rayo de sol que se colara por las copas de los árboles.

Se preguntó si iba a besarla.

Por su mente pasaron dos palabras:

«Por favor.»

11

Christopher se tensó para detener el temblor de sus músculos. El corazón le atronaba los oídos. Intentó comprender cómo había perdido el control de la situación de esa manera. Un ruido lo había sobresaltado y había reaccionado sin pensar. No había sido consciente de nada hasta encontrarse sobre Beatrix, intentando protegerla, intentando protegerlos a ambos... y cuando recuperó el uso de los oídos, se vio abrumado por la enormidad de lo que había hecho.

Había tirado a una mujer indefensa al suelo. Se había abalanzado sobre ella como un loco. ¡Por Dios! Se sentía desorientado y un poco desquiciado. Podría haberle hecho daño.

Tenía que ayudarla a levantarse, disculparse con ella. En cambio, se encontró explorando su cuello con los dedos para acariciar su pulso. ¡Madre del amor hermoso! ¿Qué estaba haciendo?

Había pasado mucho tiempo desde la última vez que una mujer lo había abrazado. La sensación era tan maravillosa que no podía soltarla. Su cuerpo lo rodeaba con sus voluptuosas curvas. Esos dedos, delgados y suaves, seguían acariciándole la nuca. Jamás había visto unos ojos tan azules, brillantes e intensos como el cristal azul de Bristol.

Intentó recordar los motivos por los que no debía desearla.

Incluso intentó pensar en Prudence, pero le resultó imposible. Cerró los ojos y sintió su cálido aliento en la barbilla. La sentía por todas partes, con todo su cuerpo; tenía su aroma en la nariz y en la garganta; percibía el calor que irradiaba su piel.

Daba la sensación de que todos los meses y años de anhelo se habían cristalizado en ese preciso momento, hasta dar forma a ese cuerpo delgado que tenía bajo él. Le daba miedo lo que pudiera hacerle. Sabía que debía apartarse, alejarse de ella, pero sólo atinaba a recrearse en las sensaciones, en el roce de sus pechos que subían y bajaban al respirar, en el roce de sus piernas, separadas bajo las faldas. Las caricias de sus dedos en la nuca le provocaban escalofríos de placer y también lo abrasaban.

Desesperado, la cogió de las manos y se las inmovilizó por encima de la cabeza.

Mejor.

Y peor.

Esos ojos azules lo provocaban, lo incitaban a acercarse más. Percibía su intensa fuerza de voluntad, tan ardiente como el fuego, y todo su cuerpo respondió. Fascinado, vio cómo el rubor se extendía por su piel. Deseaba seguir el rastro de color con los dedos y con los labios.

En cambio, meneó la cabeza para despejarse.

—Lo siento —dijo y tomó una entrecortada bocanada de aire—. Lo siento —repitió. Se le escapó una carcajada carente de humor—. Me paso el día disculpándome con usted.

—No ha sido culpa suya —replicó ella al tiempo que aflojaba la tensión de sus muñecas.

Se preguntó cómo puñetas podía parecer tan tranquila. Salvo por el rubor de sus mejillas, no daba señales de inquietud. Experimentó la irritante impresión de que lo estaba manipulando.

—La he tirado al suelo.

—Sin intención.

Sus intentos por hacer que se sintiera mejor estaban consiguiendo todo lo contrario.

—Las intenciones no cuentan cuando alguien que te dobla en tamaño te tira al suelo.

—Las intenciones siempre cuentan —lo contradijo ella—. Y estoy acostumbrada a que me tiren al suelo.

Christopher le soltó las manos.

—¿Le pasa a menudo? —preguntó con sorna.

—Desde luego. Perros, niños... todo el mundo se me tira encima.

Christopher lo entendía a la perfección. Tirarse encima de ella era lo más placentero que había hecho en años.

—Como no soy un perro ni un niño —replicó—, no tengo excusa.

—La criada ha dejado caer una bandeja. Su reacción ha sido de lo más comprensible.

—¿En serio? —preguntó con amargura al tiempo que se apartaba de ella—. Pues que me parta un rayo, porque yo no lo entiendo.

—Claro que es comprensible —aseguró Beatrix mientras dejaba que él la ayudara a ponerse en pie—. Su comportamiento ha estado condicionado durante mucho tiempo, tenía que ponerse a cubierto cada vez que estallaba una granada o una bomba, o cada vez que alguien disparaba. El mero hecho de que haya vuelto a casa no quiere decir que pueda desprenderse de esos reflejos de un día para otro.

De repente se preguntó si Prudence lo perdonaría con tanta rapidez y si reaccionaría con tanta calma. Su expresión se tornó agria por el rumbo que tomaron sus pensamientos. ¿Tenía derecho a buscar a Prudence cuando su comportamiento era tan impredecible? No podía ponerla en peligro. Tenía que recuperar el autocontrol. Pero ¿cómo? Sus reflejos eran demasiado fuertes y rápidos.

Tras un prolongado silencio, Beatrix se acercó al perro y se agachó para acariciarlo. *Albert* se tumbó panza arriba.

Christopher se enderezó la ropa y metió las manos en los bolsillos de los pantalones.

—¿Reconsiderará su decisión? —le preguntó ella—. Me refiero a si va a permitir que me lleve a *Albert*.

—No —contestó Christopher con brusquedad.

—¿No? —repitió, como si su negativa fuera inconcebible.

Christopher frunció el ceño.

—No hace falta que se preocupe por él. Los criados tienen instrucciones muy precisas. Lo cuidarán bien.

—Estoy segura de que está convencido de ello —replicó Beatrix con la cara tensa por la indignación.

Irritado, le soltó:

—Ojalá disfrutara tanto escuchando sus opiniones como usted disfruta proclamándolas, señorita Hathaway.

—Me mantengo firme en mis opiniones cuando sé que tengo razón, capitán Phelan. Mientras que usted se mantiene en sus trece porque es un terco.

Christopher la fulminó con la mirada.

—La acompañaré a la puerta.

—No se moleste, me conozco el camino. —Y echó a andar hacia la puerta con la espalda muy tiesa.

Albert hizo ademán de seguirla, pero Christopher le ordenó que regresara a su lado.

Tras detenerse al llegar a la puerta, Beatrix se volvió para mirarlo con una expresión intensa.

—Por favor, transmítale mis mejores deseos a Audrey. Espero que ambos tengan un buen viaje de camino a Londres. —Titubeó—. Y si no le importa, salude a Prudence de mi parte cuando la vea y transmítale un mensaje.

—¿Qué mensaje?

—Dígale que voy a mantener mi promesa —contestó en voz baja.

—¿Qué promesa?

—Ella lo entenderá.

Justo tres días después de que Christopher y Audrey se marcharan a Londres, Beatrix fue a la casa de los Phelan para preguntar por *Albert*. Tal como esperaba, el perro había provocado el caos entre la servidumbre, ya que no había parado de ladrar y de aullar, de destrozar las alfombras y las tapicerías. Incluso le había mordido la mano a un criado.

—Y por si eso fuera poco, no quiere comer —añadió el ama de llaves, la señora Clocker—. Ya se le notan las costillas. Y el señor se pondrá furioso si dejamos que le pase algo. Pero es un perro muy difícil. Y la criatura más detestable que he visto en la vida.

Una criada, que estaba limpiando el pasamanos de la escalera, se vio obligada a comentar:

—Me aterra. No puedo dormir por las noches porque aúlla tan alto que pone los pelos como escarpias.

El ama de llaves parecía molesta.

—Desde luego. Sin embargo, el señor nos dijo que no dejáramos que nadie se llevara a *Albert*. Y por más que quiera deshacerme de esa bestia inmunda, más miedo me da la ira del capitán.

—Puedo ayudarlo —dijo Beatrix en voz baja—. Sé que puedo hacerlo.

—¿Al capitán o al perro? —preguntó la señora Clocker con sequedad, como si no pudiera morderse la lengua. Su voz tenía un deje desesperado.

—Puedo empezar por el perro —masculló Beatrix en respuesta.

Ambas se miraron a la cara.

—Ojalá pudiera darle la oportunidad de hacerlo —murmuró la señora Clocker—. No creo que esta casa sea el lugar indicado para que alguien mejore. Aquí las cosas se marchitan y mueren.

Ese comentario fue el que decidió a Beatrix a tomar cartas en el asunto.

—Señora Clocker, jamás le diría que desobedeciera las órdenes del capitán Phelan. Sin embargo... si la escuchara decirle a una de las criadas dónde está *Albert* en este momento, no sería culpa suya, ¿verdad? Y si *Albert* consigue escapar de alguna manera... y una persona desconocida se lo lleva y lo cuida pero no informa de que tiene el perro en su poder de inmediato, tampoco sería culpa suya, ¿cierto?

La señora Clocker la miró con expresión encantada.

—Es usted muy retorcida, señorita Hathaway.

Beatrix sonrió.

—Sí, lo sé.

El ama de llaves se volvió hacia la criada.

—Nellie —dijo en voz alta y clara—, quiero recordarte que tenemos a *Albert* en el cobertizo azul que hay junto al huerto de la cocina.

—Sí, señora. —La criada ni siquiera miró a Beatrix—. Y yo quiero recordarle, señora, que su correa está en la consola del vestíbulo.

—Muy bien, Nellie. A lo mejor deberías decirles a los demás criados y al jardinero que hagan la vista gorda si alguien se acerca al cobertizo azul.

—Sí, señora.

Mientras la criada se alejaba a toda prisa, la señora Clocker miró a Beatrix con expresión agradecida.

—Tengo entendido que obra milagros con los animales, señorita Hathaway. Y eso es justo lo que hará falta para domesticar a esa bestia infestada de pulgas.

—No ofrezco milagros —replicó ella con una sonrisa—. Sólo constancia.

—Que Dios la bendiga, señorita. Es una criatura salvaje. Si el perro es el mejor amigo del hombre, me preocupa el capitán Phelan.

—Y a mí también —le aseguró Beatrix con sinceridad.

Sólo tardó unos minutos en localizar el cobertizo azul.

El cobertizo, construido para guardar utensilios de jardinería, se estremecía bajo los envites de la criatura que había dentro. Los furiosos ladridos comenzaron cuando se acercó más. Aunque no dudaba de su capacidad para controlarlo, sus feroces ladridos, que parecían casi sobrenaturales, la instaron a actuar con más precaución.

—¿*Albert*?

Los ladridos se volvieron más frenéticos, con algún que otro chillido y gemido.

Beatrix se sentó en el suelo despacio, con la espalda apoyada en el cobertizo.

—Tranquilo, *Albert*. Te dejaré salir en cuanto te hayas calmado.

El perro gruñó y comenzó a arañar la puerta.

Como había consultado varios libros sobre perros, y uno en particular sobre los terriers, estaba casi segura de que no serviría de nada adiestrar a *Albert* con técnicas que implicaran la dominancia y los castigos. De hecho, seguramente dichas técnicas sólo consiguieran empeorar su comportamiento. Según el libro, los terriers intentaban ser más listos que los humanos. El único método que podía utilizar era el de recompensar su buen comportamiento con halagos, comida y cariño.

—Claro que estás triste, pobrecillo mío. Se ha ido y tú tienes que estar a su lado. Pero he venido a recogerte. Y mientras él esté fuera, trabajaremos en tus buenos modales. Tal vez no podamos convertirte en el perro faldero perfecto... pero te ayudaré a que aprendas a llevarte bien con los demás. —Hizo una pausa antes de añadir con una sonrisa pensativa—: Claro que yo soy incapaz de comportarme como es debido en la alta sociedad. Siempre he creído que detrás de esa fachada tan educada hay bastante hipocresía. Vaya, ya te has tranquilizado. —Se puso en pie y levantó la aldaba—. Aquí va la primera regla, *Albert:* es de muy mala educación asaltar a la gente.

Albert salió disparado del cobertizo y se abalanzó sobre ella. De no haberse sujetado, la habría tirado al suelo. Gimiendo y moviendo el rabo, *Albert* se levantó sobre las patas traseras y empezó a dar saltos para lamerle la cara. Estaba en los huesos, sucísimo y apestaba.

—¡Vaya, vaya! —exclamó Beatrix mientras acariciaba su áspero pelo. Intentó pasarle la correa por el cuello, pero el perro se tumbó panza arriba, agitando las patas en el aire. Con una carcajada, se agachó para darle el gusto y acariciarlo—. Ven a casa conmigo, *Albert.* Creo que te llevarás a las mil maravillas con los Hathaway... o lo harás en cuanto te haya dado un buen baño.

12

Christopher llevó a Audrey a Londres sin el menor contratiempo y su familia, los Kelsey, la recibió con los brazos abiertos. Todos estaban encantados de tenerla de vuelta. Por razones que nadie entendía, Audrey no quiso la compañía de ninguno de ellos después de la muerte de John. Insistió en pasar el luto a solas con la señora Phelan.

—Tu madre es la única persona que sintió la muerte de John tanto como yo —le había explicado a Christopher durante el viaje a Londres—. Encontré cierto consuelo en esa idea. Cualquier miembro de mi familia habría intentado hacerme sentir mejor, rodearme de amor y consuelo, y eso me habría impedido llorar su muerte como es debido. El asunto se habría dilatado en el tiempo. No, lo correcto era vivir mi luto todo el tiempo que me hiciera falta. Ahora es momento de recuperarme.

—Se te da muy bien organizar tus sentimientos, ¿verdad? —le preguntó con sorna.

—Supongo que sí. Ojalá pudiera organizar los tuyos. Ahora mismo parecen un cajón lleno de corbatas desornadas.

—De corbatas, no —la contradijo—. De vajilla, rota y con fragmentos afilados.

Audrey sonrió.

—Que Dios pille confesados a quienes se interpongan en el camino de tus sentimientos. —Hizo una pausa mientras lo miraba con detenimiento y una mezcla de cariño y preocupación—. Me resulta difícil mirarte —comentó, sobresaltándolo—. Es por el parecido con John. Por supuesto, eres más guapo que él, pero yo prefería su cara. Una cara maravillosamente ordinaria... no me cansaba de verla. La tuya es un poquito intimidante para mi gusto. Tienes mucha más pinta de aristócrata que John, por cierto.

Los ojos de Christopher se oscurecieron al pensar en los hombres que habían combatido a su lado y que habían tenido la fortuna de sobrevivir a sus heridas, pero que habían sufrido algún tipo de desfiguración. Esos hombres se habían preguntado cómo los recibirían al volver a casa, si sus mujeres o sus novias les darían la espalda, espantadas, al ver su apariencia.

—El aspecto exterior no importa —dijo—. Sólo importa el interior.

—Me alegro muchísimo de que digas eso.

Christopher la miró con expresión interrogante.

—¿Adónde quieres llegar?

—A ningún sitio. Salvo que... Quería preguntarte algo. Si dos mujeres, digamos que Beatrix Hathaway y Prudence Mercer, intercambiaran su aspecto y todo lo que aprecias de Prudence fuera a parar a Beatrix... ¿querrías a Beatrix?

—¡Por Dios, no!

—¿Por qué no? —preguntó, indignada.

—Porque conozco a Beatrix Hathaway y no se parece en absoluto a Pru.

—No conoces a Beatrix. No has pasado el tiempo suficiente con ella para conocerla.

—Sé que es rebelde, testaruda y muchísimo más alegre de lo que una persona en su sano juicio debería ser. Se pone pantalones, trepa a los árboles y va a donde quiere sin una carabina. También sé que ha llenado Ramsay House de ardillas, erizos y cabras, y que el pobre desgraciado que se case con ella acabará arruinado por las facturas del veterinario. ¿Puedes contradecir algunas de las cosas que he dicho?

Audrey cruzó los brazos por delante del pecho y le lanzó una mirada enfurruñada.

—Sí. No tiene ardillas.

Christopher se llevó la mano al interior de la chaqueta y sacó la carta de Pru, la que llevaba consigo siempre. Se había convertido en un talismán, en un símbolo de todo aquello por lo que había luchado. En una razón para vivir. Miró el trocito de papel sin necesidad de desdoblarlo siquiera. Las palabras estaban grabadas a fuego en su corazón.

«Vuelve, por favor, vuelve a casa y búscame.»

En el pasado había puesto en duda su capacidad para amar. Ninguna de sus aventuras amorosas había durado más de unos meses, y aunque habían sido muy apasionadas en el plano físico, jamás habían ido más allá. En definitiva, ninguna mujer le había parecido distinta al resto.

Hasta esas cartas. Las frases se le habían enroscado alrededor del cuerpo con un espíritu tan inocente y adorable, que se había enamorado de las palabras, y de ella, al punto.

Acarició con el pulgar la carta como si fuera un trozo de piel sensible.

—Toma nota, Audrey: voy a casarme con la mujer que escribió esta carta.

—Tomo nota —le aseguró ella—. Ya veremos si cumples tu palabra.

La temporada social duraría hasta agosto, momento en el que terminaban las sesiones parlamentarias y la aristocracia se marchaba a sus residencias solariegas en el campo. Allí cazarían, practicarían el tiro y se entretendrían con un sinfín de eventos de viernes a lunes. Mientras estuviera en la ciudad, Christopher se licenciaría y se reuniría con su abuelo para hablar de sus nuevas responsabilidades como heredero de Riverton. También retomaría la amistad con antiguos amigos y pasaría tiempo con algunos de los miembros de su regimiento.

Y lo más importante de todo, encontraría a Prudence.

No tenía muy claro cómo acercarse a ella después de la forma en la que había puesto fin a su correspondencia.

Claro que el culpable era él. Se había declarado demasiado pronto. Había sido demasiado impetuoso.

Sin duda alguna, Prudence había acertado al cortar la comunicación. Era una joven prudente y muy bien educada. Un cortejo serio debía llevarse a cabo con paciencia y moderación.

Si eso era lo que Prudence quería, eso le daría.

Alquiló una suite en el Rutledge, un elegante hotel frecuentado por la realeza europea, los empresarios norteamericanos y los aristócratas ingleses que no tenían residencia en la capital. El Hotel Rutledge no tenía igual en cuanto a comodidades y lujos, y podía decirse que merecía la pena pagar el exorbitante precio con tal de alojarse en sus habitaciones. Mientras hacía las gestiones para alojarse en el hotel y hablaba con el conserje, Christopher señaló un retrato que colgaba de la chimenea de mármol del vestíbulo. Era el retrato de una joven muy guapa, de pelo oscuro e increíbles ojos azules.

—Es la señora Rutledge, señor —contestó el conserje con cierto orgullo—. Es guapa, ¿verdad? Y la dama más amable que haya sobre la faz de la tierra.

Christopher observó el retrato con interés. En ese momento recordó que Amelia Hathaway le comentó que una de sus hermanas se había casado con Harry Rutledge, el propietario del hotel.

—¿La señora Rutledge es una de las hermanas Hathaway, de Hampshire?

—Así es, señor.

Christopher esbozó una sonrisa torcida. Harry Rutledge,

un hombre rico y con contactos, podría haberse casado con cualquier mujer. ¿Qué locura lo había llevado a emparentarse con semejante familia? Eran los ojos, decidió mientras examinaba el retrato con más atención muy a su pesar. De un azul Hathaway, enmarcado por espesas pestañas. Al igual que los de Beatrix.

Las invitaciones comenzaron a lloverle el día posterior a su llegada a Londres. Bailes, fiestas, cenas, veladas musicales... incluso una cena en el palacio de Buckingham, donde actuarían el compositor Johan Strauss y su orquesta.

Tras realizar unas pesquisas aceptó una invitación a un baile privado al que, según le aseguraron, la señorita Mercer y su madre habían confirmado su asistencia. El baile tendría lugar en una mansión de Mayfair, construida al estilo italiano, con un extensísimo antepatio y un vestíbulo de tres plantas de altura circundado por una galería. El baile era un despliegue de riqueza y relevancia social, ya que estaba plagado de aristócratas, diplomáticos de varias delegaciones extranjeras y famosos artistas de diferentes ámbitos.

El ambiente cargado le provocó una vaga sensación de pánico en el pecho. Reprimió la ansiedad y se acercó a los anfitriones para saludarlos. Aunque habría preferido ponerse ropa de civil, se vio obligado a lucir el uniforme de gala negro y verde de los fusileros, con las charreteras de estambre en los hombros. Dado que todavía no se había licenciado, aparecer sin el uniforme habría ocasionado muchos comentarios y críticas. Lo peor de todo era que también se veía obligado a lucir todas las medallas que le habían impuesto... No ponerse alguna estaría mal visto. Las medallas pretendían ser símbolos de su honor. A sus ojos, representaban unos hechos que preferiría olvidar.

Había más oficiales presentes con distintos uniformes, rojos o negros ribeteados de oro. La atención que despertaban, sobre todo en las mujeres, sólo consiguió aumentar su malestar.

Buscó a Prudence, pero no estaba en el saloncito ni en el salón. Minuto a espantoso minuto, fue abriéndose paso a través de la multitud, aunque se vio detenido en numerosas ocasiones cuando un conocido lo reconocía y lo obligaba a entablar conversación.

¿Dónde puñetas estaba Prudence?

«... ya sabes cómo distinguirme entre la multitud con los ojos vendados. Sólo tienes que seguir el olor a medias quemadas.»

La idea le arrancó una débil sonrisa.

Inquieto y emocionado fue al salón de baile. Tenía el corazón en la garganta.

Verla lo dejó sin respiración.

Prudence era más guapa de lo que recordaba. Llevaba un vestido rosa con volantes ribeteados de encaje y las manos enfundadas en diminutos guantes blancos. Dado que acababa de terminar un baile, se encontraba charlando con su admirador con expresión serena.

Christopher tuvo la sensación de haber viajado un millón de kilómetros para llegar a ella. La fuerza de su anhelo lo sorprendió. Verla, y escuchar el eco de sus palabras, le ofreció algo que hacía mucho que no sentía.

Esperanza.

Cuando echó a andar hacia ella, Prudence se volvió y lo vio. Sus cristalinos ojos verdes se abrieron de par en par al tiempo que soltaba una carcajada incrédula y encantada.

—Mi querido capitán Phelan —lo saludó, tendiéndole una mano enguantada.

Él se inclinó sobre dicha mano, cerrando los ojos un instante. Sentía su mano contra la suya.

¡Cuánto tiempo había esperado ese momento! ¡Cuántas veces había soñado con él!

—Tan apuesto como siempre. —Prudence le sonrió—. Mucho más, a decir verdad. ¿Qué se siente al tener tantas medallas colgadas del pecho?

—Mucho peso —contestó, y ella se echó a reír.

—Me desesperaba la idea de no volver a verlo... —comentó ella.

Al creer que se refería a la época de Crimea, lo asaltó una oleada de calor. Sin embargo, Prudence siguió hablando.

—... dado que se ha mostrado tan esquivo desde que regresó a Inglaterra. —Esbozó una sonrisa picarona—. Pero, claro, sabía que así su presencia estaría aún más solicitada.

—Créame, no deseo que nadie solicite mi presencia.

—Pues lo está, que lo sepa. Todos los anfitriones de Londres estarían encantados de tenerlo como invitado. —Se le escapó una risilla delicada—. Y todas las muchachas quieren casarse con usted.

Lo que él quería era abrazarla. Quería enterrarle la cara en el pelo.

—Es posible que no esté preparado para el matrimonio.

—¡Tonterías! Claro que lo está. Es un héroe nacional y el heredero de Riverton. No se puede estar más preparado para el matrimonio.

Christopher clavó la vista en ese rostro de facciones delicadas, en el brillo de sus dientes marfileños. Estaba hablando como siempre había hablado con él, con un tono coqueto, risueño y burlón.

—No es seguro que vaya a heredar Riverton —le dijo—. Mi abuelo podría dejarle la propiedad a uno de mis primos.

—¿Después de haberse distinguido tanto en Crimea? Lo dudo. —Le sonrió—. ¿Qué lo ha llevado a reaparecer por fin en la alta sociedad?

—He seguido mi estrella —contestó en voz baja.

—Su... —Prudence titubeó y sonrió—. Ah, claro, ya lo recuerdo.

Pero ese momento de duda lo inquietó.

La urgencia febril y apasionada comenzó a desaparecer.

Sin duda era una tontería esperar que Prudence lo recordara todo. Él había leído sus cartas miles de veces, hasta que cada palabra quedó grabada en su alma. Sin embargo, no podía esperar que ella hubiera hecho lo mismo. Al fin y al cabo, la vida de Prudence había seguido igual. La suya, en cambio, había dado un giro brutal.

—¿Aún le gusta bailar, capitán? —le preguntó ella, ocultando sus ojos verdes bajo esas larguísimas pestañas.

—Con usted como pareja, sí. —Le ofreció su brazo y ella lo aceptó sin titubear.

Bailaron.

Tenía a su amada entre los brazos.

Debería haber sido la mejor noche de su vida. Pero, en cuestión de minutos, se dio cuenta de que el anhelado alivio no era más tangible que un puente construido con humo.

Algo fallaba.

Algo no era real.

13

A lo largo de las siguientes semanas, Christopher recordó en numerosas ocasiones lo que Audrey le había dicho sobre Prudence: que bajo ese exterior superficial no había nada. Sin embargo, debía de haberlo. Porque las cartas no eran producto de su imaginación. Alguien las había escrito.

No tardó en preguntarle a Prudence sobre la última carta que había recibido.

«No soy quien crees que soy.»

Le preguntó lo que había querido decirle con aquellas palabras, deseoso de saber por qué había abandonado la correspondencia.

Prudence se puso muy colorada y su expresión se tornó incómoda, un rubor muy diferente al habitual. Era la primera señal de emoción real que veía en ella.

—Yo... no sé, supongo que lo escribí porque... porque estaba avergonzada, sí.

—¿Por qué? —le preguntó con ternura mientras la instaba a internarse más en el oscuro interior de un balcón. La aferró por los brazos, aunque llevaba las manos cubiertas por los guantes, y la atrajo con suavidad hacia su cuerpo—. Adoraba las cosas que me decías. —El anhelo le llegó al corazón, haciendo que se le disparara el pulso—. Cuando dejaste de escribirme... estuve a punto de volverme loco, pero no lo hice porque... porque me pediste que te encontrara.

—Ah, sí, es cierto. Supongo que... que me asusté por el comportamiento que había demostrado al escribir todas esas tonterías y...

Christopher la pegó aún más a su cuerpo con mucho tiento, como si fuera algo muy frágil. Rozó con los labios la delicada piel de su sien.

—Pru... soñaba con abrazarte de esta forma... Todas las noches...

Ella le arrojó los brazos al cuello y echó la cabeza hacia atrás con naturalidad. La besó con ternura. Prudence respondió al instante y separó los labios para permitirle la entrada. Fue un beso exquisito. Que no lo satisfizo en absoluto. Que no sació el furioso anhelo que lo embargaba. Tuvo la impresión de que, de algún modo, los sueños en los que besaba a Pru habían acabado eclipsando la realidad.

Los sueños solían producir ese efecto.

Prudence giró la cara con una carcajada nerviosa.

—Te veo muy ansioso.

—Perdóname. —La soltó de inmediato, pero la mantuvo cerca. Las notas florales de su perfume saturaban el aire que los rodeaba. Siguió aferrándola por los hombros. Porque esperaba sentir algo... si bien su corazón parecía estar rodeado de hielo.

Había pensado que... Pero era absurdo. Ninguna mujer que existiera sobre la faz de la Tierra podría satisfacer semejantes expectativas.

Siguió viendo a Prudence durante el resto de la temporada social. En bailes y cenas. La invitó junto con su madre a dar paseos en carruaje, a disfrutar de los monumentos londinenses, a visitar museos y exposiciones.

En realidad, no podía achacarle nada a Prudence. Era guapa y encantadora. No hacía preguntas incómodas. De hecho, apenas le preguntaba nada de índole personal. No mostraba interés por la guerra ni por las batallas que había librado, sólo por sus medallas. Se preguntó si las vería como algo más que un mero adorno resplandeciente.

Mantenían las mismas conversaciones amenas e insustanciales, salpicadas de cotilleos, que había mantenido mil veces antes con otras mujeres, durante otras temporadas sociales en Londres. Unas conversaciones que antes le bastaban.

Pero que ya no lo hacían, por mucho que le pesara.

Porque había pensado... había esperado que Prudence sintiera algo por él. Sin embargo, no percibía sentimiento alguno en ella. No encontraba la ternura, no había vestigios en ella de la mujer que había escrito: «Te llevo siempre conmigo en mis pensamientos.»

Y amaba con desesperación a la Prudence de las cartas. ¿Dónde estaba? ¿Por qué se ocultaba?

Sus sueños lo llevaban a bosques en penumbras que recorría sorteando zarzas y helechos, sorteando los troncos de los árboles para seguir la pálida silueta de una mujer que corría delante de él. Que nunca alcanzaba. Se despertaba jadeando y furioso, con las manos aferrando la nada.

Durante el día mantenía citas de negocios y acudía a los eventos sociales. Demasiadas estancias diminutas, abarrotadas y abigarradas. Muchas conversaciones vanas. Muchos eventos insustanciales. Le resultaba increíble que en otra época de su vida hubiera disfrutado de todo eso. Y en medio de todo ello se descubría de repente recordando momentos concretos de Crimea con algo parecido a la nostalgia, anhelando aquella época en la que se sentía plenamente vivo.

Porque en aquel entonces sentía cierto vínculo con el enemigo durante la batalla, como si estuvieran unidos por el esfuerzo de entenderse, de leerse el pensamiento para poder matarse. Sin embargo, con esos aristócratas siempre de punta en blanco, siempre tan sofisticados, no sentía vínculo alguno ni tampoco afinidad. Porque sabía que era diferente. Y sabía que ellos lo percibían.

Al descubrirse contento por la idea de visitar a su abuelo, comprendió lo desesperado que estaba por encontrar algo o alguien que le resultara familiar.

Lord Annandale siempre había sido un abuelo estricto e intimidante, que jamás se ahorraba un comentario demoledor. Ninguno de sus nietos, ni siquiera el primo de Christopher que algún día heredaría el título de conde, había satisfecho nunca al exigente cascarrabias. Salvo John, claro. Christopher había elegido hacer todo lo contrario.

La visita a su abuelo le provocaba una mezcla de temor y lástima, ya que era consciente de que el anciano debía de estar desolado por la muerte de John.

Una vez que llegó a la lujosa mansión que su abuelo poseía en Londres, lo hicieron pasar a la biblioteca, en cuya chimenea chisporroteaba el fuego a pesar de estar en pleno verano.

—¡Por Dios santo, abuelo! —exclamó al sentir la bofetada de calor que lo recibió en cuanto entró en la estancia—. Vamos a acabar asados como un par de pollos. —Se acercó a la ventana y la abrió de par en par, tras lo cual tomó una honda bocanada de aire—. Si quieres entrar en calor, sal a dar un paseo.

Su abuelo lo miró ceñudo desde el sillón que ocupaba junto al fuego.

—El médico me ha desaconsejado que salga. Te aconsejaría que negociaras el tema de tu herencia antes de intentar matarme.

—No tengo que negociar nada. Déjame lo que quieras dejarme, o no me dejes nada si lo prefieres.

—Tan manipulador como siempre —murmuró Annandale—. Supones que haré lo contrario de lo que digas.

Christopher sonrió, se quitó la chaqueta y la arrojó a una silla cercana mientras se acercaba a su abuelo. Intercambiaron un apretón de manos a modo de saludo, momento en el que notó la fragilidad y la frialdad de los dedos del anciano.

—Hola, abuelo. Te veo muy bien.

—No lo estoy —le aseguró—. Estoy viejo. Navegar por la vida con este cuerpo es como intentar reflotar un barco después de un naufragio.

Christopher se sentó en el otro sillón y estudió con detenimiento a su abuelo. Lo rodeaba un aura de fragilidad. Su piel se asemejaba al papel de seda arrugado alrededor de un armazón de hierro. Sin embargo, sus ojos eran los mismos de siempre, brillantes y penetrantes. Y sus cejas desafiaban el blanco níveo de su pelo con su característico color negro.

—Te he echado de menos —confesó Christopher no sin cierta sorpresa—. Aunque no sé por qué. Debe de ser tu mirada furiosa, que me devuelve a la infancia.

—Siempre fuiste muy revoltoso —replicó su abuelo— y tremendamente egoísta. Mientras leía los informes de Russell sobre tus heroicidades en el campo de batalla, estaba seguro de que se trataba de una confusión.

Christopher sonrió.

—Si realicé alguna heroicidad, fue de forma fortuita. Sólo intentaba salvar mi pellejo.

De la garganta del anciano brotó una ronca carcajada que fue incapaz de contener. Sin embargo, no tardó en fruncir el ceño de nuevo.

—Al parecer, te has comportado con honor. Se rumorea que van a darte un título menor. Y por cierto, deberías aceptar las invitaciones de la reina. Tu negativa a quedarte en Londres al volver de Crimea no sentó muy bien.

Christopher lo miró con expresión furiosa.

—No pienso entretener a la gente como si fuera un mono de feria. Mi caso es el mismo que el de miles de hombres que hicieron lo que debían hacer.

—La modestia es algo nuevo en ti —comentó su abuelo con serenidad—. ¿Es genuina o sólo estás haciendo un papel para engañarme?

Irritado, Christopher guardó silencio mientras se tiraba

con brusquedad de la corbata, que desató y dejó colgando del cuello. Al ver que de ese modo tampoco se aliviaba el calor que sentía, se puso en pie para acercarse a la ventana que acababa de abrir.

Observó la calle. Muy concurrida y ruidosa. La gente vivía prácticamente en la calle durante los meses más calurosos. Había grupos sentados o de pie junto a las puertas de las casas, comiendo, bebiendo y hablando mientras las ruedas de los vehículos y los cascos de los caballos levantaban nubes de fétido polvo. Le llamó la atención un perro que viajaba sentado en la parte trasera de una carreta que avanzaba por la calzada tirada por un poni. Lo asaltaron los remordimientos al pensar en *Albert*. Ojalá lo hubiera traído a Londres. Pero no, el jaleo y el confinamiento forzoso lo habrían enloquecido. Estaba mejor en el campo.

Al volver al presente, se percató de que su abuelo estaba diciendo algo.

—... he reconsiderado la cuestión de tu herencia. En realidad, te había dejado muy poco. El grueso de mi fortuna estaba destinado, por supuesto, a tu hermano. No he conocido a ningún hombre que mereciera más Riverton que John Phelan.

—Desde luego —convino él en voz baja.

—Pero dado que ha muerto sin herederos, sólo quedas tú. Y aunque tu carácter parece haber mejorado algo, no estoy seguro de que merezcas Riverton.

—Yo tampoco —le aseguró e hizo una pausa—. No quiero nada que hubieras pensado dejarle a John.

—Voy a decirte lo que heredarás, lo quieras o no —replicó su abuelo con firmeza, pero de buenas maneras—. Tienes responsabilidades, muchacho, y no creas que vas a desatenderlas o a eludirlas. Pero antes de que te explique cuál va a ser tu futuro, quiero preguntarte una cosa.

Christopher lo miró de forma inexpresiva.

—Dime.

—¿Por qué luchaste de esa forma? ¿Por qué te arriesgaste a morir tantas veces? ¿Por el bien del país?

Christopher soltó un resoplido.

—La guerra no se libró por el bien del país, sino para preservar los beneficios de los réditos mercantiles y fue promovida por el orgullo de los políticos.

—Entonces, ¿has luchado por la gloria y por las medallas?

—Ni hablar.

—Entonces, ¿por qué?

Christopher meditó las posibles respuestas. Una vez que encontró la verdad, la analizó con resignación antes de hablar.

—Todo lo que hice fue por mis hombres. Por los soldados rasos que se habían unido al ejército para evitar el hambre o la esclavitud en las fábricas. Por los suboficiales que contaban con la experiencia de los años, pero que carecían de los medios para comprar un ascenso. Yo tenía el mando porque contaba con los medios económicos para comprarlo, no por mis méritos. Un sistema absurdo. Y por los hombres de mi compañía, pobres malnacidos, obligados a seguirme aunque fuese un incompetente, un imbécil o un cobarde. Dependían de mí lo quisieran o no. Por lo tanto, mi única opción era intentar ser el mejor líder posible. Intenté mantenerlos con vida. —Titubeó—. Y fallé más de la cuenta. Ahora me encantaría que alguien me dijera cómo puedo vivir llevando el peso de sus muertes en la conciencia. —Clavó la vista en un trozo alejado de la alfombra y se oyó decir—: No quiero Riverton. Ya estoy harto de que me den cosas que no me merezco.

Lord Annandale lo miró como nunca lo había hecho, con una expresión pensativa y casi benévola.

—Por eso va a ser tuyo. No pienso quitarte ni un chelín ni una hectárea de lo que pensaba dejarle a John. Voy a apostar a que tratarás a tus arrendatarios y a tus trabajadores con la misma responsabilidad con la que has tratado a tus soldados.

—Guardó silencio un instante—. Tal vez Riverton y tú os beneficiéis mutuamente. Iba a ser la carga de John. Ahora es tuya.

A medida que el ardiente y lánguido agosto se cernía sobre Londres, el creciente hedor comenzó a echar a sus moradores, que se marcharon en busca del agradable olor campestre. Christopher estaba más que listo para volver a Hampshire. Era evidente que Londres no le había sentado bien.

A esas alturas, todos los días veía imágenes que aparecían de la nada, sufría sobresaltos y tenía dificultades para concentrarse. Por las noches se sucedían las pesadillas y se despertaba bañado en sudor. La melancolía era su compañera al despertar. Escuchaba cañonazos y disparos imaginarios, se le aceleraba el pulso y le temblaban las manos sin motivo aparente. Le era imposible bajar la guardia, sin importar las circunstancias. Cuando visitaba a algún antiguo amigo del ejército y le preguntaba con cautela si sufría del misterioso mal que a él lo aquejaba, sólo obtenía un silencio obstinado. Era un tema que no se debía tratar. Algo a sufrir en soledad, en privado, cada cual a su modo.

Lo único que lo ayudaba eran los licores más fuertes. De modo que bebía hasta que el agradable entumecimiento del alcohol se apoderaba de su agitado cerebro. Sin embargo, intentaba calibrar sus efectos para encontrarse sobrio cuando la situación lo requiriera. Mientras ocultaba la progresiva locura lo mejor que podía, se preguntó si mejoraría algún día.

En cuanto a Prudence... Era un sueño que se vio obligado a abandonar. Una ilusión rota. Cada vez que la veía, la parte de sí mismo que la amaba moría un poco más. Porque no lo amaba, era evidente. No sentía nada parecido a lo que le había escrito. Tal vez en un intento por animarlo había copiado frases de alguna novela o de alguna obra de teatro. Lo que significaba que había puesto su fe en una ilusión.

Sabía que tanto Prudence como sus padres esperaban una petición de mano inminente dado que la temporada social llegaba a su fin. La señora Mercer, en particular, llevaba un tiempo lanzándole indirectas sobre el matrimonio, la dote, la bendición de unos hijos preciosos y la promesa de la tranquilidad hogareña. No obstante, su estado le impedía ser un buen marido.

Con una mezcla de temor y alivio, Christopher fue a la residencia londinense de los Mercer para despedirse de la familia. Cuando solicitó permiso para hablar en privado con Prudence, su madre los dejó a solas en el salón unos minutos, si bien dejó la puerta visiblemente entreabierta.

—Pero... pero —farfulló Prudence, consternada cuando lo escuchó decir que se iba de la ciudad—, ¿no vas a hablar antes con mi padre?

—¿Hablar de qué? —preguntó él, aunque sabía muy bien la respuesta.

—Pensaba que querrías solicitar su permiso para cortejarme formalmente —respondió una indignada Prudence.

Christopher miró esos ojos verdes sin pestañear.

—En este momento no soy libre para hacerlo.

—¿¡Que no eres libre!? —Prudence se puso en pie de un brinco, obligándolo a hacer lo propio, y lo miró con mal disimulada furia—. Por supuesto que eres libre. ¿O acaso hay otra mujer?

—No.

—Has arreglado tus asuntos con el ejército y has aclarado el tema de tu herencia, ¿verdad?

—Sí.

—En ese caso, no hay razón para esperar. Máxime cuando has dado la clara impresión de estar interesado en mí. Sobre todo al principio, justo después de tu regreso, cuando me repetías sin cesar lo mucho que habías ansiado verme, lo mucho que significaba para ti... ¿Se han enfriado tus sentimientos?

—Creía, o más bien esperaba, que serías más parecida a la Prudence de las cartas. —Guardó silencio para observarla con detenimiento—. Hay algo que me he preguntado muchas veces, ¿te ayudó alguien a escribirlas?

Aunque Prudence tenía el rostro de un ángel, la furia que irradiaban sus ojos era todo lo contrario a la serenidad celestial.

—¡Uf! ¿¡Por qué insistes en preguntarme sobre esas dichosas cartas!? Sólo son palabras. ¡Las palabras no tienen importancia!

«Me has hecho comprender que las palabras son lo más importante del mundo.»

—No tienen importancia —repitió sin dejar de mirarla.

—Exacto. —Prudence parecía haberse aplacado un poco al ver que se había ganado su atención—. Estoy aquí, Christopher. Soy real. Ya no necesitas esas ridículas cartas. Me tienes a mí.

—¿Y cuando escribiste sobre la quintaesencia? —le preguntó—. ¿No significó nada?

—¿La...? —Prudence se ruborizó—. No recuerdo a qué me refería.

—Al quinto elemento, según Aristóteles.

De repente, Prudence se quedó blanca. Parecía una niña culpable pillada en plena travesura.

—¿¡Qué tiene eso que ver con todo lo demás!? —gritó, refugiándose en la furia—. Quiero hablar sobre algo real. ¿A quién le importa Aristóteles?

«Me gusta la idea de que todos llevamos dentro una pequeña estrella.»

Prudence no había escrito esas palabras.

La sorpresa lo paralizó de tal modo que fue incapaz de reaccionar. Los pensamientos se sucedieron uno tras otro, tocándose brevemente como las manos de los participantes en una carrera de antorchas. Le había escrito otra mujer que no tenía nada que ver con Pru. Con el consentimiento de ésta.

Lo habían engañado. Audrey debía de estar al tanto. Lo habían obligado a sentir algo por esa mujer. Y después las cartas habían dejado de llegar. ¿Por qué?

«No soy quien crees que soy.»

Christopher sintió una terrible presión en el pecho y en la garganta, y escuchó que emitía algo semejante a una incierta carcajada.

Prudence también se rio, pero en su caso su risa estuvo teñida de alivio. Porque ignoraba el motivo de su amargo regocijo.

¿Lo habían hecho para ridiculizarlo? ¿A modo de venganza por algún desliz cometido en el pasado? ¡Por Dios! Descubriría quién lo había hecho y por qué.

Había amado y había sido traicionado por una mujer cuyo nombre desconocía. Todavía la amaba, y eso era lo imperdonable. Y fuera quien fuese, lo pagaría muy caro.

Era bueno sentir que volvía a tener un propósito, que volvía a seguir a alguien para hacerle daño. Un sentimiento que le resultaba familiar. Que lo definía como persona.

Su sonrisa, afilada como la hoja de un cuchillo, cortó la gélida ira.

Prudence lo miró con recelo.

—¿Christopher? —balbució—. ¿En qué estás pensando?

Se acercó a ella y la aferró por los hombros mientras pensaba de pasada lo fácil que sería deslizar las manos hasta su cuello y estrangularla. Se obligó a esbozar una sonrisa afable.

—En que tienes razón —contestó—. Las palabras carecen de importancia. Lo importante es esto. —Y la besó con pericia, lentamente, hasta que la notó relajarse contra su cuerpo y escuchó el gemido placentero que brotaba de su garganta mientras le arrojaba los brazos al cuello—. Antes de marcharme a Hampshire —murmuró con los labios pegados a su sonrojada mejilla—, le pediré permiso a tu padre para cortejarte formalmente. ¿Te complace la idea?

—¡Ay, sí! —chilló con una expresión radiante—. ¡Ay, Christopher! ¿De verdad soy la dueña de tu corazón?

—Lo eres —respondió él con voz apagada y la mirada perdida al otro lado de la ventana.

Sin embargo, ya no tenía corazón.

—¿Dónde está? —fue la primera pregunta que le hizo a Audrey en cuanto llegó a la casa que los padres de su cuñada tenían en Kensington. Fue a verla nada más abandonar la casa de Prudence—. ¿Quién es?

Su cuñada pasó por alto su furia.

—Por favor, no me mires con esa cara. ¿De qué estás hablando?

—¿Era Prudence quien te traía las cartas en mano o te las entregaba otra persona?

—¡Ah! —Audrey lucía una expresión serena. Estaba sentada en un canapé del salón con un pequeño bastidor en la mano, examinando el bordado—. Así que por fin te has dado cuenta de que Prudence no las escribió. ¿Qué la ha delatado?

—El hecho de que estuviera al tanto del contenido de mis cartas, pero no del contenido de las suyas —contestó mirándola de forma amenazadora desde arriba—. Fue una de sus amigas, ¿verdad? Dime cuál.

—No puedo confirmarte nada.

—¿Beatrix Hathaway tiene algo que ver?

Audrey puso los ojos en blanco.

—¿Por qué iba a involucrarse Beatrix Hathaway en algo así?

—Por venganza. Porque en una ocasión dije que debería estar en un establo.

—Recuerdo que negaste haberlo dicho.

—¡Fuiste tú quien me acusó de decirlo! Suelta ese bastidor o te juro que te lo pongo de collar. Escúchame bien, Audrey. Estoy cubierto de cicatrices del cuello a los pies. Tengo heridas de bala, de puñal, de bayoneta y de metralla, y a eso hay que sumarle las provocadas por algunos cirujanos tan borrachos que apenas se sostenían en pie. —Hizo una furiosa pausa—. Pero nada me ha dolido tanto como esto.

—Lo siento —murmuró Audrey—. De haber sabido que te haría daño, jamás habría consentido el engaño. Todo comenzó como un acto bondadoso. Al menos, eso es lo que creo.

«¿Un acto bondadoso?», pensó. La idea de que lo encontraran merecedor de lástima le resultó repugnante.

—¿Por qué puñetas las ayudaste a engañarme?

—¡Al principio no lo sabía! —estalló—. Estaba muerta de cansancio mientras atendía a John, no comía ni dormía. Estaba agotada. La verdad es que no pensé nada al respecto, salvo que no te haría daño que alguien te escribiera.

—¡Pues me lo ha hecho, maldita sea!

—Querías creer que se trataba de Prudence —lo acusó—. Si no, te habrías dado cuenta de inmediato de que ella no era quien te escribía.

—Estaba en medio de una sangrienta guerra. No tenía tiempo para analizar participios ni preposiciones mientras arrastraba el culo de una trinchera a otra.

En ese momento lo interrumpió una voz procedente del vano de la puerta.

—Audrey. —Era Gavin, uno de los hermanos de su cuñada. Un tipo alto y corpulento. Estaba apoyado con gesto indolente en la jamba, advirtiéndole con la mirada que se anduviera con ojo—. Se os escucha discutir por toda la casa. ¿Necesitas ayuda?

—No, gracias —contestó su hermana con firmeza—. Puedo manejar esto sola, Gavin.

Su hermano esbozó el asomo de una sonrisa.

—En realidad, se lo preguntaba a Phelan.

—Él tampoco necesita ayuda —replicó Audrey, muy digna—. Por favor, Gavin, déjanos unos minutos a solas. Tenemos que zanjar un asunto importante.

—Muy bien. Pero me quedaré por aquí cerca.

Audrey suspiró mientras lo observaba marcharse y después volvió a mirar a Christopher.

—Quiero un nombre —le dijo él con gran seriedad.

—Sólo si me juras que no vas a hacerle daño.

—Te lo juro.

—Júralo por John —insistió ella.

Se produjo un largo silencio.

—Lo sabía —dijo Audrey con sequedad—. Si no eres capaz de asegurarme que no vas a hacerle daño, no te diré quién es.

—¿Está casada? —le preguntó con voz ronca.

—No.

—¿Vive en Hampshire?

Audrey titubeó antes de responder con un breve asentimiento de cabeza.

—Dile que la encontraré. Y que cuando lo haga, se arrepentirá. —Durante el tenso silencio posterior a sus palabras, caminó hasta la puerta. Una vez en el vano miró hacia atrás—. Entre tanto, puedes ser la primera en felicitarme. Prudence y yo estamos casi comprometidos.

Audrey se quedó blanca.

—Christopher... ¿a qué estás jugando?

—Ya te enterarás —fue su fría respuesta—. A tu misteriosa amiga y a ti debería encantaros. A las dos os gusta jugar.

14

—¿Qué puñetas estáis comiendo? —preguntó Leo, lord Ramsay, que se encontraba en el salón de Ramsay House, observando a sus gemelos, Edward y Emmaline, dos bebés de pelo oscuro que estaban jugando en la alfombra.

Su mujer, Catherine, que ayudaba a los niños a construir torres con unos bloques de madera, alzó la vista y le sonrió.

—Galletas.

—¿Eso son galletas? —preguntó Leo con la vista clavada en un cuenco lleno de galletitas marrones situado sobre una mesa—. Parecen asquerosamente similares a las que Beatrix le da de comer al perro.

—Es que son las mismas.

—¿Que son...? ¡Válgame Dios, Cat! ¿En qué estás pensando? —Se acuclilló e intentó quitarle a Edward la mojada galleta que tenía en la mano.

Sus intentos fueron recibidos con un chillido indignado.

—¡Mío! —gritó su hijo, aferrando la galleta con más fuerza.

—Déjalos —protestó su mujer—. Les están saliendo los dientes y esas galletas están muy duras. No llevan nada que pueda perjudicarlos.

—¿Cómo lo sabes?

—Porque las ha preparado Beatrix.

—Beatrix no sabe cocinar. Que yo sepa, ni siquiera es capaz de untarse mantequilla en el pan.

—No sé cocinar para las personas —precisó una alegre Beatrix que acababa de entrar en el salón seguida por *Albert*—. Pero sí sé cocinar para los perros.

—¡Cómo no! —Leo cogió una de las oscuras galletas del cuenco para examinarlas con ojo crítico—. ¿Te importaría revelarme los ingredientes de esta asquerosidad?

—Avena, miel, huevos... son muy nutritivas.

Como si quisiera enfatizar sus palabras, el hurón de Catherine, *Dodger*, trepó hasta la mano de Leo, le quitó la galleta y corrió a sentarse en un sillón.

Catherine soltó una carcajada al ver la expresión de su marido.

—Llevan los mismos ingredientes que se emplean para las galletas de los niños.

—Muy bien... —claudicó Leo con voz gruñona—. Pero como los gemelos empiecen a ladrar y a enterrar sus juguetes, ya sabré quién es la culpable. —Se sentó en el suelo junto a su hija.

Emmaline le regaló una babosa sonrisa mientras le ofrecía su galleta.

—Toma, papá.

—No, cariño, gracias. —Consciente de que *Albert* le había puesto el hocico en el hombro, se volvió para acariciarlo—. ¿Es un perro o una escoba?

—Es *Albert* —contestó Beatrix.

El perro se dejó caer, extasiado, golpeando sin cesar el suelo con el rabo.

Beatrix sonrió. Tres meses antes, esa escena habría sido inimaginable. *Albert* era entonces tan hostil y asustadizo que no se habría atrevido a dejarlo cerca de los niños.

Pero con paciencia, cariño y disciplina, por no mencionar la gran ayuda de Rye, se había convertido en un perro muy diferente. Poco a poco se había acostumbrado a la actividad incesante de una casa y también a la presencia de otros animales. A esas alturas, se enfrentaba a las experiencias nuevas con curiosidad en vez de con miedo y agresividad.

Además, había ganado todo el peso que necesitaba, y lucía un aspecto saludable y fuerte. Le había costado horrores cuidarle el pelo, ya que había necesitado pacientes cepillados y un buen corte para conseguir esos adorables bigotes que le otorgaban una expresión juguetona. Cada vez que iba al pueblo con el perro, los niños lo rodeaban y *Albert* recibía gustoso sus caricias. Le encantaba jugar y devolver los objetos que le tiraban. Robaba zapatos e intentaba enterrarlos cuando nadie miraba. Era, en definitiva, un perro normal y corriente.

Aunque Beatrix seguía suspirando por Christopher, amándolo con desesperación, había descubierto que el mejor remedio era ser útil a los demás. Siempre había personas que necesitaban ayuda, incluyendo a los arrendatarios y a los trabajadores de la propiedad. Además, dado que Win estaba en Irlanda y que Amelia se encontraba muy ocupada con el manejo de la casa, ella era la única que podía dedicarse a la caridad. Les llevaba comida a los enfermos y a los más necesitados, le leía a una anciana que se estaba quedando ciega y se involucraba en las actividades de la parroquia. Había descubierto que todas esas actividades eran una recompensa en sí mismas. Porque era difícil caer en la melancolía cuando estaba tan ocupada.

En ese momento, mientras observaba a *Albert* con Leo, se preguntó cómo reaccionaría Christopher cuando viera el cambio obrado en su perro.

—¿Es un nuevo miembro de la familia? —le preguntó su hermano.

—No, sólo un invitado —contestó—. Es del capitán Phelan.

—Lo hemos visto algunas veces durante la temporada —comentó Leo con una sonrisa—. Le dije que si seguía ganando a las cartas cada vez que jugásemos, tendría que evitarlo en el futuro.

—¿Cómo estaba cuando lo viste? —quiso saber, intentando parecer distante—. ¿Tenía buen aspecto? ¿Parecía contento?

Su cuñada contestó con un deje pensativo.

—Me pareció que estaba bien, y la verdad es que se mostró encantador. Casi siempre iba acompañando a Prudence Mercer.

Los celos asaltaron a Beatrix de forma angustiosa. Volvió la cara.

—Qué bien —comentó en voz baja—. Estoy segura de que hacían una bonita pareja.

—Se comenta que están a punto de comprometerse —añadió Catherine, que le sonrió de forma picarona a su marido—. A lo mejor el capitán Phelan acaba sucumbiendo al amor de una buena mujer.

—Bastante ha sucumbido ya al amor de las que no lo son tanto —replicó Leo con un deje santurrón que logró que su mujer estallara en carcajadas.

—Le dijo la sartén al cazo... —repuso Catherine con un brillo alegre en los ojos.

—Eso es agua pasada —le aseguró él.

—¿Las mujeres malas son más divertidas? —quiso saber Beatrix.

—No, cariño. Pero es necesario relacionarse con ellas para apreciar el contraste —contestó su hermano.

Beatrix pasó el resto de la mañana alicaída y muy triste por la idea de que Christopher y Prudence estuvieran juntos. Comprometidos. A punto de casarse. Compartiendo el mismo apellido.

La misma cama.

Ignoraba lo que eran los celos hasta ese momento, y acababa de descubrir que era una sensación agónica. Como si estuviera muriendo lentamente por culpa de un veneno. Prudence había pasado la temporada social disfrutando del cortejo de un apuesto y heroico soldado, mientras que ella lo había pasado con su perro.

Y Christopher no tardaría en volver a por él.

Nada más regresar a Stony Cross, Christopher descubrió que Beatrix Hathaway se había llevado a *Albert*. Los criados ni siquiera tuvieron la decencia de mostrarse arrepentidos, sino que recurrieron a una ridícula historia según la cual el perro se había escapado y Beatrix se había hecho cargo de él.

Aunque cansado después del trayecto de doce horas desde Londres, además de famélico, sucio por el polvo del camino y de un humor de mil demonios, se descubrió cabalgando hacia Ramsay House. Ya era hora de acabar de una vez por todas con las intromisiones de Beatrix Hathaway.

El sol se estaba poniendo cuando llegó a la propiedad. Las sombras se alargaban sobre el suelo, haciendo que los árboles parecieran cortinas descorridas para poder admirar la panorámica. Los últimos rayos del sol teñían de rojo los ladrillos y le arrancaban destellos a las ventanas emplomadas. Con sus preciosas chimeneas que se alzaban desde la línea irregular del tejado, la casa parecía haber brotado del fértil suelo de Hampshire como si formara parte del bosque. Como si fuera un ente vivo que hubiera desarrollado raíces y creciera hacia el cielo.

La servidumbre encargada del exterior de la casa, lacayos, jardineros y mozos de cuadra, se afanaba para dar por concluida su jornada tras llevar el ganado y los caballos a sus respectivos establos.

Christopher se demoró un instante en la avenida para observar la escena. Se sentía ajeno al momento, como si fuera un intruso.

Decidido a que la visita fuera corta y a zanjar el asunto

con diligencia, continuó hasta alcanzar la puerta principal, donde le tendió las riendas a un lacayo antes de entrar en la mansión.

Lo recibió el ama de llaves, a la que le comunicó sus deseos de ver a Beatrix.

—La familia está cenando, señor... —le informó la mujer.

—Me da igual. O avisa a la señorita Hathaway o yo mismo iré a buscarla. —Ya había decidido que la servidumbre de los Hathaway no lo distraería de su propósito.

Estaba seguro de que después de haber pasado gran parte del verano con su irascible perro, se lo devolverían sin protestar. En cuanto a Beatrix... ojalá intentara detenerlo para poder aclararle unas cuantas cosas.

—¿Le importaría esperarla en el salón, señor?

Christopher negó con la cabeza en silencio.

Un tanto sorprendida, el ama de llaves lo dejó en el vestíbulo.

Beatrix apareció al cabo de un momento. Llevaba un vestido blanco confeccionado con vaporosas capas que caían desde el corpiño, el cual era plisado y ceñido al pecho. La blancura de su escote y de sus brazos creaba la ilusión de que surgía directamente de la seda blanca.

Para haberle robado el perro, parecía increíblemente serena.

—Capitán Phelan. —Se detuvo frente a él y lo saludó con una elegante reverencia.

Christopher la miró fascinado, tratando de aferrarse a la ira, pero ésta se desvanecía como un puñado de arena que se escurría entre los dedos.

—¿Dónde ha dejado los pantalones? —se escuchó preguntarle con voz ronca.

Beatrix sonrió.

—Se me ocurrió que quizá podría venir pronto en busca de *Albert* y no quería ofenderlo vistiendo un atuendo masculino.

—Si tanto le preocupara ofenderme, se lo habría pensado mejor antes de raptar mi perro.

—Yo no lo he raptado. Se vino conmigo de forma voluntaria.

—Si no recuerdo mal, le dije que no se acercara a él.

—Sí, lo sé —reconoció con voz contrita—. Pero *Albert* prefería pasar el verano con nosotros. Por cierto, ha sido muy bueno. —Hizo una pausa para mirarlo con detenimiento—. ¿Cómo está usted?

—Agotado —respondió con sequedad—. Acabo de llegar de Londres.

—Pobrecillo. Debe de estar famélico. Pase y cene con nosotros.

—Se lo agradezco, pero no. Lo único que quiero es recoger mi perro y marcharme a casa. —«Y beber para olvidar», añadió para sus adentros—. ¿Dónde está *Albert*?

—Vendrá dentro de un momento. Le he pedido al ama de llaves que vaya a buscarlo.

Christopher parpadeó.

—¿No le tiene miedo?

—¿A *Albert*? ¡Por Dios, no! Todo el mundo lo adora.

La idea de que alguien adorara a su beligerante mascota era difícil de asimilar. Puesto que esperaba escuchar una lista con todos los desperfectos que su perro había ocasionado, la miró desconcertado.

Y justo entonces volvió el ama de llaves, acompañada por un perro muy acicalado que caminaba con alegría a su lado.

—¿*Albert*? —lo llamó.

El perro lo miró y levantó las orejas. Su bigotudo hocico se movió al tiempo que lo miraba con expresión alegre. Ladró con entusiasmo y corrió hacia él. Christopher se arrodilló en el suelo para abrazar a su eufórico perro, que no paraba de moverse, de lamerle la cara, de gemir de alegría y de saltar.

Lo invadió una mezcla de cariño y alivio. Mientras lo

abrazaba, murmuró su nombre varias veces y lo acarició con fuerza, mientras *Albert* gemía y temblaba por la emoción.

—Te he echado de menos, *Albert*. Buen chico. Muy bien. —Incapaz de contenerse, enterró la cara en su áspero pelaje. La culpa lo abrumaba, y se sentía abatido porque después de haberlo abandonado todo ese tiempo, el perro le ofrecía una fervorosa bienvenida—. He estado lejos demasiado tiempo —murmuró con la vista clavada en esos entrañables ojos castaños—. Pero no volveré a abandonarte jamás. —Alzó la vista hacia Beatrix—. Dejarlo solo ha sido un error —reconoció a regañadientes.

Ella estaba sonriendo.

—*Albert* no se lo recriminará. Los humanos yerran, los perros perdonan.

Para su asombro, Christopher notó que sus labios esbozaban una sonrisa en respuesta a la de Beatrix. Siguió acariciando al perro, que estaba en buena forma.

—Lo ha cuidado bien.

—Y su comportamiento ha mejorado muchísimo —añadió ella—. Ahora podrá llevarlo a todos los sitios.

Christopher se puso en pie, sin dejar de mirarla.

—¿Por qué lo ha hecho? —le preguntó en voz baja.

—Porque él se lo merece. Salta a la vista.

La tensión entre ellos se tornó insoportable. Su corazón comenzó a latir desbocado. Estaba preciosa con ese vestido blanco. Irradiaba una frescura saludable y femenina muy distinta de la fragilidad que tan en boga estaba entre las londinenses. Se preguntó cómo sería acostarse con ella, si sería tan sincera en sus pasiones como en todo lo demás.

—Quédese a cenar —insistió.

Christopher negó con la cabeza.

—Debo irme.

—¿Ya ha cenado?

—No, pero buscaré algo en la despensa cuando llegue a casa.

Albert se sentó para observarlos con atención.

—Necesita una comida decente después de un viaje tan largo.

—Señorita Hathaway... —Sin embargo, dejó la frase en el aire y tomó aire con brusquedad al sentir que ella lo cogía de un brazo, rodeándole la muñeca con una mano y el codo con la otra. Acto seguido le dio un tironcito... que se extendió hasta su entrepierna, ya que su cuerpo reaccionó con avidez al roce de sus manos. Molesto y excitado miró esos oscuros ojos azules—. No quiero hablar con nadie —le dijo.

—Por supuesto. Me parece muy bien. —Otro tironcito implorante—. Vamos.

Y sin saber muy bien cómo, se descubrió siguiendo a Beatrix a través del vestíbulo y enfilando un pasillo en cuyas paredes se alineaban numerosos retratos. *Albert* los seguía sin hacer el menor sonido.

Beatrix le soltó el brazo cuando llegaron a un comedor iluminado por numerosas velas. La mesa estaba cargada de plata, cristal y una ingente cantidad de comida. Reconoció a Leo, lord Ramsay; a su esposa; a Rohan y a Amelia. El niño de pelo moreno, Rye, también estaba sentado a la mesa. Se detuvo en el vano para saludar con una reverencia y dijo no sin cierta incomodidad:

—Les ruego que me perdonen. Sólo he venido a...

—He invitado al capitán Phelan a cenar con nosotros... —anunció Beatrix—. No le apetece hablar. Así que no le hagáis preguntas directas a menos que sea absolutamente necesario.

El resto de la familia recibió el excéntrico anuncio sin pestañear siquiera. Ordenaron a un criado que dispusiera un nuevo servicio.

—Pase, Phelan —le dijo Leo con afabilidad—. Nos encantan los invitados silenciosos. Nos permiten monopolizar la conversación. Siéntese y guarde silencio si le apetece.

—Pero, si no le supone mucho esfuerzo —añadió Catherine con una sonrisa—, intente parecer impresionado por nuestras muestras de ingenio e inteligencia.

—Intentaré sumarme a la conversación si se me ocurre algo relevante —repuso él.

—No se apure por eso, nosotros no lo hacemos —terció Cam.

Christopher ocupó un lugar junto a Rye, tras lo cual colocaron frente a él un plato bien lleno y una copa de vino. No se dio cuenta de lo hambriento que estaba hasta que empezó a comer. Mientras devoraba la excelente comida, lenguado al horno, patatas y ostras ahumadas envueltas con crujiente beicon, la familia conversó sobre política, sobre los asuntos de la propiedad y sobre los últimos acontecimientos acaecidos en Stony Cross.

Rye se comportaba como un adulto en miniatura. Escuchaba la conversación con atención, y de vez en cuando formulaba preguntas que no tardaban en ser contestadas por los demás. Según su experiencia, era muy poco común que a un niño se le permitiera cenar en el comedor con los adultos. La mayoría de las familias de clase alta se regía por la costumbre de dejar que los niños cenaran solos en la habitación infantil.

—¿Siempre cenas con la familia? —le preguntó en voz baja.

—Casi siempre... —respondió el niño, en voz baja también—. No les importa, siempre y cuando no hables con la boca llena y no juegues con las patatas.

—Intentaré recordarlo —le aseguró Christopher con seriedad.

—Y está prohibido darle de comer a *Albert,* aunque lo suplique. La tía Beatrix dice que debe comer comida sencilla.

Christopher miró a su perro, plácidamente tumbado en un rincón.

—Capitán Phelan —dijo Amelia al captar la dirección de su mirada—, ¿qué le parece el cambio de *Albert*?

—Apenas puedo creerlo —contestó—. Siempre me he preguntado si sería posible que llevara una vida tranquila después de haber conocido el campo de batalla. —Miró a Beatrix y añadió con seriedad—: Estoy en deuda con usted.

Beatrix se ruborizó y sonrió, sin apartar la mirada de su plato.

—En absoluto.

—Mi hermana siempre ha tenido una extraordinaria maña para los animales —señaló Amelia—. Siempre me he preguntado qué pasaría si Beatrix se empeñara en reformar a un hombre.

Leo sonrió.

—Propongo buscar a un inútil amoral y repulsivo, y dejarlo en manos de Beatrix. Estoy seguro de que lo enderezaría en un par de semanas.

—No me interesa reformar bípedos —anunció la aludida—. El mínimo son cuatro patas. Además, Cam me ha prohibido meter más criaturas en el establo.

—¿Con lo grande que es? —replicó su hermano—. ¡No me digas que ya lo has llenado!

—Siempre es bueno poner límites —dijo Cam—. Tuve que hacerlo después de lo de la mula.

Christopher miró a Beatrix, sorprendido.

—¿Tiene una mula?

—No —respondió ella al punto. Tal vez fuera efecto de la luz, pero pareció quedarse blanca—. Ni hablar. Quiero decir que sí, que tengo una mula. Pero no me gusta hablar de ella.

—A mí sí —dijo un inocente Rye—. *Héctor* es una mula muy bonita, pero tiene la espalda hundida y los corvejones en hoz. Nadie la quería cuando nació, así que la tía Beatrix fue a ver al señor Caird y le dijo que...

—¿Se llama *Héctor*? —preguntó Christopher con los ojos clavados en Beatrix.

Ella no contestó.

De repente, una sensación extraña y poderosa se apoderó de su cuerpo. Con los nervios a flor de piel y el pulso acelerado, preguntó:

—¿El padre de *Héctor* pertenece al señor Mawdsley?

—¿Cómo lo sabe? —le preguntó Rye a su vez.

Christopher respondió en voz muy baja:

—Alguien me lo dijo en una carta. —Se llevó la copa de vino a los labios y apartó la mirada de Beatrix, cuya expresión era totalmente neutra.

No volvió a mirarla durante el resto de la cena.

Si lo hacía, corría el riesgo de perder el control.

Beatrix estaba tan preocupada que apenas podía respirar mientras la cena seguía su curso. Nunca se había arrepentido tanto de algo como de invitar esa noche a Christopher a cenar. ¿Qué pensaría del hecho de que hubiera comprado la mula del señor Caird y le hubiera puesto el mismo nombre que la de su infancia? Seguro que le pediría una explicación. Tendría que mentirle diciendo que Prudence se lo había comentado.

«Supongo que el nombre se me quedó grabado después de que Prudence lo mencionara —le diría—. Es un nombre muy bonito para una mula. Espero que no le importe.»

Sí. Funcionaría, siempre y cuando lograra mantener una expresión tranquila.

Sin embargo, era difícil mostrarse despreocupada cuando estaba tan asustada.

Al cabo de un rato notó que Christopher parecía haber perdido el interés en el asunto. De hecho, ni siquiera la miró a partir de ese momento, porque se enzarzó en una conversación con Leo y Cam concerniente a algunas amistades comunes de Londres. Parecía relajado y estaba sonriente, incluso rio a carcajadas algunos de los ingeniosos comentarios de Leo.

La ansiedad de Beatrix se esfumó, convencida de que el tema de *Héctor* estaba olvidado.

Siguió mirando de reojo a Christopher, llevaba haciéndolo toda la noche, hipnotizada por su imagen. Estaba moreno, dorado por el sol, y la luz de las velas le arrancaba destellos dorados a su pelo, así como a la incipiente barba que asomaba en su mentón. Se sentía fascinada por la fuerza y la virilidad que se adivinaban bajo su serena fachada. Ansiaba disfrutar de él sin medida, como si saliera de casa durante una tormenta para dejar que la naturaleza la azotara. Sin embargo, lo que más deseaba era hablar con él, conocerse mutuamente a través de las palabras, compartir sus pensamientos y sus secretos.

—Les agradezco muchísimo la hospitalidad —dijo Christopher cuando la cena llegó a su fin—. Necesitaba una buena cena.

—Debe volver pronto —lo invitó Cam—, sobre todo pensando en que vea el proceso de la tala. Hemos desarrollado ciertas innovaciones que tal vez le interese utilizar en Riverton algún día.

—Gracias. Lo haré encantado. —Miró directamente a Beatrix—. Señorita Hathaway, antes de marcharme me preguntaba si no le importaría presentarme a su famosa mula. —Hablaba con voz tranquila, pero sus ojos tenían la expresión de un depredador.

Beatrix sintió que se le secaba la boca. No había escapatoria. Estaba claro. Quería respuestas. Y las obtendría tarde o temprano.

—¿Ahora? —preguntó con un hilo de voz—. ¿Esta noche?

—Si no le importa —respondió con excesiva amabilidad—. De la casa al establo apenas hay un paseo, ¿verdad?

—Sí —respondió al tiempo que se levantaba de la silla. Los hombres sentados a la mesa hicieron lo propio en señal de respeto—. Si nos disculpáis... No tardaré mucho.

—¿Puedo ir contigo? —preguntó un ansioso Rye.

—No, cielo —contestó Amelia—. Es la hora de tu baño.

—Pero ¿por qué tengo que bañarme si no estoy sucio?

—Los que no podemos alcanzar la santidad debemos conformarnos con la limpieza —respondió Amelia con una leve sonrisa.

La familia mantuvo una amena conversación hasta que Rye salió del comedor y tanto Beatrix como el capitán Phelan abandonaron la casa seguidos por *Albert*.

Tras un silencio generalizado, Leo tomó la palabra.

—¿Alguien más ha notado...?

—Sí —lo interrumpió Catherine—. ¿Qué os parece?

—Todavía no lo sé. —Leo frunció el ceño mientras bebía un sorbo de oporto—. No es un hombre que vea al lado de Beatrix.

—¿Y con quién la ves?

—¡Eso me pregunto yo! —exclamó él—. No sé, alguien con quien comparta sus intereses. ¿El veterinario local, quizá?

—Tiene ochenta y tres años y está sordo —señaló su mujer.

—Así no podrán discutir —replicó Leo.

Amelia sonrió mientras movía despacio su té.

—Por mucho que me desagrade admitirlo, estoy de acuerdo con Leo. No en lo referente al veterinario, sino... ¿Beatrix con un militar? No me parece una buena pareja para ella.

—Phelan se ha licenciado —les recordó Cam—. Ya no es militar.

—Y si hereda Riverton —murmuró Amelia—, Beatrix tendrá todo ese bosque para vagar y...

—Yo sí les veo cierta similitud —les aseguró Catherine con expresión pensativa.

Leo enarcó una ceja.

—Por favor, ¿en qué se parecen? A ella le gustan los animales, a él le gusta disparar.

—Beatrix se mantiene siempre a distancia con el resto del mundo. Es habladora, pero en el fondo tiene un carácter retraído. Me parece que al capitán Phelan le pasa lo mismo.

—Sigo teniendo mis reservas —replicó Leo.

—Como siempre —dijo Amelia—. Por si se te ha olvidado, al principio te opusiste a mi relación con Cam, aunque ahora lo hayas aceptado.

—Es que resulta que la imagen de Cam va mejorando a medida que se suman más cuñados a la familia —adujo su hermano.

15

Beatrix y Christopher no se dirigieron la palabra mientras caminaban hacia el establo. La luna, semioculta tras las nubes, estaba bastante baja en el cielo y apenas se veía, como un anillo de humo en medio de la oscuridad.

Beatrix era muy consciente del sonido de su propia respiración, del ruido de sus pasos sobre el camino de gravilla, de la presencia tan masculina a su lado.

Un mozo de cuadra los saludó con un gesto de cabeza cuando entraron en el cálido interior. Como se habían acostumbrado a las frecuentes idas y venidas de Beatrix, los mozos de cuadra habían aprendido a dejarla hacer.

El fuerte olor del establo (a heno, caballos, pienso y estiércol) era un aroma conocido y tranquilizador. En silencio, condujo a Christopher hasta el extremo más alejado del edificio, más allá de los purasangres, de un caballo de labor y de un par de caballos de tiro. Los animales relincharon y volvieron la cabeza al verlos pasar.

Beatrix se detuvo junto a la cuadra donde estaba la mula.

—Éste es *Héctor* —dijo.

La pequeña mula se acercó a la puerta para saludarlos. Pese a sus defectos, o tal vez precisamente por ellos, era una criatura encantadora. Tenía un cuerpo espantoso, con una oreja torcida, y lucía siempre una expresión risueña y alegre.

Christopher extendió el brazo para acariciar a *Héctor*, que le rozó la mano con el hocico. La amabilidad que estaba demostrando con el animal le resultó reconfortante. Tal vez, pensó Beatrix, esperanzada, no estaba tan enfadado como ella creía.

Inspiró hondo y dijo:

—Le puse ese nombre porque...

—No. —Christopher se movió con una rapidez sorprendente y la atrapó contra la puerta de la cuadra. Acto seguido habló en voz baja y ronca—: Empecemos por esto: ¿ayudó a Prudence a escribir esas cartas?

Beatrix abrió los ojos de par en par y los clavó en su cara, casi oculta por las sombras. Se le aceleró el corazón y el rubor se extendió por su piel.

—No —consiguió decir—. No la ayudé.

—¿Quién lo hizo entonces?

—Nadie.

Era la verdad. Sólo que no toda la verdad.

—Sabe algo —insistió él—. Y va a decírmelo.

La rabia de Christopher era tan intensa que crepitaba en el aire. Se le desbocó el corazón. Y se esforzó por reprimir la oleada de emoción que amenazaba con abrumarla por completo.

—Suélteme —le dijo con una tranquilidad pasmosa—. Este comportamiento no nos beneficia en absoluto.

Christopher entrecerró los ojos.

—No se le ocurra usar conmigo la puñetera voz que utiliza para adiestrar perros.

—No es mi voz para adiestrar perros. Además, si tantas ganas tiene de averiguar la verdad, ¿por qué no le pregunta a Prudence?

—Ya lo he hecho. Y me ha mentido. Como usted me está mintiendo ahora.

—¡Siempre ha deseado a Prudence! —exclamó—. Ahora puede tenerla. ¿Qué importan unas cuantas cartas?

—Importan porque son un engaño. Y quiero saber cómo me han engañado y por qué.

—Orgullo —masculló Beatrix con amargura—. De eso se trata... Han herido su orgullo.

Christopher le enterró una mano en el pelo, sujetándola sin hacerle daño, pero firmemente. La obligó a echar la cabeza hacia atrás, arrancándole un jadeo.

—No intente cambiar de tema. Sabe algo y me lo está ocultando —dijo al tiempo que le rodeaba el cuello con la mano libre.

Beatrix creyó que iba a estrangularla. Sin embargo, comenzó a acariciarla con suavidad, rozándole la base del cuello con el pulgar. La fuerza de su reacción la sobresaltó.

—Pare —le pidió con voz trémula y los párpados entornados.

Al interpretar el escalofrío que la recorrió como un indicio de miedo o disgusto, Christopher inclinó la cabeza hasta que su aliento le rozó la mejilla.

—No hasta que me diga la verdad.

¡Jamás! Si se la decía, la odiaría por el modo en el que lo había engañado y abandonado. Algunos errores eran imposibles de perdonar.

—¡Váyase al infierno! —exclamó Beatrix con voz entrecortada. Jamás había utilizado esa expresión.

—Ya estoy en el infierno.

La inmovilizó con el cuerpo y sus piernas se colaron entre los pliegues de sus faldas.

Abrumada por la culpa, el miedo y el deseo, Beatrix intentó apartar la mano que la estaba acariciando. Christopher le clavó los dedos en la cabeza, casi haciéndole daño. Su boca estaba muy cerca de la suya. La estaba rodeando. Toda esa fuerza, esa virilidad, la rodeaba. Cerró los ojos mientras sus sentidos se quedaban a la espera sin poder hacer nada.

—La obligaré a contarme la verdad —lo oyó decir.

Y, acto seguido, la estaba besando.

Por algún motivo, pensó Beatrix, obnubilada, Christopher tenía la impresión de que sus besos le resultarían tan odiosos que confesaría cualquier cosa para evitarlos. No entendía cómo había llegado a semejante conclusión. De hecho, era incapaz de tener un solo pensamiento coherente.

Esos labios se movieron sobre los suyos, en busca del ángulo perfecto, hasta que encontró la posición ideal para aflojarle las rodillas. Le echó los brazos al cuello para no caerse al suelo, desmadejada. Christopher la pegó contra su duro cuerpo y sus manos comenzaron a explorarla despacio, mientras la punta de su lengua saboreaba y acariciaba su boca.

Beatrix se dejó caer sobre él cuando el placer se apoderó de sus músculos. Percibió el momento en el que la rabia se convertía en pasión, y el deseo, en una necesidad ardiente. Le enterró los dedos en esos maravillosos mechones, sedosos y fuertes, y sintió el calor de su piel en los dedos. Con cada respiración aspiraba más a fondo su olor, un aroma a sándalo sobre piel masculina.

Christopher abandonó sus labios para trazar un reguero de besos por su garganta, rozando una zona tan sensible que no pudo contener los estremecimientos. Ella volvió la cabeza a ciegas y le acarició la oreja con los labios. Al sentir la caricia, Christopher siseó y se apartó, tras lo cual le sujetó la barbilla con una mano.

—Dime lo que sabes —le ordenó, tuteándola, y su aliento le quemó los labios—. O haré algo muchísimo peor. Te poseeré ahora mismo. ¿Es lo que quieres?

«Ahora que lo mencionas...», pensó ella.

Sin embargo, al recordar que supuestamente la estaba castigando, que la estaba obligando, consiguió decir:

—No. Pare.

Christopher se apoderó de su boca una vez más. Y ella suspiró y se pegó a él.

La besó con más brusquedad, empujándola contra la pared de la cuadra, mientras le recorría el cuerpo con las manos de forma indecente. Sin embargo, estaba cubierta por encajes y varias capas de prendas femeninas, lo que frustraba sus intentos por acariciarla.

Su ropa, en cambio, fue un obstáculo mucho menor. Beatrix metió las manos por debajo de la chaqueta y empezó a tirar del chaleco y de la camisa. Acto seguido metió los dedos bajo los pantalones y consiguió sacarle los faldones de la camisa. La tela estaba tibia por su calor corporal.

Ambos jadearon cuando sus fríos dedos tocaron la ardiente piel de la espalda. Fascinada, Beatrix trazó la curva de sus duros músculos y la tensa piel de su espalda, asombrada por la fuerza contenida bajo la superficie. Encontró las marcas de cicatrices, los restos del dolor y de la supervivencia. Después de acariciar la línea de una herida cicatrizada, la cubrió con la palma de la mano.

Christopher se estremeció. Con un gemido se apoderó de nuevo de su boca y la amoldó a su cuerpo, hasta que se sumieron en un ritmo muy erótico. De forma instintiva, Beatrix intentó atraerlo a su interior, lamiéndole los labios y acariciándolo con la lengua.

Christopher puso fin al beso de repente, entre jadeos. Le tomó la cabeza entre las manos y pegó sus frentes.

—¿Eres tú? —le preguntó él con voz ronca—. ¿Lo eres?

Beatrix sintió que se le saltaban las lágrimas, por más que intentara reprimirlas. Tenía el corazón en un puño. Era como si toda su vida la hubiera conducido hasta ese hombre, hasta ese momento de amor escondido.

Sin embargo, le daba mucho miedo que la desdeñara y estaba demasiado avergonzada por sus actos como para contestar.

Christopher siguió el rastro de las lágrimas sobre su piel húmeda con la punta de los dedos. Después rozó con la boca sus trémulos labios, deteniéndose un instante en la comisura antes de ascender por la mejilla salada por las lágrimas.

La soltó, retrocedió un paso y la miró, desconcertado y

furioso. El deseo los atraía con tanta fuerza que Beatrix se preguntó cómo era posible que Christopher pudiera mantener esa distancia entre ellos, aun siendo tan mínima.

Christopher soltó un quedo suspiro. Se arregló la ropa con brusquedad, como si estuviera borracho.

—Maldita seas —dijo en voz baja y tensa. Y después salió del establo.

Albert, que estaba sentado junto a una cuadra, echó a andar tras él. Al darse cuenta de que Beatrix no los acompañaba, el terrier retrocedió y gimió.

Beatrix se agachó para acariciarlo.

—Ve con él, bonito —susurró.

El perro titubeó un momento antes de correr en pos de su amo.

Ella los observó alejarse, presa de la desesperación.

Dos días después se celebró un baile en Stony Cross Manor, la residencia solariega de los condes de Westcliff. Habría sido muy difícil encontrar un entorno más hermoso que la estructura de piedra de color miel, rodeada de extensos jardines. La propiedad estaba situada en un risco con vistas al río Itchen. Como vecinos y amigos de los condes de Westcliff, los Hathaway estaban todos invitados. Cam, en particular, era un compañero habitual y muy querido de lord Westcliff, ya que mantenían una estrecha amistad desde hacía años.

Aunque Beatrix había sido invitada a Stony Cross Manor en numerosas ocasiones, la belleza de la mansión seguía sobrecogiéndola, sobre todo el lujoso interior. El salón de baile no tenía parangón, con su intrincado parquet, su doble hilera de arañas y sus hornacinas semicirculares con bancos tapizados de terciopelo.

Después de tomar un refrigerio junto a las largas mesas, Beatrix entró en el salón con Amelia y Catherine. La escena estaba salpicada de color: damas ataviadas con lujosos vestidos de noche y caballeros con sus sobrios trajes en blanco y negro. A los destellos de los candelabros de cristal se sumaban las numerosas joyas que relucían en las muñecas, el cuello y las orejas de las invitadas.

El anfitrión de la velada, lord Westcliff, se acercó para saludarlas. A Beatrix siempre le había caído bien el conde, un hombre honorable y caballeroso cuya amistad había beneficiado muchísimo a los Hathaway en incontables ocasiones. Con sus facciones marcadas, su pelo negro y sus ojos oscuros, era más atractivo que guapo. Lo rodeaba un aura de poder que llevaba con soltura y sencillez. Lord Westcliff invitó a bailar a Catherine, un marcado favor que no pasó desapercibido para el resto de invitados, y ella aceptó con una sonrisa.

—¡Qué amable! —le dijo Amelia a Beatrix mientras observaban cómo el conde conducía a Catherine a la pista de baile, en dirección a las otras parejas—. Me he dado cuenta de que siempre se esfuerza por ser amable y caballeroso con los Hathaway. De esa forma, nadie se atreverá a darnos la espalda o mirarnos por encima del hombro.

—Creo que le gustan las personas poco convencionales. No es tan estirado como parece, ni mucho menos.

—Desde luego, lady Westcliff es de la misma opinión —replicó Amelia con una sonrisa.

La réplica de Beatrix murió en sus labios al ver a la pareja perfecta que había al otro lado de la estancia. Christopher Phelan estaba hablando con Prudence Mercer. El atuendo de gala, con el sobrio contraste del blanco y negro, resultaba muy favorecedor en cualquier hombre. En uno como Christopher, el efecto era abrumador. Llevaba la ropa con una elegancia innata, con una pose erguida pero relajada a la vez, lo que resaltaba sus anchos hombros. El blanco níveo de su corbata contrastaba enormemente con su cara morena, y la luz de las velas le arrancaba destellos a su cabello trigueño.

Amelia siguió el rumbo de su mirada y enarcó las cejas.

—¡Qué hombre más atractivo! —exclamó antes de volver a mirarla—. Te gusta, ¿verdad?

Antes de que Beatrix pudiera evitarlo, le lanzó una mirada alicaída a su hermana.

—He tenido muchas ocasiones en el pasado para interesarme por algún caballero —contestó con la mirada clavada en el suelo—. Un caballero conveniente, apropiado y sencillo. Pero no, tenía que esperar a alguien especial. Alguien que me hiciera sentir como si una manada de elefantes me hubiera pisoteado el corazón antes de que lo tiraran al Amazonas para que se lo comieran las pirañas.

Amelia la miró con una sonrisa compasiva. Le dio un apretón en la mano.

—Querida Beatrix, ¿te consolaría saber que semejante enamoramiento pasajero es de lo más normal?

Beatrix volvió la mano para devolverle el apretón a su hermana. Desde que su madre murió cuando ella tenía doce años, Amelia había sido una fuente inagotable de amor y paciencia.

—¿Es un enamoramiento pasajero? —se oyó preguntar en voz baja—. Pues me parece algo muchísimo más serio. Como una enfermedad mortal.

—No lo sé, cariño. Es difícil distinguir el amor verdadero de un simple enamoramiento. El tiempo acabará mostrándote la verdad. —Hizo una pausa—. Se siente atraído por ti —dijo—. Nos dimos cuenta la otra noche. ¿Por qué no alientas sus atenciones, cariño?

Beatrix sintió un nudo en la garganta.

—No puedo.

—¿Por qué no?

—No te lo puedo explicar —respondió, apesadumbrada—. Sólo puedo decirte que lo he engañado.

Amelia la miró sorprendida.

—No es típico de ti. Eres la persona más sincera que conozco.

—No era mi intención engañarlo. Y no sabe que he sido yo. Pero creo que lo sospecha.

—¡Vaya! —Amelia frunció el ceño mientras asimilaba ese comentario tan extraño—. En fin, parece un buen lío. Tal vez deberías confesárselo. A lo mejor te sorprende su reacción. ¿Qué era lo que nos decía mamá cada vez que la sacábamos de sus casillas? ¡Ah, sí! «El amor lo perdona todo.» ¿Te acuerdas?

—Claro —contestó Beatrix. Le había dicho eso mismo a Christopher en una de sus cartas. Se le formó un nudo enorme en la garganta—. Amelia, ahora mismo no puedo hablar de este tema. O me tiraré al suelo y me pondré a llorar como una Magdalena.

—¡Por Dios, ni se te ocurra! Alguien podría tropezarse contigo.

No pudieron seguir hablando porque se acercó un caballero para invitar a bailar a Beatrix. Aunque no le apetecía bailar en ese preciso momento, era de muy mala educación rechazar una invitación en un baile privado. A menos que se tuviera una excusa plausible y evidente, como una pierna rota, había que bailar.

Y a decir verdad, no era un sacrificio bailar con ese caballero en particular, el señor Theo Chickering. Un joven atractivo y simpático a quien Beatrix había conocido durante su última temporada social en Londres.

—¿Me concede el honor, señorita Hathaway?

Beatrix le sonrió.

—Será un placer, señor Chickering. —Soltó la mano de su hermana y aceptó la del caballero.

—Está muy guapa esta noche, señorita Hathaway.

—Gracias, amable caballero.

Beatrix se había puesto su mejor vestido, de un intenso color violeta. El corpiño tenía un escote bajo, y dejaba a la vista una generosa extensión de su piel clara. Llevaba el pelo recogido con un sinfín de horquillas rematadas por perlas, pero ése era su único adorno.

Al sentir que se le erizaba el vello de la nuca, echó un rápido vistazo a su alrededor. Su mirada se topó al punto con unos fríos ojos grises. Christopher la estaba mirando sin sonreír.

Chickering la guio con elegancia durante los primeros acordes del vals. Tras realizar uno de los giros, Beatrix miró por encima del hombro, pero Christopher ya no la estaba mirando.

De hecho, no volvió a mirarla después de ese primer momento.

Beatrix se obligó a reír y a bailar con Chickering, mientras reflexionaba en lo agotador que era fingirse alegre cuando se estaba triste. Miró varias veces a Christopher de forma discreta y lo vio rodeado de mujeres que querían coquetear con él y de hombres que querían escuchar batallitas. Al parecer, todo el mundo quería entablar conversación con el hombre a quienes muchos habían apodado el «héroe más afamado de toda Inglaterra». Christopher lo soportaba con estoicismo, luciendo una expresión tranquila y amable, y regalando de vez en cuando una sonrisa encantadora.

—Para un caballero es difícil superar eso —señaló Chickering con sorna, señalando con un gesto de la cabeza a Christopher—. Fama, riqueza y una abundante mata de pelo. Y tampoco se le puede odiar, porque ganó la guerra él solo.

Beatrix soltó una carcajada y le dirigió una miradita de fingida lástima.

—Usted no tiene nada que envidiarle al capitán Phelan, señor Chickering.

—¿En qué sentido? No he estado en el ejército, ni tengo fama ni riqueza.

—Pero tiene una abundante mata de pelo —señaló.

Chickering sonrió.

—Baile conmigo de nuevo y podrá disfrutar de mis abundantes mechones todo lo que quiera.

—Se lo agradezco, pero ya he bailado con usted dos piezas y hacerlo una tercera vez sería escandaloso.

—Me destroza el corazón —replicó él, y Beatrix se echó a reír.

—Hay un sinfín de damas que estarán encantadas de recomponérselo —le aseguró—. Por favor, concédeles ese honor... Un caballero que baila tan bien como usted no debería estar monopolizado.

Cuando Chickering la dejó a regañadientes, Beatrix escuchó una voz familiar a su espalda.

—Beatrix.

Aunque estuvo a punto de dar un respingo, enderezó los hombros y se volvió para encarar a su antigua amiga.

—Hola, Prudence —la saludó—. ¿Cómo estás?

Prudence llevaba un espléndido vestido de color marfil, cuyas voluminosas faldas estaban compuestas por capas de encaje claro salpicado por capullos de rosas.

—Estoy muy bien, gracias. Qué vestido más a la moda... Pareces toda una mujer esta noche, Bea.

Beatrix esbozó una sonrisa torcida al escuchar ese tono de superioridad en boca de una muchacha que era un año menor que ella.

—Tengo veintitrés años, Pru. Creo que tengo aspecto de mujer desde hace bastante tiempo.

—Por supuesto.

Se produjo una larga e incómoda pausa.

—¿Querías algo? —preguntó Beatrix sin rodeos.

Prudence sonrió y se acercó a ella.

—Sí, quería darte las gracias.

—¿Por qué?

—Has sido una amiga leal. Podrías haber estropeado lo mío con Christopher revelando nuestro secreto, pero no lo has hecho. Has mantenido tu promesa, y eso que yo creía que no lo harías.

—¿Por qué no?

—Supongo que creía que intentarías llamar la atención de Christopher. Por más ridícula que hubiera sido la idea.

Beatrix ladeó ligeramente la cabeza.

—¿Ridícula?

—Tal vez no sea la palabra adecuada. Quiero decir «inapropiada». Porque un hombre de la posición de Christopher necesita a una mujer sofisticada. Alguien que pueda cimentar su posición en la alta sociedad. Con su fama y su influencia, podría entrar en política algún día. Y con una esposa que se pasa todo el tiempo en el bosque... o en el establo no podría hacerlo.

Ese sutil recordatorio se le clavó en el corazón como una flecha.

«Debería estar en un establo, no en un salón de baile», dijo Christopher en una ocasión.

Beatrix consiguió esbozar una sonrisa indiferente, con la esperanza de que no le hubiera salido una mueca.

—Sí, lo recuerdo.

—Te reitero las gracias —dijo Prudence con dulzura—. Nunca he sido más feliz. Estoy empezando a tenerle mucho afecto. Pronto estaremos comprometidos. —Miró a Christopher, que se encontraba cerca de la entrada del salón conversando con un grupo de caballeros—. Mira qué guapo es —dijo con orgullo—. Lo prefiero de uniforme con todas esas bonitas medallas, pero también está guapísimo de negro, ¿verdad?

Beatrix miró a su antigua amiga mientras intentaba pensar en la forma de librarse de ella.

—¡Ay, mira! Es Marietta Newbury. ¿Le has contado ya tu inminente compromiso matrimonial? Estoy segura de que le encantará enterarse.

—¡Claro que le encantará! ¿Me acompañas?

—Te lo agradezco, pero tengo sed. Me acercaré a la mesa de los refrigerios.

—Hablaremos pronto —prometió Prudence.

—Me encantará.

Prudence se alejó entre el frufrú del encaje.

Beatrix solto un suspiró exasperado que le levantó un mechón de pelo de la frente. Le lanzó otra mirada de reojo a Christopher, que seguía inmerso en una conversación. Aunque su pose era tranquila, incluso estoica, le brillaba la cara por el sudor. Lo vio apartarse un momento de sus interlocutores y pasarse discretamente una mano temblorosa por la frente.

¿Se encontraba mal?

Lo observó con detenimiento.

La orquesta estaba tocando una pieza alegre, instando a la multitud que se agolpaba en el salón de baile a hablar a gritos para hacerse oír por encima de la música. Tanto ruido y color... tantos cuerpos encerrados en un mismo lugar... Se escuchó un estruendo procedente de la sala de refrigerios. Varias copas chocaron y se oyó el chirrido de los cubiertos sobre la porcelana... Al cabo de un momento, alguien descorchó una botella de champán, y vio que Christopher daba un respingo en respuesta.

Y, en ese instante, lo entendió.

Era demasiado para él. Tenía los nervios a flor de piel, estaba a un paso de perder la compostura. El esfuerzo por controlarse le estaba costando la misma vida.

Sin pensar, se acercó a Christopher todo lo deprisa que pudo.

—¡Aquí está, capitán Phelan! —exclamó.

Los caballeros dejaron de charlar al escuchar su grosera interrupción.

—No puede esconderse de mí —continuó ella con voz cantarina—. Acuérdese de que ha prometido dar un paseo conmigo por la galería de retratos de lord Westcliff.

Christopher tenía una expresión pétrea. Y los ojos tan dilatados que casi no se veían los iris grises.

—Cierto —replicó él con sequedad.

Los otros caballeros accedieron a dejarlo marchar. Era la única respuesta posible ante la audacia de Beatrix.

—No podemos impedir que cumplas tu promesa, Phelan —dijo uno de ellos.

—Y mucho menos si es una promesa hecha a una criatura tan encantadora como la señorita Hathaway... —añadió otro.

Christopher se despidió con un breve gesto de cabeza.

—Caballeros... —les dijo a sus compañeros antes de ofrecerle el brazo a Beatrix. En cuanto dejaron atrás las estancias principales, comenzó a respirar con dificultad. Estaba sudando profusamente y el brazo que Beatrix tocaba estaba muy tenso—. Eso no ha ayudado en nada a su reputación —masculló, recordándole el modo en el que se había dirigido a él.

—¡Al cuerno con mi reputación!

Dado que conocía la distribución de la casa, Beatrix lo condujo a un pequeño invernadero exterior. El tejado circular se alzaba sobre delgadas columnas, y el recinto recibía la tenue luz procedente de las antorchas distribuidas por los jardines circundantes.

Christopher se apoyó en el muro exterior de la construcción, cerró los ojos e inhaló el fresco y fragante aire. Parecía un hombre que acabara de salir a la superficie tras una larga zambullida.

Beatrix se mantuvo cerca, mirándolo con preocupación.

—¿Demasiado ruido en el interior?

—Demasiado de todo —masculló él. Al cabo de un momento, abrió los ojos—. Gracias.

—De nada.

—¿Quién era ese hombre?

—¿Cuál de ellos?

—El hombre con quien estaba bailando.

—¿El señor Chickering? —Se le alegró el corazón al darse cuenta de que Christopher había reparado en ese detalle—. Es un caballero encantador. Lo conocí en Londres. —Hizo una pausa—. ¿Se ha dado cuenta de que también he hablado con Pru?

—No.

—En fin, pues he hablado con ella. Parece convencida de que se van a casar.

Sus palabras no provocaron reacción alguna en su cara.

—A lo mejor lo hacemos. Es lo que se merece.

Beatrix no supo qué contestar a ese comentario.

—¿Le importa Prudence?

Christopher la miró con furibundo desdén.

—¿Cómo no me va a importar?

—Si se va a poner sarcástico, mejor me vuelvo dentro —replicó con el ceño fruncido.

—Pues hágalo. —Cerró los ojos una vez más sin apartarse de la pared.

Estuvo tentada de hacer justo eso. Sin embargo, mientras observaba sus facciones imperturbables y sudorosas, la asaltó una incómoda oleada de ternura.

Parecía muy grande e invulnerable, sin muestras aparentes de emoción salvo por el entrecejo fruncido. No obstante, sabía que Christopher estaba abrumado. A ningún hombre le gustaba perder el control, y mucho menos si se trataba de un hombre cuya vida había dependido de su habilidad para controlarse.

¡Ojalá pudiera decirle que su casa secreta estaba cerca!

«Ven conmigo —le diría—. Te llevaré a un lugar precioso y tranquilo...»

En cambio, se sacó un pañuelo de un bolsillo oculto de su vestido y se acercó a él.

—No se mueva —le dijo.

Se puso de puntillas y le limpió la cara con delicadeza.

Y él se lo permitió.

Christopher la miró con un rictus tenso en los labios cuando terminó.

—Sufro de estos episodios de... locura —admitió a regañadientes—. En mitad de una conversación o mientras hago algo normal y corriente, aparece una visión en mi cabeza. Y después experimento un momento en blanco, y no sé qué he dicho ni qué he hecho.

—¿Qué clase de visión? —preguntó ella—. ¿De cosas que vio durante la guerra?

Christopher asintió con la cabeza, aunque el gesto fue casi imperceptible.

—Eso no es locura —le aseguró Beatrix.

—¿Y qué es sino?

—No estoy segura.

A Christopher se le escapó una carcajada carente de humor.

—No tiene ni puñetera idea de lo que está hablando.

—Ah, ¿no? —Lo miró con detenimiento, sin estar muy segura de hasta qué punto podía confiar en él. El instinto de supervivencia pugnó con su deseo de ayudarlo, de compartir cosas con él. «¡Audacia, ven en mi auxilio!», pensó con sorna, recordando una de sus citas preferidas de Shakespeare. Se podía decir que era el lema de los Hathaway.

Muy bien. Le contaría su más vergonzoso secreto, uno que jamás le había contado a una persona ajena a su familia. Si así lo ayudaba, merecía la pena correr el riesgo.

—Robo cosas —soltó.

Eso consiguió llamar la atención de Christopher.

—¿Cómo dice?

—Cosas insignificantes. Cajitas de rapé, sellos, fruslerías. Y nunca lo hago queriendo.

—¿Cómo se roban cosas sin querer?

—Es espantoso —prosiguió Beatrix con vehemencia—. Me puede suceder en una tienda o en casa de alguien. De repente, veo algo... a veces es algo tan valioso como una joya, o tan insignificante como una cinta... y me abruma una sensación espantosa. Es una sensación angustiosa... ¿Nunca le ha picado alguna parte del cuerpo muchísimo, tanto que está convencido de que si no se rasca morirá pero resulta que no puede rascarse porque no alcanza?

Vio cómo se suavizaba su expresión.

—Sí. Suele suceder mientras estás con el agua por las rodillas en una trinchera y te pica justo bajo la caña de la bota. Y mientras la gente te dispara. En esa situación, es imposible rascarse.

—¡Dios mío! En fin, el asunto es que intento resistirme, pero la sensación se pone cada vez peor hasta que al final cojo el objeto y me lo guardo en un bolsillo. Y después, de vuelta en casa, me abruma la vergüenza y la culpa, y tengo que apañármelas para devolver las cosas que he robado. Mi familia me ayuda. Es muchísimo más difícil devolver algo que robarlo. —Hizo una mueca—. A veces ni siquiera soy consciente de lo que estoy haciendo. Por eso me expulsaron de la academia para señoritas. Tenía una colección de cintas, lápices, libros... e intenté devolverlo todo, pero no recordaba de quién era qué cosa. —Beatrix lo miró con cautela, sin saber si encontraría repulsa en sus ojos.

Sin embargo, su expresión se había suavizado por completo y la miraba con ternura.

—¿Cuándo comenzó?

—Tras la muerte de mis padres. Mi padre se acostó una noche con un dolor en el pecho y no se despertó. Pero lo de mi madre fue peor..., dejó de hablar y apenas comía; se distanció de todo y de todos. Murió de pena unos meses después. Yo era muy pequeña, y egoísta, supongo... porque me sentí abandonada. Me preguntaba por qué no me quería lo suficiente como para quedarse.

—Eso no la convierte en egoísta —dijo en voz baja y amable—. Cualquier niño habría reaccionado de la misma manera.

—Tanto mi hermano como mis hermanas me cuidaron muy bien —continuó Beatrix—. Pero poco después de que mi madre muriera, apareció mi problema. Ahora estoy mucho mejor que antes... cuando me siento a salvo y tranquila, no robo nada. Sólo lo hago en los momentos complicados, cuando me siento incómoda o nerviosa. —Miró a Christopher con expresión compasiva—. Creo que su problema desaparecerá con el tiempo. Y que reaparecerá de vez en cuando, pero muy levemente. No siempre será tan malo como ahora.

La luz de las velas se reflejó en los ojos de Christopher mientras la miraba. Lo vio extender los brazos y pegarla a él con exquisita ternura y lentitud. La tomó de la barbilla con una de esas manos de dedos largos y callosos. Para asombro de Beatrix, le apoyó la cabeza contra su hombro. La estaba abrazando, y jamás había sentido nada tan maravilloso. Se apoyó en él, embargada por el placer, y disfrutó del movimiento de su pecho con cada respiración. Christopher jugueteó con los rizos de su nuca, y la caricia de su pulgar le provocó un delicioso escalofrío en la columna.

—Tengo un gemelo de plata suyo —admitió con voz temblorosa y la mejilla apoyada en la suave tela de su chaqueta—. Y una brocha de afeitar. Cuando fui a devolver la brocha, acabé llevándome uno de sus gemelos. Me ha dado miedo volver para devolvérselos, porque estoy convencida de que acabaría robando otra cosa.

Su confesión le arrancó una carcajada.

—¿Por qué se llevó la brocha?

—Ya se lo he dicho, no puedo evitarlo...

—No, me refiero al motivo que la tenía tan preocupada.

—Bueno, eso no importa.

—A mí sí.

Beatrix se apartó lo justo para mirarlo a la cara.

«Tú. Me preocupabas tú», pensó. En cambio, dijo:

—No me acuerdo. Tengo que volver dentro.

Christopher aflojó el abrazo.

—Creía que no le importaba su reputación.

—Bueno, puede sobrevivir a un ligero roce —respondió con voz razonable—. Pero preferiría no destrozarla por completo.

—Venga, vuelva dentro. —La soltó y ella se alejó—. Pero, Beatrix... —la llamó utilizando su nombre de pila.

Ella se detuvo y lo miró con expresión recelosa.

—¿Qué?

Christopher le sostuvo la mirada.

—Quiero recuperar mi brocha de afeitar.

Beatrix esbozó una lenta sonrisa.

—Se la devolveré pronto —le prometió, antes de dejarlo a solas bajo la luz de la luna.

16

—¡Beatrix, mira quién ha venido! —Rye se acercó al corral con *Albert* a su lado.

Beatrix estaba trabajando con un caballo de reciente adquisición, que habían domado mal de joven y acabó siendo vendido por su contrariado propietario. El caballo tenía la malísima costumbre de alzarse sobre los cuartos traseros, y en una ocasión casi había aplastado al jinete que intentaba domarlo. El animal dio un respingo ante la llegada del niño y del perro, pero Beatrix lo tranquilizó y lo instó a recorrer el corral en círculos tras lo cual miró a Rye, que se había sentado en la cerca. *Albert* había apoyado el hocico en el travesaño inferior y la miraba con mucha atención.

—¿*Albert* ha venido solo? —le preguntó a su sobrino, sorprendida.

—Sí. Y no tenía su collar. Creo que se ha escapado de su casa.

Antes de que Beatrix pudiera decir algo, el caballo se detuvo y se encabritó. Al punto, Beatrix aflojó las riendas y se inclinó sobre el cuello del animal, rodeándolo con el brazo derecho. En cuanto el caballo bajó las patas delanteras, lo obligó a andar. Acto seguido, lo instó a trazar un zigzag, primero a la derecha y luego a la izquierda, antes de hacer que anduviera de nuevo.

—¿Por qué lo obligas a moverse así? —preguntó Rye.

—Me lo enseñó tu padre, que lo sepas. Es para que se dé cuenta de que tenemos que trabajar en equipo. —Le dio unas palmaditas al caballo en el cuello—. Nunca se debe tirar de las riendas cuando un caballo se encabrita, porque eso haría que se cayera de espaldas. Cuando noto que empieza a levantar las patas delanteras, lo obligo a andar más deprisa. No puede levantarse sobre los cuartos traseros si se está moviendo.

—¿Cómo sabrás que ya ha aprendido?

—No hay un momento exacto —contestó—. Tendré que trabajar con él, ya irá mejorando poco a poco. —Desmontó y condujo al caballo hacia la cerca para que Rye le acariciara el sedoso cuello—. *Albert*, ¿qué haces aquí? —le preguntó al perro mientras se agachaba para acariciarlo—. ¿Te has escapado de tu amo?

El perro meneó el rabo, entusiasmado.

—Le he dado un poco de agua —dijo Rye—. ¿Podemos quedárnoslo esta tarde?

—Me temo que no. Puede que el capitán Phelan esté preocupado por él. Voy a devolvérselo ahora mismo.

El niño suspiró.

—Me gustaría ir contigo —dijo el pequeño—, pero me quedan lecciones. Estoy deseando saberlo todo algún día. Porque así ya no tendré que leer más libros ni hacer más cuentas.

Beatrix sonrió.

—No quiero quitarte la ilusión, Rye, pero es imposible saberlo todo.

—Mamá lo sabe todo. —Rye se quedó callado, pensando—. Al menos, papá dice que tenemos que fingir que lo sabe todo, porque eso la hace feliz.

—Tu padre es uno de los hombres más sabios que he conocido en la vida —replicó con una carcajada.

Beatrix estaba a medio camino de Phelan House, con *Albert* corriendo al lado de su caballo, cuando se dio cuenta de que llevaba las botas y los pantalones. Sin duda alguna, ese atuendo tan excéntrico molestaría a Christopher.

No había recibido noticias suyas durante la semana transcurrida desde el baile de Stony Cross Manor. Y aunque no esperaba que fuera a verla ni mucho menos, habría sido un detalle por su parte. Al fin y al cabo, eran vecinos. Había salido a pasear todos los días con la esperanza de encontrárselo en el bosque, pero no había visto ni rastro de él.

Era más que evidente que a Christopher no le interesaba en lo más mínimo, y en ningún sentido. Lo que la llevó a la conclusión de que había sido un error garrafal confiarle su secreto. Había sido presuntuoso creer que su problema y el de Christopher eran equiparables.

—Me he dado cuenta de que no estoy enamorada de él —le dijo a *Albert* cuando estuvieron cerca de Phelan House—. Y menudo alivio. Porque ahora no me pone nerviosa la idea de verlo. Supongo que es prueba más que suficiente de que sólo padecía un enamoramiento pasajero. Porque se me ha pasado del todo. Me importa un comino lo que haga o con quién se case. ¡Ah, la libertad absoluta es maravillosa!

Miró al perro, pero éste no parecía muy convencido por sus palabras. Soltó un hondo suspiro.

Al llegar a la entrada de la casa desmontó y le dio las riendas a un criado. Contuvo una sonrisa tímida al percatarse de la mirada del hombre.

—Ten listo mi caballo, por favor. Saldré enseguida. Vamos, *Albert*.

En la puerta se topó con la señora Clocker, que se quedó de piedra al ver su atuendo.

—Vaya, señorita Hathaway... —El ama de llaves no sabía qué decir—. Lleva puestos unos...

—Sí, lo siento, sé que no estoy presentable, pero he venido corriendo. *Albert* ha aparecido en Ramsay House y he venido a traerlo de vuelta.

—Gracias —replicó el ama de llaves con aire distraído—.

Ni me he dado cuenta de que faltaba. Como el señor no está en sus cabales...

—¿No está en sus cabales? —preguntó, repentinamente preocupada—. ¿A qué se refiere, señora Clocker?

—No debería decírselo.

—Claro que sí. Soy la persona indicada para que se desahogue. Al fin y al cabo soy muy discreta, porque sólo hablo con animales. ¿El capitán Phelan está enfermo? ¿Ha pasado algo malo?

—Hace tres noches —susurró el ama de llaves— olimos a quemado en la habitación del señor. El capitán estaba borracho como una cuba y había arrojado su uniforme a la chimenea, ¡con medallas y todo! Conseguimos rescatar las medallas, pero el uniforme estaba destrozado. Después de ese episodio, el señor se encerró en su dormitorio y siguió bebiendo todavía más. No ha parado desde entonces. Le hemos aguado el licor todo lo posible, pero... —Se encogió de hombros, impotente—. No habla con nadie. No toca la bandeja de la cena. Hemos mandado llamar al doctor, pero se niega a recibirlo. Y cuando trajimos al vicario ayer, amenazó con matarlo. Hemos pensado en avisar a la señora Phelan.

—¿A su madre?

—¡Válgame Dios, no! A su cuñada. No creo que su madre sea de mucha ayuda.

—Sí, Audrey es una buena opción. Es muy sensata y lo conoce bien.

—El problema es que tardará al menos dos días en llegar —continuó el ama de llaves—, y me temo que...

—¿Qué?

—Esta mañana ha pedido una navaja de afeitar y un baño caliente. Nos daba miedo llevársela, pero no nos atrevimos a negarnos. Temo que se haga daño.

Beatrix tuvo dos cosas clarísimas: la primera, el ama de llaves no le habría contado tanto de no estar desesperada; y la segunda, Christopher estaba sufriendo muchísimo.

Sintió el dolor como propio, e incluso se le clavó en el pecho. Todo lo que se había dicho acerca de su recién descubierta libertad, de la muerte de su enamoramiento pasajero, no era más que una tontería. Estaba loca por él. Haría cualquier cosa por Christopher. Presa de la angustia, se preguntó qué necesitaba, qué palabras lo reconfortarían. Sin embargo, no estaba a la altura de la situación. No se le ocurría nada sensato ni inteligente. Sólo sabía que quería estar con él.

—Señora Clocker —dijo con tiento—, me pregunto si... si sería posible que no se diera cuenta de que subo la escalera.

El ama de llaves puso los ojos como platos.

—Esto... Señorita Hathaway... No creo que sea seguro. Ni sensato.

—Señora Clocker, mi familia siempre ha sido de la opinión de que cuando nos enfrentamos a problemas aparentemente insalvables, la mejor solución la encuentran los locos, no los sensatos.

El ama de llaves abrió la boca para protestar, confundida, pero volvió a cerrarla.

—Si grita pidiendo ayuda —dijo al cabo de un momento—, apareceremos al instante.

—Gracias, pero estoy segura de que no será necesario. —Entró en la casa y se encaminó hacia la escalera. Cuando *Albert* hizo ademán de seguirla, dijo—: No, bonito, quédate aquí.

—Vamos, *Albert* —dijo el ama de llaves—, vamos a buscarte unas sobras en la cocina.

El perro cambió de dirección sin detenerse, marchándose alegremente en pos de la señora Clocker.

Beatrix subió la escalera despacio. ¿Cuántas veces había intentado comprender a un animal salvaje y herido?, se preguntó con sorna. Pero comprender la naturaleza del ser humano era harina de otro costal.

Al llegar a la puerta de Christopher, llamó con suavidad. Y al ver que no obtenía respuesta, entró sin más.

Ver la estancia iluminada por el sol la sorprendió. La luz del atardecer hacía brillar las motitas de polvo que flotaban frente a la ventana. El aire olía a licor, a humo y a jabón. Una bañera portátil estaba en un rincón de la estancia, y en la alfombra se veía el rastro de unos pies mojados.

Christopher estaba acostado en la cama deshecha, medio apoyado en unos almohadones y con una botella de brandi entre los dedos. Su mirada inerte se posó en ella y en ese instante su expresión se tornó penetrante.

Llevaba unos pantalones de color beige, medio abrochados, y... nada más. Su cuerpo era moreno, delgado y musculoso. Las cicatrices desfiguraban su piel bronceada en algunas zonas... Distinguió una triangular, allí donde una bayoneta se le había clavado en el hombro; y también varias de metralla y una circular en el costado que debió de ser a consecuencia de una bala.

Christopher se incorporó muy despacio y dejó la botella en la mesita de noche. Medio reclinado en el borde del colchón y con los pies descalzos en el suelo, la miró con expresión impenetrable. Aún tenía el pelo húmedo, de modo que había adquirido el color del oro viejo. Sus hombros eran anchísimos y muy fuertes, y sus brazos, muy musculosos.

—¿A qué has venido? —le preguntó, tuteándola. Tenía la voz ronca por la falta de uso.

Beatrix consiguió apartar su hipnotizada mirada de su amplio torso, reluciente por el baño.

—He venido a devolver a *Albert* —contestó—. Se ha presentado en Ramsay House. Dice que lo has tenido abandonado —añadió, tuteándolo también ya que la situación no se prestaba a muchas formalidades—. Y que no lo has sacado a pasear estos días.

—¿Eso te ha dicho? No sabía que tuviera la lengua tan larga.

—Tal vez te apetezca ponerte... algo más de ropa... y venir a dar un paseo conmigo... Para despejarte la cabeza.

—El brandi ya me la está despejando. O lo haría si mis puñeteros criados dejaran de aguarlo.

—Ven a dar un paseo conmigo —insistió—. O me veré obligada a usar mi voz de adiestradora de perros contigo.

Christopher la miró con rencor.

—Ya me han adiestrado. De eso se encargó el ejército de Su Majestad.

Pese a la luz del sol que entraba por las ventanas, Beatrix percibía las pesadillas que acechaban en los rincones. Su instinto le gritaba que Christopher debería estar fuera, al aire libre, no encerrado.

—¿Qué ha pasado? ¿Qué ha provocado esto?

Christopher hizo un gesto enfurruñado con la mano, como si estuviera espantando un insecto.

Beatrix se acercó a la cama con cautela.

—¡No! —exclamó él con sequedad—. No te acerques. No digas nada. Vete.

—¿Por qué?

Christopher meneó la cabeza con impaciencia.

—Sean cuales sean las palabras que necesites oír para irte, considéralas dichas.

—¿Y si no lo hago?

—Te arrastraré hasta la cama y te violaré —contestó con un brillo malicioso en los ojos y una expresión adusta.

Beatrix no lo creyó ni por asomo. Sin embargo, sus palabras dejaban claro la magnitud de su tormento, ya que de otro modo no la amenazaría con algo semejante.

—Estás demasiado borracho como para atraparme —replicó tras lanzarle una mirada escéptica y paciente.

De repente, la sorprendió con un movimiento brusco.

Christopher se colocó frente a ella tan rápido como un leopardo, y plantó las manos en la puerta, a ambos lados de su cabeza.

—No estoy tan borracho como parece —le aseguró con voz ronca y seca.

Beatrix había levantado los brazos por instinto para protegerse la cara. Se obligó a respirar de nuevo. El problema era

195

que, una vez que volvió a hacerlo, fue incapaz de controlar sus pulmones, que funcionaban como si acabara de correr varios kilómetros. Enfrentada a esa dura mole masculina, casi podía sentir el calor de su piel.

—¿Ya me tienes miedo? —le preguntó él.

Contestó con un ligero movimiento negativo de la cabeza, aunque tenía los ojos como platos.

—Pues deberías.

Beatrix dio un respingo cuando sintió que Christopher apartaba las manos de su cintura para acariciarle los costados con insolencia.

A Christopher se le aceleró la respiración al descubrir que no llevaba corsé y comenzó a recorrer su forma natural más despacio. La miró con los ojos entrecerrados, presa de un repentino calor. Detuvo una de las manos sobre un pecho, acunando su redondez en la palma.

Acto seguido pellizcó con delicadeza el endurecido pezón y ella sintió que le fallaban las piernas.

—Última oportunidad —dijo él con voz ronca—. Sal de aquí o métete en la cama.

—¿No hay una tercera opción? —preguntó con un hilo de voz, asaltada por un delicioso hormigueo allí donde su mano la acariciaba.

En respuesta, Christopher la cogió en brazos con asombrosa facilidad y la llevó a la cama. La tiró sobre el colchón. Antes de que pudiera moverse, ese cuerpo fuerte se sentó a horcajadas sobre ella.

—Espera —le dijo—. Antes de que me violes, me gustaría mantener una breve conversación racional contigo. Cinco minutos, nada más. No es mucho pedir, digo yo.

La expresión de Christopher puso de manifiesto que no estaba para conversaciones.

—Si querías conversación racional, deberías haber buscado a otro hombre. A tu señor Chittering.

—Chickering —lo corrigió, retorciéndose bajo su cuerpo—. Y no es mío, y... —Le apartó las manos cuando volvió a tocarle el pecho—. Para ya. Sólo quiero... —Sin hacerle caso, Christopher empezó a desabrocharle la camisa. Frunció el ceño, exasperada—. ¡Muy bien, haz lo que te dé la gana! —exclamó—. A lo mejor después podemos mantener una conversación coherente.

Se giró debajo de su cuerpo, colocándose boca abajo.

Christopher se quedó quieto. Tras una larga pausa, lo oyó preguntar con voz muchísimo más normal:

—¿Qué haces?

—Te lo estoy poniendo más fácil —fue su desafiante respuesta—. Vamos, ya puedes empezar.

Otro silencio. Seguido de una pregunta:

—¿Por qué estás boca abajo?

—Porque así es como se hace. —Se volvió lo justo para mirarlo por encima del hombro. Una súbita incertidumbre la llevó a preguntar—: ¿Verdad?

Christopher tenía el rostro pétreo.

—¿Nadie te ha hablado de esto?

—No, pero he leído sobre el tema.

Christopher se apartó de ella, liberándola de su peso y le preguntó con una expresión extraña:

—¿Qué tipo de libros?

—Manuales de veterinaria. Y, por supuesto, he observado a las ardillas en primavera, y a los animales de la granja y a...

Dejó la frase en el aire al escuchar que Christopher carraspeaba con fuerza... varias veces. Le lanzó una mirada desconcertada y se dio cuenta de que intentaba contener la risa.

Se sintió indignada. Era su primera vez en la cama con un hombre y se estaba riendo de ella.

—Oye —dijo con seriedad—, he leído acerca de los hábitos de apareamiento de un sinfín de especies y, a excepción de las serpientes, que tienen los genitales en el cuello, todas... —Se interrumpió y frunció el ceño—. ¿Por qué te estás riendo de mí?

Christopher estaba doblado por la risa. Cuando levantó la cabeza y vio su expresión indignada, tuvo que echar mano de todo su autocontrol para contener las carcajadas.

—Beatrix. No me... no me estoy riendo de ti.

—¡Lo estás haciendo!

—No, de verdad. Es que... —Se secó una lágrima del rabillo del ojo y se le escaparon unas cuantas risotadas—. Ardillas...

—Puede que a ti te resulte gracioso, pero para las ardillas es un asunto muy serio.

El comentario hizo que estallara en carcajadas una vez más. En una demostración de insensibilidad hacia los derechos reproductivos de los pequeños mamíferos, Christopher enterró la cara en un almohadón mientras todo su cuerpo se estremecía por la risa.

—¿Por qué te hace tanta gracia pensar en ardillas apareándose? —preguntó ella, molesta.

A esas alturas, Christopher estaba al borde de la asfixia.

—Ya basta —jadeó—. Por favor.

—Supongo que no es lo mismo en el caso de las personas —comentó Beatrix con dignidad, aunque estaba avergonzadísima por dentro—. ¿No lo hacen de la misma manera que los animales?

Haciendo un gran esfuerzo para controlar la risa, Christopher se volvió para mirarla. Sus ojos tenían un brillo alegre.

—Sí... No. Quiero decir que sí lo hacen, pero...

—¿Pero a ti no te gusta así?

Mientras sopesaba cómo contestar esa pregunta, Christopher extendió una mano para apartarle el pelo, que se le estaba escapando de las horquillas.

—Sí me gusta. De hecho, me encanta. Pero no para tu primera vez.

—¿Por qué no?

Christopher la miró con una sonrisa torcida.

—¿Quieres que te lo demuestre? —preguntó con voz ronca.

Beatrix estaba anonadada.

Interpretando su silencio como una afirmación, Christopher la colocó de espaldas en el colchón y se puso sobre ella. La tocó con cuidado, colocándole las piernas de modo que lo recibiera entre ellas. En cuanto sus caderas se rozaron, escuchó el jadeo que se le escapó. Estaba excitado, y su erección encajaba perfectamente en su entrepierna. Apoyó el peso en los brazos y la miró a la cara, que lucía un intenso rubor.

—Así —dijo, y embistió con delicadeza—. Así suele ser más placentero para la mujer.

El movimiento le provocó un escalofrío de placer a Beatrix, que se quedó sin respiración mientras sus sentidos se saturaban y sus caderas se alzaban para recibirlo. Miró su musculoso torso, salpicado por una incitante y fina capa de vello dorado.

Christopher se acercó un poco más y dejó los labios justo sobre los suyos.

—Cara a cara... podría besarte todo el tiempo. Y tu cuerpo me acogería dulcemente... así... —La besó y la instó a abrir la boca, y ella se dejó hacer, encantada y excitada.

Beatrix se estremeció y le echó los brazos al cuello. Sentía el calor que irradiaba su cuerpo.

Christopher murmuró una retahíla de palabras dulces mientras dejaba un reguero de besos en su garganta y le desabrochaba los botones de la camisa. Beatrix sólo llevaba una fina camisola debajo, la que se solía usar debajo del corsé. Le bajó el tirante de encaje y dejó al descubierto un seno turgente y blanco, con un pezón rosado y endurecido. Inclinó la cabeza y la acarició con los labios y la lengua. Le mordisqueó con suavidad el pezón. Mientras tanto, siguió con sus insinuantes y lentos movimientos de caderas... La estaba montando, poseyéndola, volviéndola loca de deseo.

Después de tomarle la cara entre las manos, la besó de nuevo, con los labios separados y un frenesí apasionado, como si intentara robarle el alma. Beatrix respondió con entusiasmo, abrazándolo con brazos y piernas. Pero en ese momento, Christopher soltó un improperio y se apartó de ella.

—No —se escuchó gemir Beatrix—. Por favor...

Christopher le colocó un dedo en los labios, acariciándola con suavidad para que se callara.

Siguieron acostados el uno al lado del otro, mirándose a la cara mientras intentaban recuperar el aliento.

—¡Dios, cómo te deseo! —exclamó Christopher, como si no le hiciera mucha gracia la idea, al tiempo que acariciaba los labios de Beatrix, hinchados por sus besos.

—¿Aunque te irrite?

—No me irritas. —Le abrochó la camisa despacio—. Creía que lo hacías. Al principio. Pero ahora creo que es como el hormigueo que se siente cuando se te ha dormido el pie y empiezas a moverlo. Es una sensación incómoda... pero también buena. ¿Sabes lo que te quiero decir?

—Sí. Te provoco un hormigueo.

Christopher sonrió.

—Entre otras cosas.

Siguieron tumbados el uno al lado del otro, mirándose.

La belleza de su rostro era impactante, pensó Beatrix. De rasgos fuertes, sin defectos... si bien se salvaba de la fría perfección por las patas de gallo y por el rictus sensual de sus labios. El bronceado le confería un aire... experimentado. En definitiva, era el tipo de cara que aceleraba el corazón de las mujeres.

Con timidez, Beatrix le tocó la cicatriz de bayoneta que tenía en el hombro. Su piel era como el satén recién planchado, salvo por la cicatriz arrugada y oscura.

—Debió de ser muy doloroso —susurró—. ¿Te siguen doliendo las heridas?

Christopher negó con la cabeza.

—En ese caso... ¿qué te atormenta?

Guardó silencio y le colocó la mano en la cadera. Mientras pensaba cómo contestar su pregunta, introdujo los dedos bajo los faldones de la camisa de Beatrix, acariciándole con los nudillos la piel del abdomen.

—No puedo volver a ser quien era antes de la guerra —contestó a la postre—. Y no puedo ser quien era durante la guerra. Y si no soy ninguno de esos hombres, no estoy seguro de lo que me queda. Sólo sé que he matado a tantos hombres que he perdido la cuenta. —Tenía la mirada perdida, como si estuviera reviviendo una pesadilla—. Los oficiales siempre eran los primeros en caer, porque eso creaba el caos entre las filas enemigas, y luego disparaba a los demás mientras salían en desbandada. Eran como los juguetes que un niño va tirando.

—Pero ésas eran tus órdenes. Eran el enemigo.

—¡Me importa una mierda! Eran hombres. Alguien los quería. Jamás podré olvidarlo. No sabes qué aspecto tiene un hombre al que han disparado. Nunca has escuchado a los hombres heridos en mitad de un campo de batalla, pidiendo un poco de agua o que alguien termine lo que el enemigo empezó... —Rodó por el colchón, se sentó y agachó la cabeza—. Sufro arrebatos de furia —dijo con voz apagada—. Intenté atacar a uno de mis propios criados ayer, ¿no te lo han dicho? Por Dios, no soy mejor que *Albert*. No puedo volver a compartir una cama con una mujer... podría matarla mientras duerme y no darme cuenta de lo que estoy haciendo hasta que sea demasiado tarde.

Beatrix también se sentó.

—Imposible.

—¿Y tú qué sabes? Eres muy inocente... —Hizo una pausa y tomó una entrecortada bocanada de aire—. Dios, soy incapaz de salir de este atolladero. Y no puedo vivir con esto.

—¿Con qué? —preguntó en voz baja al darse cuenta de que algo en particular lo estaba atormentando, un recuerdo insoportable.

Christopher pareció no escucharla, como si tuviera la cabeza en otro lugar, como si estuviera viendo fantasmas. Cuando hizo ademán de acercarse a él, lo vio levantar el brazo en un gesto defensivo, con la palma hacia fuera. El gesto, realizado con una mano tan fuerte, se le clavó en el corazón. Sintió el abrumador impulso de abrazarlo, como si así pudiera apartarlo del borde del precipicio. Sin embargo, mantuvo las manos en el regazo y clavó la vista en el nacimiento del pelo en su nuca. Tenía los músculos de la espalda en tensión. Ojalá pudiera acariciar esa superficie dura con las manos. Ojalá pudiera acariciarlo hasta que se calmara. Pero tenía que hacerlo él solo.

—Un amigo mío murió en Inkerman —contestó al cabo de un rato, con voz entrecortada y ronca—. Uno de mis tenientes. Se llamaba Mark Bennett. Era el mejor soldado del regimiento. También era honesto. Siempre hacía bromas en los peores momentos. Si le pedías que hiciera algo, lo hacía sin importarle lo peligroso o difícil que fuera. Habría arriesgado su vida por cualquiera de nosotros.

»Los rusos habían instalado puestos de francotiradores en cuevas y cabañas de piedra construidas en la ladera de la montaña. Estaban disparando a nuestras baterías, las que efectuaban el asedio... porque el general decidió que teníamos que conquistar la posición rusa. Tres compañías de fusileros fueron las elegidas para la misión. Además se ordenó que una compañía de húsares cargara contra el enemigo si intentaba cerrarnos los flancos. Al mando estaba un hombre al que yo detestaba. El teniente coronel Fenwick. Todo el mundo lo odiaba. Estaba al mando del mismo regimiento de caballería al que fui destinado cuando me alisté. —Guardó silencio un instante, sumido en los recuerdos y con los párpados entornados.

—¿Por qué lo odiaban? —preguntó Beatrix al cabo de un rato.

—Fenwick se mostraba cruel sin motivo aparente. Le encantaban los castigos porque sí. Ordenaba azotar o dejar sin comida a sus subordinados por faltas menores. Al ver que comenzaba a inventarse excusas para castigar a los hombres, intervine. En ese momento me acusó de insubordinación y estuvo a punto de presentar cargos en mi contra. —Soltó un suspiro entrecortado—. Fenwick fue el principal motivo por el que acepté el traslado a la Brigada de Fusileros. Y en Inkerman me enteré de que tendría que depender de su caballería en caso de necesitar refuerzos. Antes de que llegáramos a las trincheras nos detuvimos en una cañada que nos ofrecía protección de las balas perdidas. Estaba anocheciendo. Formamos tres grupos. Abrimos fuego, los rusos lo devolvieron y así localizamos los puestos que debíamos atacar. Avanzamos con las armas dispuestas... matamos a todos los que pudimos... y luego pasamos a un combate cuerpo a cuerpo. Me distancié de Bennett durante la pelea. Los rusos nos obligaron a retroceder cuando llegaron sus refuerzos... y comenzaron a llover bombas y granadas. El fuego no cesaba. Los hombres caían a mi alrededor... Una lluvia de cuerpos despedazados. Me dolían los brazos y la espalda por la metralla. No podía encontrar a Bennett. Había anochecido y tuvimos que retroceder. Había dejado a *Albert* en la cañada. Lo llamé y acudió. Pese al bombardeo y en contra de su instinto natural... *Albert* acudió para ayudarme a encontrar a los heridos en la oscuridad. Me condujo a dos moribundos a los pies de la montaña. Uno de ellos era Bennett.

Beatrix cerró los ojos con el estómago revuelto al llegar a una conclusión correcta.

—Y el otro era el coronel Fenwick —dijo.

Christopher asintió con un gesto brusco de la cabeza.

—Había perdido su montura. Su caballo no estaba por ninguna parte. Tenía una pierna rota... un balazo en el costado... Tenía muchas posibilidades de sobrevivir. Bennett, en cambio... tenía el pecho abierto. Estaba casi inconsciente. Moribundo. Quería estar en su lugar, debería haber sido yo. Yo siempre me arriesgaba. Bennett era muy cuidadoso. Quería regresar con su familia, con la mujer a quien amaba. No sé por qué no fui yo. Y ésa es la absurdidad de la guerra... Todo es cuestión de suerte, nunca se sabe si tú serás el siguiente. Puedes intentar esconderte, y una granada te encontrará. Puedes correr hacia el enemigo, y la bala se incrustará en la culata del fusil y no te pasará nada. Es cuestión de suerte. —Apretó los dientes para luchar contra la emoción que lo consumía—. Quería ponerlos a salvo a ambos, pero no contaba con ayuda alguna. Y no podía dejar a Fenwick allí. Si lo capturaban, el enemigo le sonsacaría una información crucial. Tenía acceso a los mensajes del general, estaba al tanto de la estrategia y de los envíos de provisiones... Lo sabía todo.

Beatrix miró su perfil.

—Tenías que llevarte primero al coronel Fenwick —susurró, con una opresión en el pecho por la compasión y la pena, porque por fin lo entendía todo—. Antes de que pudieras hacer lo mismo con tu amigo.

—Le dije a Mark: «Volveré a por ti. Te juro que volveré. Dejaré a *Albert* a tu lado.» Tenía sangre en la boca. Sabía que quería decirme algo, pero no podía. *Albert* se quedó junto a él y yo me eché a Fenwick a la espalda, llevándolo de vuelta a la cañada. Cuando volví a por Bennett, el cielo era una llamarada y el humo impedía ver en la distancia. Las ráfagas de las armas parecían relámpagos. Bennett había desaparecido. No había ni rastro de él. Se lo habían llevado. *Albert* estaba herido, alguien lo había atacado con una bayoneta y tenía una oreja medio colgando... De hecho, todavía se le ve la unión desigual, porque no se le curó bien la herida. Me quedé junto a *Albert* con mi fusil y mantuvimos la posición hasta que las compañías de fusileros avanzaron de nuevo. Y por fin tomamos las posiciones enemigas y acabó la batalla.

—¿No encontraron al teniente Bennett? —preguntó Beatrix con un hilo de voz.

Christopher negó con la cabeza.

—No lo recuperamos en los intercambios de prisioneros. No creo que sobreviviera mucho después de que lo capturaran. Pero podría haberlo salvado. Nunca lo sabré. Dios. —Se secó los ojos con la manga y guardó silencio. Como si estuviera esperando algo... la compasión que no aceptaría o la condena que no se merecía.

Beatrix se preguntó qué diría una persona mucho más sabia y entendida que ella. No lo sabía. Sólo podía decirle la verdad.

—Escúchame —le ordenó—. Era una situación imposible. Y el teniente Bennett... Mark... no te culpó.

—Yo sí me culpo —admitió con voz exhausta.

Qué cansado debía de estar de la muerte, pensó Beatrix. Qué cansado de la pena y de la culpa. Sin embargo, sólo dijo:

—Pues no es una postura razonable. Sé que debe atormentarte la idea de que murió solo o, peor, a manos del enemigo. Pero lo importante no es cómo morimos, sino cómo vivimos. Mark se sabía un hombre querido mientras vivió. Contaba con el amor de su familia y de sus amigos. Es lo máximo a lo que puede aspirar una persona.

Christopher meneó la cabeza. No le servía. Las palabras no podían ayudarlo.

Beatrix extendió una mano, incapaz de reprimir por más tiempo el impulso. Le rozó ligeramente la cálida piel del hombro.

—No creo que debas culparte —insistió—. Pero da igual lo que yo crea. Es una conclusión a la que tendrás que llegar tú solo. Tú no tuviste la culpa de tener que enfrentarte a una decisión terrible. Debes concederte el tiempo necesario para mejorar.

—¿Cuánto tiempo hace falta? —preguntó él con amargura.

—No lo sé —admitió—. Pero tienes toda la vida por delante.

En respuesta, Christopher soltó una carcajada irónica.

—¡Es demasiado!

—Entiendo que te sientas responsable por lo que le sucedió a Mark. Pero ya has sido perdonado por los pecados que crees haber cometido. Has sido perdonado —insistió cuando lo vio menear la cabeza—. El amor lo perdona todo. Y muchísima gente... —Se interrumpió cuando lo sintió estremecerse.

—¿Qué has dicho? —lo oyó susurrar.

Beatrix se dio cuenta del error que acababa de cometer. Se apartó de él.

Empezaron a pitarle los oídos y el corazón comenzó a latirle con tanta fuerza que creyó desmayarse. Sin pensar, se levantó de la cama a toda prisa y se plantó en medio del dormitorio. Jadeando, se volvió para mirarlo.

Christopher la miraba con detenimiento, con un brillo extraño y algo salvaje en los ojos.

—Lo sabía —susurró.

Beatrix se preguntó si intentaría matarla.

Decidió no quedarse para averiguarlo.

El miedo le dio la velocidad de una gacela asustada. Echó a correr antes de que Christopher pudiera detenerla y enfiló el pasillo en dirección a la escalera. Sus botas resonaban en los escalones conforme volaba hasta la planta baja.

Christopher se asomó a la puerta, gritando su nombre.

Sin embargo, Beatrix no se detuvo ni un instante, consciente de que saldría en su busca en cuanto se vistiera.

La señora Clocker estaba junto al vestíbulo y observaba la escena con expresión preocupada y sorprendida.

—Señorita Hathaway, ¿qué...?

—Creo que ya está preparado para salir de su habitación —se apresuró a decir ella, que bajó de un salto los últimos escalones—. Es hora de marcharme.

—¿Le ha...? ¿Está usted...?

—Si pide que le ensillen un caballo —jadeó—, por favor, que lo hagan despacio.

—Sí, pero...

—Adiós.

Y con esa despedida, Beatrix salió corriendo de la casa como alma que llevara el diablo.

17

Beatrix huyó a un lugar donde sabía que no la encontraría.

La ironía de la situación no se le escapó, porque iba a esconderse de Christopher precisamente en el lugar que más ansiaba compartir con él. Y era muy consciente de que no podría esconderse toda la vida. Tarde o temprano le pediría cuentas.

Sin embargo, después de haber visto la cara que había puesto al comprender que había sido ella quien lo engañara, deseaba con todas sus fuerzas retrasar ese momento lo máximo posible.

Galopó a toda velocidad hasta la residencia secreta situada en la propiedad de lord Westcliff, ató las riendas de su montura y subió a la habitación de lo más alto del torreón. La estancia estaba escasamente amueblada y sólo contaba con un par de sillas destartaladas, un antiquísimo canapé de respaldo bajo, una mesa coja y una cama situada junto a una de las paredes. Ella misma se encargaba de que el lugar estuviera limpio, y había adornado las paredes con paisajes y esbozos de animales sin enmarcar.

En la ventana descansaba un plato con los cabos de las velas casi consumidos.

Una vez que la abrió para ventilar la estancia, comenzó a pasearse de un lado para otro, murmurando de forma frenética:

—Va a matarme. Aunque prefiero que me mate a que me odie. Si me estrangula, no tardará nada. Ojalá pudiera hacerlo yo misma para ahorrarle el trabajo. A lo mejor debería arrojarme por la ventana. Ojalá no hubiera escrito esas cartas. Ojalá hubiera sido sincera. ¿¡Y si va a Ramsay House y me espera allí!? ¿Y si...? —Dejó la frase en el aire de repente, ya que escuchó algo en el exterior.

Un ladrido. Se asomó con precaución por la ventana y al mirar hacia abajo vio la figura peluda y alegre de *Albert* correteando a los pies del torreón. Y a Christopher atando su montura junto a la suya.

La había encontrado.

—¡Ay, Dios! —musitó, espantada.

Se volvió y pegó la espalda a la pared, sintiéndose como una prisionera de guerra a punto de ser ejecutada. Ése era uno de los peores momentos de su vida... y a tenor de las vicisitudes a las que los Hathaway habían tenido que enfrentarse, ya era mucho decir.

Al cabo de unos momentos, *Albert* entró en la estancia y corrió hacia ella.

—Lo has traído tú, ¿verdad? —le recriminó—. ¡Traidor! —susurró, furiosa.

Un contrito *Albert* se acercó a un sillón, se subió y colocó el hocico sobre las patas. Al escuchar los pasos en la escalera, volvió las orejas.

Christopher entró, para lo cual tuvo que agachar la cabeza a fin de no golpearse con el bajo dintel medieval. Una vez que se enderezó, su mirada se paseó brevemente por el lugar antes de clavarse en ella. Para mirarla con la furia apenas contenida de un hombre que había sufrido lo indecible.

Beatrix deseó ser del tipo de mujer presta a desmayarse. Parecía la respuesta más lógica a la situación.

Por desgracia, por más que lo intentara, su mente insistía en seguir consciente.

—Lo siento mucho —dijo con voz ronca.

No obtuvo réplica.

Christopher se acercó despacio a ella, como si la creyera capaz de salir corriendo otra vez. Después de aferrarla por los hombros con tanta fuerza que no le daba opción a escaparse, dijo:

—Dime por qué lo hiciste. —Le temblaba la voz por... ¿el odio? ¿Por la furia?—. No, maldita sea tu estampa, no llores. ¿Fue un juego? ¿O lo hiciste sólo para ayudar a Prudence?

Beatrix apartó la mirada con un desgarrador sollozo.

—No. No fue un juego. Pru me enseñó tu carta y me dijo que no pensaba contestarte. Pero yo tenía que hacerlo. Porque era como si estuviera dirigida a mí. Se suponía que sólo lo haría una vez. Pero cuando contestaste, me dije que sólo te respondería una vez más... y luego pensé que otra más y luego otra...

—¿Hasta qué punto eran ciertas tus palabras?

—Todas eran ciertas —confesó—. Salvo la firma, el nombre de Pru. El resto era real. Si no quieres creer el resto, al menos créeme en esto.

Christopher guardó silencio durante un buen rato. Su respiración era superficial.

—¿Por qué paraste?

Beatrix percibía lo mucho que le costaba hacerle esa pregunta. Pero, que Dios la ayudara, era mucho más difícil contestarla.

—Porque dolía demasiado. Porque las palabras eran demasiado importantes. —Se obligó a continuar pese a las lágrimas—. Me enamoré de ti, y sabía que no podría tenerte jamás. Ya no quería hacerme pasar por Pru. Te quería mucho y no podía...

Sus palabras sufrieron una brusca interrupción.

Porque Christopher la estaba besando, comprendió con

perplejidad. ¿Qué quería decir esa reacción? ¿Qué buscaba? ¿Qué...? No obstante, sus pensamientos se disolvieron y abandonó sus intentos por encontrar una explicación.

Christopher la había abrazado y una de sus manos le aferraba la nuca. Estremecida hasta el alma, se pegó a su cuerpo mientras él saboreaba sus sollozos y la besaba con pasión y ferocidad.

Tenía que ser un sueño y, sin embargo, sus sentidos le decían que era real. El olor, la calidez y la fuerza de Christopher la rodeaban. La estrechó con más fuerza, dificultándole la respiración, pero le daba igual. El placer del beso la abrumó, la embriagó, y cuando se apartó de ella, protestó con un gemido desconcertado.

Christopher la obligó a mirarlo a los ojos.

—¿Me querías? —le preguntó con voz ronca—. ¿En pasado?

—En presente —consiguió decir.

—Me dijiste que te buscara.

—No tenía intención de mandarte la última nota.

—Pero lo hiciste. Te enamoraste de mí.

—Sí. —Las lágrimas volvieron a brotar de sus ojos, pero Christopher se inclinó para enjugárselas con sus besos, saboreando su sabor salado.

Esos ojos grises la miraron, y ya no brillaban como el hielo de los glaciares. Eran suaves como una voluta de humo.

—Te quiero, Beatrix.

Tal vez fuera capaz de desmayarse después de todo, pensó.

La verdad era que parecía un desmayo, porque se le habían aflojado las rodillas y estaba apoyando la cabeza sobre su hombro como si lo necesitara mientras Christopher la instaba a tumbarse en la desgastada alfombra, le colocaba un brazo bajo el cuello y volvía a apoderarse de sus labios. Ella no pudo evitar devolverle el beso, era incapaz de negarle lo que le pidiera. Se percató de que le colocaba una pierna entre las suyas.

—Pen-pensaba que me odiabas... —balbució con una voz titubeante que parecía llegar de un lugar muy lejano.

—Jamás. Aunque huyeras al otro extremo del mundo, te seguiría amando. Nada podría detenerme. —Sus manos comenzaron a quitarle la ropa y a acariciarla.

Beatrix se echó a temblar. Sentía el pecho muy caliente y los pezones se le endurecieron a medida que Christopher los tocaba.

—Pensaba que ibas a matarme —siguió a duras penas.

Lo vio esbozar el asomo de una sonrisa.

—No. No era precisamente eso lo que quería hacerte. —Se apoderó de sus labios y la besó con un ardor apasionado y voraz.

Acto seguido, le desabrochó los pantalones y le pasó la palma de la mano por la firme superficie de su abdomen. Comenzó a explorarla lentamente hasta detenerse en la curva de una cadera. El roce insistente y curioso de sus dedos le hizo cosquillas y le puso la carne de gallina.

—Christopher —dijo con voz entrecortada mientras intentaba desabrocharle los pantalones, aunque él la aferró por la muñeca y le apartó la mano.

—Ha pasado demasiado tiempo. No me fío de lo que pueda hacerte.

Beatrix enterró la cara en su cuello, allí donde su piel estaba expuesta porque le había apartado la camisa, y sintió el movimiento de los músculos de su garganta mientras lo besaba.

—Quiero ser tuya.

—Lo eres, y que Dios te ayude.

—Entonces hazme el amor. —Lo besó con desesperación en el cuello—. Hazme...

—Calla —susurró él—. Ahora mismo apenas puedo controlarme. No pienso hacerte el amor aquí. No sería apropiado. —Le besó el pelo alborotado al tiempo que le acariciaba la cadera con una mano temblorosa—. Dime una cosa: ¿de verdad habrías permitido que me casara con Prudence?

—Si parecías feliz con ella. Si de verdad era a ella a quien querías.

—Te quería a ti. —La besó con furia, como si quisiera castigarla—. Estuve a punto de volverme loco buscando las cosas que adoraba de ella sin encontrarlas. Y luego empecé a descubrirlas en ti.

—Lo siento.

—Deberías habérmelo dicho.

—Sí, pero sabía que te enfadarías. Y pensé que en realidad querías a Prudence. Es guapa y vivaracha y...

—Y tiene la misma inteligencia que un atizador.

—¿Cómo se te ocurrió escribirle?

—Me sentía solo. No la conocía bien. Pero necesitaba... necesitaba a alguien. Cuando recibí la respuesta y leí lo del burro de Mawdsley, el olor de octubre y todo lo demás... empecé a enamorarme. Pensé que se trataba de otra faceta de Pru que no había visto. Nunca se me pasó por la cabeza que fuese otra persona quien escribía las cartas. —La miró ceñudo.

Beatrix compuso un gesto contrito.

—Estaba segura de que no querrías recibir mis cartas. Porque no era el tipo de mujer que te gustaba.

Christopher la instó a colocarse de costado y se pegó a ella, a fin de que notara la erección que le había provocado.

—¿Te parece que no me gustas?

La dureza y el calor que irradiaba su cuerpo le nubló la razón. Era como estar embriagada... como emborracharse mirando las estrellas. Cerró los ojos y enterró la cara en uno de sus hombros.

—Me tenías por una mujer peculiar —dijo, y su voz quedó amortiguada por la postura.

Christopher le acarició la oreja con los labios antes de besarla en el cuello, momento en el que ella se percató de que estaba sonriendo.

—Amor mío... lo eres.

Sus palabras le arrancaron una sonrisa.

Christopher se colocó sobre ella, instándola a tenderse de espaldas y usando los muslos para separarle las piernas. Se estremeció al sentir sus interminables besos, febriles e impacientes, que convirtieron su sangre en fuego. Comenzó a acariciarla con las manos callosas y fuertes de un soldado, que acabaron por bajarle los pantalones.

Ambos jadearon cuando la palma de su mano cubrió su monte de Venus. Sus dedos exploraron sus húmedos pliegues, separándolos en busca de la entrada de su cuerpo.

Beatrix se limitó a dejarlo hacer mientras su corazón latía a un ritmo ensordecedor. Christopher la penetró con un dedo que introdujo en su cuerpo con mucha delicadeza, más allá de la barrera de su inocencia. Inclinó la cabeza y comenzó a besarle las sedosas curvas de sus pechos. Se llevó un pezón endurecido a los labios, arrancándole un gemido, y lo chupó, intercalando las caricias de la lengua con sus ávidas succiones. Entre tanto, el dedo con el que exploraba su interior la penetró un poco más y la posición hizo que la palma de su mano presionara un punto especialmente sensible.

Beatrix se retorció, cegada por el placer. Una tensión insoportable se apoderó de su cuerpo, concentrándose allí donde Christopher la acariciaba. Una oleada de exquisito placer la recorrió en ese momento y gimió a medida que él la instaba a dejarse llevar. Intentó hablar, pero tenía los labios secos, de modo que apenas logró balbucear:

—Christopher... no puedo...

—Déjate llevar —susurró contra su enfebrecida piel—. Déjate llevar.

Comenzó a acariciarla con un ritmo erótico y sensual que aumentó el placer. Notó que los músculos se tensaban en respuesta a la alarmante sensación y después su cuerpo decidió aceptarlo todo, dilatando las venas y expandiendo el calor. Lo aferró por la cabeza, enterrándole las manos en el pelo, y lo instó a besarla en la boca. Christopher obedeció al punto y se bebió sus gemidos y jadeos mientras su mano seguía provocándole esos maravillosos espasmos.

El placer se retiró en lánguidas oleadas que la dejaron débil y temblorosa. Abrió los ojos y recordó de repente que estaba en el suelo, medio desnuda y entre los brazos del hombre que amaba. Fue un momento raro, delicioso y vulnerable. Acomodó la cabeza sobre su brazo y vio que *Albert* se había quedado dormido en el sillón, completamente indiferente a lo que ellos se traían entre manos.

Christopher recorrió su torso con los nudillos, internándose entre sus pechos, y ella movió la cabeza para mirarlo a la cara. El sudor le confería a su piel el brillo del metal bruñido, otorgándole a sus rasgos una apariencia broncínea. Parecía estar absorto en la contemplación de su cuerpo, como si estuviera hecha de alguna sustancia preciosa que jamás había visto. En ese instante, se inclinó para besarla en la muñeca y sintió el roce suave y ardiente de su aliento mientras colocaba la punta de la lengua sobre su pulso. Semejante intimidad era algo completamente novedoso para ella, pero tan necesario como el latido de su corazón.

No quería abandonar sus brazos jamás. Quería seguir a su lado para siempre.

—¿Cuándo vamos a casarnos? —le preguntó con un deje soñoliento en la voz.

Christopher le rozó la mejilla con los labios al tiempo que la estrechaba con más fuerza.

Sin contestarle.

Beatrix parpadeó, sorprendida. Que titubeara de esa manera fue como un jarro de agua fría.

—Vamos a casarnos, ¿verdad?

Christopher miró su rostro sonrojado.

—Es una pregunta difícil de responder.

—No lo es. Es muy sencilla. ¡Sí o no!

—No puedo casarme contigo —confesó en voz baja— hasta que esté seguro de que casarte conmigo será bueno para ti.

—¿Y por qué lo dudas?

—Lo sabes muy bien.

—¡No lo sé!

Christopher torció el gesto.

—Arrebatos de furia, pesadillas, visiones extrañas, excesos con la bebida... ¿Te parece que todo eso me convierte en un hombre aceptable como marido?

—Ibas a casarte con Prudence —le recordó, indignada.

—No. Jamás le impondría algo así a una mujer. Y mucho menos a la mujer que quiero más que a mi vida.

Beatrix se apartó de él y se incorporó al tiempo que se cubría con la ropa.

—¿Hasta cuándo pretendes que esperemos? Es obvio que no eres perfecto, pero...

—«No ser perfecto» se aplica a un hombre que es calvo o al que la viruela le ha dejado cicatrices. Mis problemas son un poco más significativos.

Beatrix replicó con un ansioso torrente de palabras:

—Yo vengo de una familia de gente imperfecta que se casa con gente imperfecta. Todos se han arriesgado para alcanzar el amor.

—Te quiero demasiado como para arriesgar tu vida.

—Pues quiéreme todavía más —le suplicó—. Tanto como para casarte conmigo sin importar cuáles sean los obstáculos.

Christopher frunció el ceño.

—¿No crees que para mí sería más fácil hacer lo que deseo sin tener en cuenta las consecuencias? Quiero tenerte a mi lado cada minuto de cada día. Quiero abrazarte por las noches. Quiero hacerte el amor con tanta desesperación que apenas puedo respirar. Pero no pienso permitir que sufras daño alguno, mucho menos si soy yo quien te lo inflinge.

—No vas a hacerme daño. Tu instinto no te lo permitirá.

—Mi instinto es el de un loco.

Beatrix se abrazó las rodillas.

—Estás dispuesto a aceptar mis problemas —le recordó

con voz lastimera—, pero no me dejas aceptar los tuyos. —Enterró la cara en los brazos—. No confías en mí.

—Sabes que ésa no es la cuestión. El problema es que no me fío de mí mismo.

Con los nervios a flor de piel, era muy difícil contener las lágrimas. La situación era terriblemente injusta. Enloquecedora.

—Beatrix —le dijo Christopher, arrodillándose a su lado para abrazarla. Sin embargo, ella se tensó—. Déjame abrazarte —le susurró al oído.

—Si no nos casamos, ¿cuándo vamos a vernos? —le preguntó, desesperada—. ¿Tendremos que vernos siempre con una carabina? ¿O sólo para dar paseos en algún carruaje? ¿Escaparnos para aprovechar algún momento robado?

Christopher le pasó una mano por el pelo y clavó la mirada en sus ojos, llenos de lágrimas.

—Es más de lo que hemos tenido hasta ahora.

—No es suficiente. —Beatrix lo abrazó—. No te tengo miedo. —Lo aferró por la camisa y le dio una pequeña sacudida para enfatizar sus palabras—. Te quiero y tú dices que me quieres, y lo único que se interpone entre nosotros eres tú. No me digas que sobreviviste a todas esas batallas, que pasaste todo ese sufrimiento para volver a casa y conformarte con...

Christopher le colocó un dedo en los labios.

—Calla. Déjame pensar.

—¿Qué tienes que...?

—Beatrix —dijo a modo de advertencia.

Ella guardó silencio mientras contemplaba la expresión tan seria de su rostro.

Christopher frunció el ceño mientras sopesaba las posibilidades y debatía los pros y los contras sin llegar a una conclusión satisfactoria.

Durante el silencio, Beatrix apoyó la cabeza en su hombro. Su cuerpo irradiaba un agradable calorcito y esos músculos tan desarrollados eran muy capaces de acomodar su peso. Se movió un poco para pegarse más a él, hasta que sintió la dureza de su torso contra sus pechos. Ajustó la posición al sentir la presión de su erección. Su cuerpo ansiaba acogerlo. Lo besó furtivamente en el cuello, deleitándose con el sabor salado de su piel.

Christopher la detuvo colocándole una mano en la cadera antes de decirle con voz risueña:

—Deja de removerte. Es imposible que un hombre pueda pensar si te mueves así.

—¿Todavía no has llegado a una conclusión?

—No. —La besó en la frente mientras sonreía—. Si nos casamos —dijo a la postre—, me encontraría en la posición de proteger a mi esposa de mí mismo. Porque tu bienestar y tu felicidad lo son todo para mí.

«Si nos casamos», pensó Beatrix, con el corazón en la garganta. Estaba a punto de replicar, pero Christopher le colocó los nudillos en la barbilla para cerrarle la boca.

—Y por muy fascinante que sea el concepto del matrimonio que tiene tu familia —prosiguió—, el mío es muy tradicional. El marido es el señor de la casa.

—¡Desde luego! —exclamó Beatrix, demasiado rápido—. Mi familia opina igual.

Christopher la miró con escepticismo.

A lo mejor se había pasado de la raya, decidió ella. Con la esperanza de distraerlo, movió la cabeza a fin de acariciarse la mejilla con la palma de su mano.

—¿Puedo conservar mis animales?

—Por supuesto. Nunca te negaría algo tan importante —añadió con voz suave—. Aunque tengo que preguntártelo: ¿el erizo es negociable?

—¿*Medusa*? ¡Ni hablar! No podría sobrevivir sola. Su madre la abandonó cuando era un bebé y me he ocupado de ella desde entonces. Supongo que podría intentar buscarle otra casa, pero la gente no parece hacerse a la idea de tener un erizo como mascota, y la verdad es que no lo entiendo.

—La gente es muy rara, sí —replicó Christopher—. Muy bien, *Medusa* se queda.

—¿Me estás proponiendo matrimonio? —le preguntó ella, esperanzada.

—No —contestó, pero cerró los ojos y suspiró—. Lo estoy considerando en contra del sentido común.

18

Fueron directamente a Ramsay House, con *Albert* trotando muy contento junto a ellos. Casi era la hora de la cena, lo que quería decir que tanto Leo como Cam habrían terminado su trabajo. Beatrix deseó tener más tiempo para preparar a su familia. Se alegraba muchísimo de que Merripen siguiera en Irlanda, porque solía recelar de todos los desconocidos y no le habría facilitado las cosas a Christopher. Leo, por su parte, podría poner pegas. Lo mejor sería acudir a Cam, que era el varón más razonable de la familia.

Sin embargo, cuando intentó sugerirle a Christopher a quién tenía que dirigirse y qué tenía que decir, él la interrumpió con un beso antes de contestarle que se las arreglaría él solo.

—Muy bien —accedió a regañadientes—. Pero te advierto que pueden estar en contra del enlace.

—Yo estoy en contra del enlace —le dijo Christopher—. Al menos tenemos eso en común.

Entraron en la casa y se dirigieron al saloncito familiar. Cam y Leo mantenían una conversación y Catherine estaba sentada a un pequeño escritorio.

—Phelan —dijo Cam al tiempo que lo miraba con una sonrisa—, ¿ha venido para ver la serrería?

—En realidad estoy aquí por otro motivo.

Leo, que estaba junto a la ventana, miró el atuendo desaliñado de Christopher y el aspecto algo descuidado de su hermana.

—Beatrix, cariño, ¿has salido de la propiedad vestida así?

—Sólo ha sido esta vez —respondió—. Tenía prisa.

—¿Y tu prisa estaba relacionada con el capitán Phelan? —La mirada penetrante de Leo se clavó en Christopher—. ¿De qué quiere hablar?

—Es un asunto personal —contestó él en voz baja—. Y tiene que ver con su hermana. —Miró a Leo y a Cam. En circunstancias normales, no habría cuestionado a quién de los dos debía dirigirse. Como cabeza de familia, Leo habría sido la primera opción. Sin embargo, tal parecía que los Hathaway habían acordado compartir las tareas, en contra de lo que dictaba la tradición—. ¿Con quién tengo que hablar? —preguntó.

Los aludidos se señalaron entre sí.

—Con él.

—Tú eres el vizconde —le dijo Cam a Leo.

—Pero tú eres quien se suele encargar de estas cosas —protestó Leo.

—Sí, pero no te gustaría mi opinión en este asunto.

—No estarás considerando darles tu aprobación, ¿verdad?

—De todas las hermanas Hathaway —replicó Cam con voz serena—, Beatrix es la más indicada para elegir a su marido. Confío en su buen juicio.

Beatrix le regaló una sonrisa radiante.

—Gracias, Cam.

—¿Cómo se te ocurre? —le preguntó Leo a su cuñado—. No puedes fiarte del buen juicio de Beatrix.

—¿Por qué no?

—Es demasiado joven —contestó Leo.

—Tengo veintitrés años —protestó ella—. Si fuera un perro, estaría muerta.

—Y eres mujer —añadió Leo.

—¿Cómo dices? —lo increpó Catherine—. ¿Estás insinuando que las mujeres carecemos de buen juicio?

—En estas cuestiones, sí. —Leo señaló a Christopher—. Mira a este tipo, ahí plantado como un puñetero dios griego. ¿Crees que lo ha elegido por su intelecto?

—Me gradué en Cambridge —señaló Christopher con sequedad—. ¿Debería haber traído mi diploma?

—En esta familia —comentó Cam— no se necesita un diploma universitario para demostrar la inteligencia. Lord Ramsay es el ejemplo perfecto de que una cosa no tiene nada que ver con la otra.

—Phelan, nada más lejos de mi intención resultar ofensivo, pero...

—Es algo que le sale del alma —lo interrumpió Catherine con voz dulce.

Leo fulminó a su mujer con la mirada antes de clavarla de nuevo en Christopher.

—Beatrix y usted no se conocen lo suficiente como para considerar casarse. Por lo que sé, se conocieron hace apenas unas semanas. ¿Y qué me dice de Prudence Mercer? Están prácticamente comprometidos, ¿no?

—Son argumentos con mucho peso —reconoció Christopher—. Y responderé a todas esas preguntas. Pero antes deben saber que yo mismo me opongo a la unión.

Leo parpadeó, aturdido.

—¿Está diciendo que se opone al matrimonio con la señorita Mercer?

—En fin... sí. Pero también me opongo a un matrimonio con Beatrix.

Se hizo el silencio en la estancia.

—Esto tiene truco —dijo Leo.

—Por desgracia, no —le aseguró Christopher.

Se produjo otro silencio.

—Capitán Phelan, ¿ha venido a pedir nuestro consentimiento para casarse con Beatrix? —preguntó Cam, que escogió las palabras con mucho cuidado.

Christopher negó con la cabeza.

—Si decido casarme con Beatrix, lo haré con o sin su consentimiento.

Leo miró a Cam.

—¡Por el amor de Dios! —exclamó, disgustado—. Es peor que Harry.

Cam tenía una expresión de sufrida paciencia.

—Tal vez debamos hablar los dos con el capitán Phelan en la biblioteca. Con brandi.

—Yo quiero una botella para mí solo —dijo Leo con voz sentida al tiempo que abría la marcha.

Salvo por unos cuantos detalles íntimos, Christopher lo contó todo. No se calló ni uno solo de sus defectos, pero estaba decidido a proteger a Beatrix de cualquier crítica, incluso de las procedentes de su propia familia.

—No es típico de ella enredarse en estos jueguecitos —comentó Leo, meneando la cabeza, después de que Christopher les hablara de las cartas—. Sólo Dios sabe qué la llevó a hacer algo así.

—No fue un juego —replicó Christopher en voz baja—. Se convirtió en algo más que nadie esperaba.

Cam lo miró con expresión interrogante.

—A la luz de todas estas revelaciones, Phelan, uno podría acabar confundido. ¿Está seguro de lo que siente por Beatrix? Porque es...

—Única —suplió Leo.

—Lo sé. —Esbozó una sonrisa torcida—. Sé que roba objetos sin querer. Que a veces lleva pantalones, que cita a filósofos griegos, y que ha leído más manuales de veterinaria de la cuenta. Sé que adopta como mascotas animales que otros pagan por erradicar. —Al pensar en Beatrix, sintió una punzada anhelante—. Sé que nunca podría vivir en Londres, que sólo puede ser feliz cuando vive en contacto con la naturaleza. Sé que es compasiva, inteligente y valiente, y lo único que le da miedo de verdad es que la abandonen. Y nunca haría eso, porque da la casualidad de que la quiero con locura. Pero hay un problema.

—¿Cuál? —quiso saber Leo.

Christopher contestó con voz queda:

—Yo.

Conforme fueron pasando los minutos, Christopher explicó el resto: su inexplicable comportamiento desde la guerra, los síntomas de una enfermedad muy parecida a la locura. Seguramente no debería sorprenderse por que aceptaran esa información sin aparente alarma, aunque lo llevó a preguntarse qué clase de familia era.

Cuando terminó de hablar, se produjo un largo silencio.

Leo miró a Cam, expectante.

—¿Y bien?

—Y bien ¿qué?

—Que ha llegado el momento de que te saques de la manga uno de tus puñeteros dichos romaníes. Algo acerca de gallos poniendo huevos o cerdos bailando en el huerto. Es lo que haces siempre. Venga, suéltalo.

Cam lo miró con sorna.

—Ahora mismo no se me ocurre ninguno.

—¡Por Dios, yo me he tenido que tragar cientos! ¿Y me vas a decir que Phelan no tiene que escuchar ni uno solo?

Desentendiéndose de Leo, Cam se concentró en Christopher.

—Creo que los problemas que ha descrito desaparecerán con el tiempo. —Hizo una pausa—. Merripen le diría lo mismo de estar aquí.

Christopher lo miró, interesado.

—Mi hermano nunca luchó en la guerra —continuó Cam en voz baja—, pero la violencia y el dolor no se limitan a los campos de batalla. Tenía que lidiar con sus propios demonios y los conquistó. Creo que usted podrá hacer lo mismo.

—Creo que Phelan y Beatrix deberían esperar —dijo Leo—. No tienen nada que perder esperando.

—No estoy seguro... —comentó Cam—. Como dicen los romaníes: «Si te tomas mucho tiempo, el tiempo acabará tomándote a ti.»

Leo compuso una expresión arrogante.

—Sabía que habría un dicho.

—Con el debido respeto —masculló Christopher—, esta conversación no tiene ni pies ni cabeza. Al menos uno de los dos debería señalar que Beatrix se merece a un hombre mucho mejor.

—Eso mismo dije yo de mi mujer —comentó Leo—. Razón por la que me casé con ella antes de que lo encontrara. —Esbozó una sonrisa torcida al ver la expresión furibunda de Christopher—. De momento, sus defectos no me impresionan. Bebe más de la cuenta, tiene problemas para controlar sus impulsos y le pierde el temperamento. Podría decirse que son requisitos para entrar en la familia Hathaway. Supongo que cree que Beatrix debería casarse con un caballero discreto cuya idea de entretenimiento sea coleccionar cajitas de rapé o componer sonetos. En fin, ya lo intentamos, pero no funcionó.

—Es demasiado joven e idealista para saber lo que le conviene —replicó Christopher—. Creo que tiene un criterio equivocado.

—Yo también... —convino Leo—. Pero, por desgracia, ninguna de mis hermanas me dejó que pudiera escoger a sus maridos.

—Ya vale —intervino Cam para tranquilizar los ánimos—. Quiero que me diga una cosa, Phelan: si decide esperar indefinidamente antes de proponerle matrimonio a Beatrix... ¿seguirá viéndola mientras tanto?

—Sí —contestó Christopher con sinceridad—. No creo

que pueda mantenerme alejado de ella. Pero seremos discretos.

—Lo dudo mucho —replicó Leo—. Beatrix ignora lo que significa ese concepto.

—Los rumores no tardarán en aparecer —dijo Cam—, y también habrá críticas que dañarán la reputación de Beatrix. Y de resultas, tendrá que casarse con ella de todas formas. No tiene sentido retrasar lo inevitable.

—¿Me está diciendo que quiere que me case con ella...? —preguntó Christopher sin dar crédito.

—No —contestó Cam con expresión apesadumbrada—. Pero tampoco puedo decir que me guste mucho la alternativa. Beatrix sería infeliz. Además, ¿quién de nosotros tres va a presentarse voluntario para decirle que tiene que esperar?

Los tres guardaron silencio.

Beatrix sabía que dormiría muy poco esa noche, ya que su mente no dejaba de darle vueltas a una serie de preocupaciones y preguntas. Christopher no se había quedado a cenar, ya que se había marchado poco después de su conversación con Cam y Leo.

Amelia, que había bajado después de acostar a Alex, no intentó esconder lo mucho que la complacía la noticia.

—Me cae bien —dijo al tiempo que abrazaba a Beatrix, antes de apartarse un poco para mirarla con una sonrisa—. Parece un buen hombre, un hombre honorable.

—Y valiente —añadió Cam.

—Sí —convino Amelia con voz seria—, no podemos olvidarnos de lo que hizo en la guerra.

—Ah, pero yo no me refería a eso —replicó Cam—. Yo me refería a que está dispuesto a casarse con una de las hermanas Hathaway.

Amelia le sacó la lengua, pero Cam se limitó a sonreír.

La relación que mantenían era muy cómoda, y era habitual verlos bromear y coquetear. Beatrix se preguntó si Christopher y ella llegarían a tener una relación semejante algún día, si él bajaría lo suficiente la guardia como para dejar que ella se acercara.

Con el ceño fruncido se sentó junto a Amelia.

—Les he preguntado varias veces por la conversación que han mantenido con Christopher, pero no me aclaran nada —protestó—. Sólo que bebieron brandi.

—Le hemos asegurado a Phelan que estamos encantados de que se quede contigo y con todos tus animales —afirmó Leo—. Cuando lo escuchó, dijo que necesitaba pensar.

—¿Sobre qué? —quiso saber Beatrix—. ¿Qué tiene que pensar? ¿Por qué tarda tanto en tomar una decisión?

—Es un hombre, cariño —terció Amelia con ternura—. Pensar demasiado es una cosa muy difícil para ellos.

—Todo lo contrario de lo que os pasa a las mujeres —repuso Leo—, que tenéis la increíble habilidad de tomar decisiones sin pensar en lo más mínimo.

Christopher fue a Ramsay House por la mañana, con aspecto muy... militar, pese al hecho de llevar un atuendo informal. En voz baja y con unos modales impecables, solicitó la compañía de Beatrix para dar un paseo. Si bien Beatrix estaba encantada de verlo, también estaba un poco ansiosa. Parecía reservado y serio, como un hombre que se enfrentara a una tarea desagradable.

No era una buena señal, la verdad.

Aun así, Beatrix compuso una expresión jovial y condujo a Christopher por uno de sus caminos preferidos, que transcurría entre la linde del bosque y las tierras de labor. Después de un trecho, el sendero se internaba en la espesura, cruzando antiguos senderos, y terminaba junto a un riachuelo. *Albert* caminaba en zigzag, olfateando sin cesar mientras paseaban.

—... siempre que te encuentres con un claro de estas características —le decía Beatrix a Christopher mientras lo conducía a un pequeño prado soleado—, es muy posible que se trate de un antiguo cercado de la Edad de Bronce. No tenían ni idea de fertilizantes, así que cuando un terreno se volvía improductivo, se limitaban a desbrozar otra zona, y dejaban que las zonas antiguas se cubrieran con aulagas, helechos y brezo. Y aquí es donde vi anidar a una hembra de alcotán a principios de verano. —Le indicó el hueco en un tronco de roble, cerca del claro—. Los alcotanes no construyen sus propios nidos, sino que usan los de otras aves. Son tan rápidas en vuelo que parecen cortar el aire.

Christopher la escuchaba con profunda atención, mientras sus labios mostraban una sonrisa torcida. La ligera brisa agitaba su pelo trigueño. Estaba tan guapo que le costaba no mirarlo con la boca abierta.

—Conoces todos los secretos del bosque, ¿verdad? —le preguntó en voz baja.

—Hay mucho que aprender, sólo he arañado la superficie. Tengo cuadernos llenos de bocetos de animales y plantas, pero no dejo de encontrar especies nuevas. —Se le escapó un suspiro anhelante—. Se rumorea que van a crear una sociedad de historia natural en Londres. Ojalá pudiera formar parte de ella.

—¿Por qué no ibas a poder?

—Seguro que no admiten a mujeres —contestó—. Ninguno de esos grupos lo hace. La sociedad consistirá en una sala llena de ancianos barbudos que fuman en pipa y comparten notas entomológicas. Una verdadera pena, la verdad, porque estoy segura de que sé tanto de insectos como cualquiera de ellos.

La sonrisa de Christopher se ensanchó.

—Pues yo me alegro de que no fumes en pipa ni tengas barba —replicó—. Pero me parece un desperdicio que no te permitan hablar de los animales y los insectos con lo mucho que te gustan. A lo mejor podemos convencerlos para que hagan una excepción en tu caso.

Beatrix lo miró, sorprendida.

—¿Lo harías? ¿No te molesta la idea de que una mujer tenga unos intereses tan poco convencionales?

—Claro que no me molesta. No tendría sentido casarme con una mujer con intereses poco convencionales para después intentar que cambiara, ¿no te parece?

Beatrix puso los ojos como platos.

—¿Vas a proponerme matrimonio?

Christopher la obligó a mirarlo, acariciándole la barbilla con los dedos para que levantara la cara.

—Antes quiero discutir ciertas cosas.

Lo miró, expectante.

Christopher adoptó una expresión seria. La cogió de la mano y echó a andar por el camino de hierba.

—Lo primero de todo es que... no compartiremos cama.

Beatrix parpadeó.

—¿Va a ser un matrimonio platónico? —preguntó con voz titubeante.

—No, ¡por Dios, no! —replicó él, tan sorprendido que se tropezó—. Me refería a que tendremos relaciones, pero que no dormiremos juntos.

—Pero... creo que me gustaría dormir contigo.

Christopher le dio un apretón en la mano.

—Mis pesadillas te impedirían dormir.

—No me importa.

—Podría llegar a estrangularte, aun sin querer, mientras duermo.

—¡Ah! En fin, tampoco me importa. —Frunció el ceño, pensativa, mientras seguían paseando—. ¿Puedo hacer una petición?

—Sí. ¿Cuál es?

—¿Podrías dejar de beber licores fuertes y limitarte al vino a partir de ahora? Sé que usas el licor con fines medicinales para tratar tus otros problemas, pero es posible que sólo consiga empeorarlos y...

—No tienes que convencerme, cariño. Ya lo había decidido.

—¡Vaya! —Lo miró con una sonrisa, complacida.

—Y una segunda condición —continuó Christopher—. Se acabaron las actividades peligrosas como trepar a los árboles o domar caballos medio salvajes. O liberar animales de las trampas y cosas parecidas.

Beatrix lo miró con expresión de reproche, resistiéndose a la idea de que coartasen su libertad de alguna manera.

—No me mostraré irracional —añadió Christopher en voz baja, ya que la comprendía—. Pero preferiría no tener que preocuparme por la posibilidad de que acabes herida.

—La gente resulta herida a todas horas. Las faldas de los vestidos se prenden, alguien se cae de un carruaje que circula a toda prisa o se tropieza y se cae...

—Precisamente por eso lo digo. La vida ya es bastante peligrosa de por sí como para tentar al destino.

De repente, Beatrix se dio cuenta de que su familia le imponía muchísimas menos restricciones de las que le impondría un marido. Y se recordó a duras penas que el matrimonio también tenía sus ventajas.

—Tengo que ir pronto a Riverton —siguió Christopher—. Tengo muchas cosas que aprender sobre el manejo de una propiedad, y sobre el mercado maderero, por supuesto. Según el administrador de la propiedad, la producción de madera de Riverton es irregular. Y se está construyendo una nueva estación ferroviaria en la región, que nos beneficiará sólo si hay buenos caminos. Tengo que participar en la planificación o no podré quejarme después. —Se detuvo y la instó a mirarlo—. Sé que estás muy unida a tu familia. ¿Soportarías vivir lejos de ellos? Mantendremos abierta Phelan House, pero la residencia principal será Riverton.

La idea de vivir lejos de su familia era aterradora. Sus parientes conformaban todo su mundo. Sobre todo Amelia, la única constante en su vida. La idea le provocó un nudo de ansiedad, pero también la entusiasmó. Un nuevo hogar, con nuevas personas y lugares nuevos que explorar... y Christopher. Sobre todo, Christopher.

—Creo que podré hacerlo —contestó—. Los echaría de menos. Pero la mayor parte del tiempo estoy sola. Mis hermanos están muy ocupados con sus respectivas familias y sus vidas, algo lógico, por cierto. Mientras pueda venir a verlos cada vez que me apetezca, creo que sería feliz.

Christopher le acarició la mejilla delicadamente, y después le pasó los nudillos por el cuello. En sus ojos vio comprensión, compasión, y también algo más que hizo que se ruborizara.

—Sin importar lo que necesites para ser feliz, lo tendrás —le aseguró, y después se acercó a ella para besarla en la frente. Desde allí, descendió por la nariz—. Beatrix... ha llegado el momento de preguntártelo. —Sus labios encontraron su boca sonriente—. Amor mío... si tuviera que elegir, me quedaría con las pocas horas que he pasado contigo. Las prefiero a una vida entera al lado de otra mujer. No hacía falta que me escribieras suplicándome que te buscara. Llevo buscándote toda la vida. No creo que exista el hombre que posea todas las cualidades necesarias para ser tu marido... pero te suplico que me permitas intentarlo. ¿Quieres casarte conmigo?

Beatrix lo obligó a inclinar la cabeza para poder rozarle el lóbulo de la oreja con los labios.

—Sí, sí, sí —susurró, y sin más motivo que el deseo de hacerlo, le dio un mordisquito.

Sorprendido por su traviesa actitud, Christopher la miró. La respiración de Beatrix se aceleró al ver la promesa de venganza y placer en sus ojos, justo antes de que la besara con pasión.

—¿Qué tipo de boda quieres? —le preguntó él, tras lo cual le robó otro beso antes de que ella pudiera contestar.

—El tipo de boda que te convierta en mi marido. —Acarició sus firmes labios con los dedos—. ¿Qué tipo de boda quieres tú?

Christopher esbozó una sonrisa burlona.

—Una rápida.

19

Christopher suponía que el hecho de sentirse tan cómodo con su familia política en apenas dos semanas tal vez fuera una mala señal. Mientras que antes los evitaba por sus rarezas, en esos momentos disfrutaba de su compañía y pasaba prácticamente todas las noches en Ramsay House.

Los Hathaway se lanzaban pullas, reían a carcajadas y parecían caerse bien los unos a los otros, lo que los diferenciaba de cualquier otra familia que hubiera conocido. Se mostraban interesados en un sinfín de cosas: las nuevas ideas, los inventos y los descubrimientos. No le cabía duda de que esa vena intelectual era el resultado de la influencia del difunto señor Hathaway.

Tenía la inequívoca impresión de que el ambiente festivo y a menudo caótico de Ramsay House lo estaba beneficiando, mientras que el alboroto de Londres había tenido el resultado inverso. Los Hathaway, con sus burdos modales, habían logrado de algún modo sanar las partes rotas de su alma. Todos ellos le caían bien, en especial Cam, que hacía las veces de líder de la familia o tribu, que era como él la designaba. Su presencia siempre era relajante, gracias a su serenidad y tolerancia, y en más de una ocasión se veía obligado a guiar a los Hathaway por el camino correcto.

Leo no era tan accesible. Aunque era un tipo simpático e irreverente, su sarcasmo le recordaba un poco a su propio pasado, a la época en la que también se reía a costa de los demás. Como ejemplo bastaba el comentario que había hecho sobre Beatrix y el establo. Un comentario que no recordaba haber hecho, pero que por desgracia era el tipo de cosas que él solía decir. En aquel entonces ignoraba por completo el poder de las palabras.

Los dos años transcurridos en Crimea le habían hecho ver las cosas de otro modo.

Leo, sin embargo, era un hermano leal y cariñoso según le había asegurado Beatrix, pese a la lengua tan afilada que tenía.

—Acabará cayéndote muy bien —le había asegurado—. Pero no me sorprende que te sientas más cómodo con Cam. Los dos sois zorros.

—¿Zorros? —repitió, extrañado, con voz risueña.

—Sí. Siempre sé a qué animal se parecen las personas. Los zorros son cazadores, pero no recurren a la fuerza bruta. Son astutos e inteligentes. Les gusta superar a los demás empleando la inteligencia. Y aunque a veces se desplacen grandes distancias, les gusta volver a su acogedor y seguro hogar.

—Supongo que Leo es un león —replicó con sequedad.

—Pues sí. Es exagerado, expresivo y odia que lo ignoren. A veces puede darte algún zarpazo. Pero pese a las zarpas afiladas y a los gruñidos, sólo es un gato.

—¿Qué animal eres tú?

—Un hurón. Nos gusta coleccionar cosas. Mientras estamos despiertos nos mantenemos ocupados, pero también nos gusta descansar largos periodos. —Le sonrió—. Los hurones son muy cariñosos.

Christopher siempre había imaginado que las riendas de su hogar las llevaría una mujer con orden y precisión, que se encargaría de supervisar los detalles. En cambio, parecía que iba a casarse con una mujer que paseaba por el campo en pantalones y que su casa estaría invadida de animales que treparían, corretearían, deambularían y saltarían por todas las estancias.

Le fascinaba la habilidad de Beatrix a la hora de hacer cosas para las que las mujeres eran normalmente torpes. Sabía usar un martillo o un cepillo de carpintero. Montaba a caballo mejor que cualquier mujer y tal vez mejor que cualquier hombre. Poseía una mente original, una inteligencia basada en la memoria y en la intuición. Sin embargo, cuanto más la conocía, más patente le resultaba la inseguridad que escondía en su interior. Esa sensación de saberse diferente la guiaba en ocasiones hacia la soledad. Tal vez fuese fruto de la temprana muerte de sus padres, en especial la de su madre, ya que ella podría haberlas interpretado como un abandono. O tal vez fuera una de las consecuencias de que la familia se hubiera visto forzada a asumir una posición social para la que no estaba preparada. Formar parte de la clase alta no era tan sencillo como seguir una serie de reglas. Ser un aristócrata conllevaba un modo de pensar determinado, un comportamiento muy definido que se inculcaba desde la cuna. Beatrix jamás adquiriría la sofisticación de las jóvenes aristócratas de nacimiento.

Y ésa era una de las cosas que adoraba de ella.

El día posterior a su propuesta de matrimonio fue a hablar con Prudence a regañadientes. Estaba preparado para disculparse, ya que era consciente de que su comportamiento no había sido justo. Sin embargo, cualquier remordimiento que pudiera albergar por haberla engañado se esfumó al ver que ella no se arrepentía en absoluto de haberlo engañado a él.

La escena no fue muy agradable, por calificarla de alguna manera. Prudence se enfureció tanto que su cara adquirió un color amoratado, tras lo cual procedió a chillar y a ventilar su ira como si estuviera loca.

—¡No puedes dejarme por esa gárgola morena y su extraña familia! Te convertirás en un hazmerreír. La mitad de ellos son gitanos, y la otra mitad, lunáticos. Apenas conocen a gente importante y carecen de modales. Son campesinos harapientos y te arrepentirás de casarte con ella hasta el día de tu muerte. ¡Beatrix es una muchacha basta e incivilizada que seguro que alumbra una camada de cachorros!

Mientras hacía una pausa para recobrar el aliento, Christopher replicó en voz baja:

—Por desgracia, no todo el mundo puede ser tan refinado como los Mercer.

Prudence no captó la indirecta, por supuesto, ya que siguió vociferando como una verdulera.

Christopher vio cómo pasaba una imagen por su cabeza. No las habituales de la guerra, sino una imagen pacífica: la cara de Beatrix, serena y concentrada, mientras curaba a un pajarillo herido el día anterior. Le había vendado el ala rota a un gorrión herido y después le había enseñado a Rye a darle de comer. Mientras la observaba, se sintió conmovido por la mezcla de delicadeza y fuerza de sus manos.

Pobre del hombre que acabara casándose con Prudence, concluyó mientras sus pensamientos volvían a la vociferante mujer que tenía delante.

En ese momento apareció la señora Mercer, alarmada por el alboroto, e intentó calmar a su hija. Christopher no tardó en despedirse, arrepentido de haber malgastado tanto tiempo en compañía de Prudence Mercer.

Una semana y media después, todos los habitantes de Stony Cross se asombraron por las noticias de que Prudence se había fugado con uno de sus más antiguos pretendientes, un miembro de la nobleza local.

La mañana de la fuga llegó una carta a Ramsay House, dirigida a Beatrix. La remitía Prudence. Era una carta llena de manchas de tinta, escrita a la carrera y plagada de acusaciones y malos augurios, por no mencionar más de una falta de ortografía. Beatrix se la enseñó a Christopher, preocupada y consumida por la culpa.

Se la devolvió con una sonrisa después de romperla en dos.

—En fin —comentó a la ligera—, al menos le ha escrito una carta a alguien.

Beatrix intentó mantener una expresión de reproche, pero se le escapó una carcajada.

—No te rías de la situación. Me siento terriblemente culpable.

—¿Por qué? Prudence no alberga el menor remordimiento.

—Me culpa por haberte alejado de su lado.

—Nunca le pertenecí. Y esto no es un juego para ver quién se lleva el premio.

El comentario le arrancó una sonrisa a Beatrix.

—Pues si tú eres el premio —comentó con una mirada sugerente—, me encantaría quitarle el envoltorio para ver qué hay debajo.

Christopher meneó la cabeza mientras ella se inclinaba hacia delante para besarlo.

—No empieces o no acabaremos nunca —le advirtió, colocando una tabla en su sitio—. Empieza a clavar —añadió con expresión expectante.

Estaban en el pajar porque Beatrix quería reparar el cajón que ella misma había construido para facilitarles a los pájaros la tarea de anidar. Christopher la observó fascinado mientras ella colocaba una recta hilera de clavos en el extremo de la tabla. Jamás había pensado que pudiera ser tan entretenido ver a una mujer demostrar semejante habilidad con las herramientas. Además, le encantaba cómo se le amoldaban los pantalones al trasero cada vez que se agachaba...

Intentó hacer un esfuerzo para controlarse y aplacar la intensa oleada de deseo, algo que le pasaba con mucha frecuencia de un tiempo a esa parte. Beatrix suponía una tentación mayor de lo que podía soportar. Cada vez que la besaba, ella respondía con una inocencia sensual que amenazaba con hacer trizas su autocontrol.

Antes de irse a la guerra no había tenido problemas para encontrar amantes. El sexo era un placer superficial del que disfrutaba sin remordimientos ni inhibiciones. Sin embargo, después de esa prolongada abstinencia, le preocupaba la primera vez que hiciera el amor con Beatrix. Porque no quería hacerle daño ni asustarla.

Mantener el control en cualquier circunstancia le suponía un tremendo esfuerzo.

Un hecho que se ponía de manifiesto de vez en cuando, como sucedió la noche que uno de los gemelos se tropezó con *Suerte,* la gata de Beatrix. El animal soltó un maullido ensordecedor para ventilar su ira felina y los gemelos se pusieron a chillar al unísono mientras Catherine corría a tranquilizarlos.

La situación hizo que el corazón estuviera a punto de salírsele por la boca. El alboroto le provocó tal susto que se echó a temblar y se le tensó el cuerpo. Tuvo que agachar la cabeza y cerrar los ojos porque, de repente, se vio de nuevo en un campo de batalla mientras el cielo ardía. Tras tomar unas cuantas bocanadas de aire, fue consciente de que Beatrix estaba sentada a su lado. En silencio, sin preguntarle nada, pero a su lado.

Y en ese momento *Albert* se acercó y le colocó el hocico en la rodilla mientras lo observaba con sus serios ojos castaños.

—Lo entiende —dijo Beatrix en voz baja.

Christopher extendió un brazo para acariciarle la áspera cabeza y *Albert* le lamió la muñeca. Sí, *Albert* entendía lo que le pasaba. Había sufrido la misma lluvia de proyectiles, sabía lo que era que lo atravesara una bala.

—Menudo par estamos hechos, ¿verdad, amigo? —murmuró.

Sus pensamientos volvieron al presente cuando Beatrix acabó la tarea, soltó el martillo y se sacudió el polvo de las manos.

—Ya está —dijo, satisfecha—. Listo para el siguiente ocupante. —Gateó hasta el lugar donde Christopher estaba agachado y se estiró en el suelo, a su lado, como si fuera una gata.

Christopher la observó con los párpados entornados. Sus

sentidos ansiaban capturarla por completo, saciarse con el roce de su piel, con la firmeza de ese cuerpo bajo el suyo. No obstante, se resistió cuando ella intentó acercarlo.

—Tu familia sospechará que hemos estado haciendo algo más aparte de clavar una tabla —le advirtió—. Acabarás cubierta de paja.

—Como siempre.

La sonrisa torcida de Beatrix y sus alegres ojos azules fueron su perdición. Cedió y se inclinó hacia ella para besarla con ternura y delicadeza. Ella lo abrazó por el cuello. Se tomó su tiempo para explorar su boca a placer, tentándola hasta que notó el tímido avance de su lengua. La sensación lo recorrió por entero hasta detenerse en su entrepierna, avivando la pasión.

Beatrix se acomodó bajo él y sus caderas lo acogieron de forma instintiva, de modo que no pudo evitar presionar sobre esa suave feminidad, un roce que los excitó por igual. La vio apoyar la cabeza en su brazo mientras murmuraba su nombre, dejando el cuello expuesto a las húmedas caricias de sus labios. Descubrió sus zonas sensibles con la lengua, y la torturó con ella hasta que la sintió retorcerse. Trasladó una mano a sus pechos y capturó la redondez de uno de ellos por encima de la camisa y de la camisola, tras lo cual frotó el pezón usando la palma de la mano. El movimiento le arrancó a Beatrix unos cuantos gemidos, como si estuviera ronroneando de placer.

Era tan exquisito verla retorcerse y arquearse bajo él que la lujuria estuvo a punto de cegarlo. Su cuerpo asumió el control y se le nubló la mente. Sería tan fácil quitarle la ropa, desnudarse y acabar con esa tortura si la poseía para alcanzar el éxtasis más glorioso...

Gimió y rodó para quedar de espaldas sobre el suelo, pero Beatrix lo siguió y se tumbó sobre él.

—Hazme el amor —le dijo sin aliento—. Aquí. Ahora. Por favor, Christopher...

—No —se negó al tiempo que se sentaba después de quitársela de encima—. No lo haré en un pajar, donde puede entrar alguien cuando menos lo esperemos.

—Me da igual. —Beatrix le enterró la cara, sonrojada por la pasión, en el torso—. Me da igual —repitió con una nota frenética en la voz.

—Pero a mí, no. Te mereces mucho más que un revolcón en el pajar. Y yo también después de más de dos años de sequía.

Beatrix lo miró con los ojos como platos.

—¿De verdad? ¿Has sido casto durante todo ese tiempo?

Christopher le lanzó una mirada socarrona.

—«Casto» implica una pureza de pensamiento que te aseguro que no es aplicable en este caso. Pero sí, he sido célibe.

Beatrix se acurrucó a su lado y comenzó a sacudirle la paja que llevaba en la espalda.

—¿No tuviste oportunidades para estar con una mujer?

—Sí las tuve.

—Entonces, ¿por qué no las aprovechaste?

Christopher volvió la cabeza para mirarla por encima del hombro.

—¿De verdad me estás pidiendo que te dé detalles?

—Sí.

—Beatrix, ¿sabes lo que les pasa a las jóvenes que hacen esas preguntas tan indecentes?

—¿Que acaban de espaldas en un pajar? —preguntó ella a su vez, esperanzada.

Christopher negó con la cabeza.

Beatrix lo abrazó desde atrás y él notó la excitante presión de sus pechos en la espalda.

—Cuéntamelo, por favor... —le susurró al oído, y la cálida humedad de su aliento le provocó un agradable escalofrío en la nuca.

—Había prostitutas en el campamento que seguían a la tropa —le dijo— y que se ganaban la vida con los soldados. Pero no eran muy atractivas y contribuían a propagar un buen número de enfermedades por el regimiento.

—Pobres —se compadeció ella.

—¿Las prostitutas o los soldados?

—Todos.

Qué típico de ella reaccionar con compasión en vez de con asco. Le cogió una mano para besarle la palma.

—También tuve un par de ofertas por parte de algunas de las esposas de los oficiales. Pero no me parecía buena idea acostarme con la mujer de otro. Sobre todo cuando podía encontrarme luchando al lado de dicho hombre después. Y luego en el hospital había algunas enfermeras a las que podía haber persuadido...; me refiero a las enfermeras normales, no a las Hermanas de la Caridad. Pero después de los largos asedios y de cavar fosas... y de las heridas... no estaba muy amoroso que dijéramos. Así que esperé. —Hizo una mueca—. Y sigo esperando.

Beatrix lo besó y le frotó la nuca con la nariz, provocándole otro ramalazo de deseo.

—Yo me encargaré de ti, pobrecillo mío —murmuró—. No te preocupes, te trataré con mucha delicadeza.

La situación era nueva para él, aquella combinación de deseo y buen humor. Se volvió para atraparla y sentarla en su regazo.

—Desde luego que vas a encargarte de mí —le aseguró justo antes de capturar sus labios.

Ese mismo día, Christopher acompañó a Leo a visitar el cobertizo donde se había instalado la serrería. Aunque el negocio maderero de Ramsay no era comparable con la producción de Riverton, los métodos que empleaban eran infinitamente más sofisticados. Según Leo, Merripen, su cuñado ausente, era el más versado de la familia en el tema, y también era el encargado de identificar los árboles que darían buena madera, de decidir qué partes del bosque se talaban más intensamente y qué lugares dedicar a la reforestación.

El marido de Poppy, Harry Rutledge, había contribuido con unas cuantas innovaciones tecnológicas en la serrería. Después de enseñarle un moderno sistema de cilindros y planchas que se deslizaban para trasladar de forma segura y rápida los tablones a medida que se cortaban, Leo lo acompañó a la casa.

La conversación se centró en el mercado maderero y en los precios que se podían alcanzar con los compradores.

—Todo lo relacionado con los compradores, ya sea mediante subasta o en venta directa, lo lleva Cam. Te sorprenderá ver la capacidad que posee para las finanzas.

—Es interesante ver cómo habéis dividido el negocio entre vosotros en función de vuestras capacidades.

—Nos va bien con este sistema. Merripen es un hombre de la naturaleza, a Cam le gustan los números... y mi parte consiste en hacer lo menos posible.

Leo no logró engañarlo.

—Estás demasiado enterado del funcionamiento del negocio como para que te crea. Has trabajado mucho para conseguir todo esto.

—Sí, pero no pierdo la esperanza de que si finjo ignorancia, dejarán de pedirme que trabaje.

Christopher sonrió y clavó la mirada en el suelo mientras caminaban, pisando las sombras alargadas que se extendían frente a ellos ya que tenían el sol de espaldas.

—Yo no tendré que fingir ignorancia —comentó, ya más serio—. No sé nada sobre el negocio maderero. Mi hermano se pasó toda la vida preparándose para hacerse cargo de todo. No se me ocurrió, ni a mí ni a nadie, que tuviera que ocupar su lugar. —Guardó silencio, deseando haberse callado ese último comentario. Porque tal vez pareciera que lo había dicho para granjearse la compasión de Leo.

Su futuro cuñado, sin embargo, replicó a la ligera:

—Te entiendo perfectamente. Pero Merripen te ayudará. Es una fuente de información y le encanta decirle a la gente lo que tiene que hacer. Un par de semanas en su compañía y serás un puñetero experto en madera. ¿Te ha dicho Beatrix que Win y él volverán de Irlanda para asistir a la boda?

Christopher negó con la cabeza. La boda se celebraría al cabo de un mes, en la iglesia del prado del pueblo.

—Me alegro por Beatrix. Quiere que toda la familia esté presente. —Soltó una breve carcajada—. Ojalá no llegue a la iglesia acompañada por un desfile de animales.

—Se deshizo del elefante, así que puedes darte con un canto en los dientes —repuso Leo—. Es posible que lo hubiera llevado como dama de honor.

—¿Un elefante? —Christopher volvió la cabeza al punto para mirarlo—. ¿Tenía un elefante?

—Lo tuvo muy poco tiempo. Hasta que le encontró un nuevo hogar.

—No. —Christopher meneó la cabeza—. Conociéndola, casi me lo creo. Pero no puede ser.

—Tenía un elefante —insistió Leo—. Te lo juro por Dios. Sin embargo, no acababa de creérselo.

—Supongo que apareció de repente un día en la puerta y alguien cometió el error de darle de comer, ¿no?

—Pregúntale a Beatrix y ella te contará... —Leo dejó la frase en el aire al escuchar un alboroto. Escucharon el relincho furioso de un caballo. Un purasangre de color castaño intentaba tirar al suelo a la persona que lo montaba—. ¡Maldita sea! —exclamó al tiempo que apretaba el paso—. Les dije que no compraran ese jamelgo malhumorado. Lo han echado a perder porque lo han maltratado y ni la misma Beatrix podrá ayudarlo a mejorar.

—¿Ésa es Beatrix? —preguntó él, repentinamente alarmado.

—O Beatrix o Rohan. Nadie más sería tan temerario como para montarlo.

Christopher echó a correr. No era Beatrix. Era imposible que se tratara de ella. Le había prometido que no correría más riesgos físicos. Sin embargo, al llegar al corral, vio cómo su sombrero salía volando y se le soltó el pelo mientras el furioso animal coceaba con todas sus fuerzas. Beatrix se aferraba a él con asombrosa facilidad, murmurándole al oído para intentar tranquilizarlo. El caballo pareció aplacarse un poco, en respuesta a los esfuerzos de Beatrix. No obstante, en un abrir y cerrar de ojos se encabritó y se levantó sobre las delgadas patas traseras.

Acto seguido perdió el equilibrio y comenzó a caerse hacia atrás.

El tiempo pareció detenerse mientras el corpulento animal iba camino del suelo donde aterrizaría con la frágil figura de Beatrix debajo.

Y como tan a menudo le sucedía durante la batalla, el instinto se hizo cargo de su cuerpo y lo obligó a moverse más rápido que el pensamiento. Christopher no escuchaba nada, pero supo que había gritado por la vibración que notó en la garganta mientras saltaba por encima de la valla del corral.

Beatrix también reaccionó por instinto. Al ver que el caballo se caía, sacó las botas de los estribos y se apartó del animal en el aire. Se estrelló contra el suelo y se alejó rodando mientras el caballo caía a su lado... evitándola por los pelos.

El enloquecido caballo se puso en pie a su lado mientras ella seguía aturdida en el suelo, a escasos centímetros de sus cascos, que golpeaban la tierra con fuerza suficiente como para aplastarle la cabeza. Christopher la levantó enseguida y la llevó hasta la valla mientras Leo se acercaba al caballo para atrapar las riendas.

Una vez que dejó a Beatrix en el suelo, la tocó en busca de alguna herida, pasándole las manos por las extremidades y por la cabeza. Respiraba con dificultad, resollando, ya que todavía no había recuperado el aliento. Lo miró confundida, parpadeando.

—¿Qué ha pasado?

—El caballo se ha encabritado y ha perdido el equilibrio —le contestó con voz ronca—. Dime cómo te llamas.

—¿A qué viene eso?

—Dime tu nombre —insistió.

—Beatrix Heloise Hathaway. —Lo miró con esos ojos azules abiertos de par en par—. Y ahora que hemos dejado claro quién soy... ¿quién eres tú?

20

Al ver la expresión de Christopher, Beatrix soltó una risilla e hizo un mohín travieso.

—Es una broma. De verdad. Sé quién eres. Estoy bien.

En ese momento se percató de que su hermano, que estaba un poco alejado de ellos, meneaba la cabeza a modo de advertencia al tiempo que hacía un gesto elocuente con un dedo, como si se estuviera rebanando el pescuezo.

Comprendió demasiado tarde que tal vez no fuera momento para bromas. Lo que para un Hathaway habría sido la excusa perfecta para echarse unas buenas risas, a Christopher posiblemente le provocara un enfado monumental.

Efectivamente, la estaba mirando con una furia casi incontenible mientras temblaba por culpa del miedo que le había provocado.

No, no era un buen momento para bromear.

—Lo siento... —se disculpó, contrita.

—Te pedí que no domaras a ese caballo y accediste —la interrumpió él.

Beatrix se puso a la defensiva al instante. Estaba acostumbrada a hacer lo que le apetecía. Ésa no era la primera vez que se había caído de un caballo ni sería la última, por supuesto.

—No me lo pediste de forma específica —le recordó—,

me dijiste que no me pusiera en peligro. Y en mi opinión no corría peligro.

En vez de calmarlo, sus palabras parecieron enfurecerlo todavía más.

—Teniendo en cuenta que has estado a punto de acabar aplastada, yo diría que te equivocas.

Beatrix estaba decidida a ganar la discusión.

—En fin, lo mismo da, porque la promesa que te hice fue para después de la boda. Todavía no nos hemos casado.

Leo se tapó los ojos con una mano, meneó la cabeza y se alejó, de forma que ya no lo veía.

Christopher la fulminó con la mirada, abrió la boca para replicar, pero se lo pensó mejor y la cerró. Se apartó de ella sin decir nada y echó a andar hacia el establo, dando largas zancadas.

Beatrix se sentó y lo observó, perpleja e irritada.

—Se va.

—Eso parece —comentó Leo, que se acercó a ella y le tendió una mano para ayudarla a levantarse.

—¿Por qué se va en medio de una discusión? —quiso saber mientras se sacudía los pantalones, dándose bruscas y airadas palmadas—. Uno no se marcha en medio de una discusión, hay que terminarla.

—Cariño, si se hubiera quedado, tal vez me hubiese visto en la necesidad de evitar que te estrangulara —dijo su hermano.

Dejaron la conversación al ver que Christopher salía del establo a lomos de su caballo, tan tieso como un palo y espoleando al animal para que trotara con gran elegancia.

Beatrix suspiró.

—Sólo pensaba en ganar la discusión sin tener en cuenta sus sentimientos —reconoció—. Es posible que se haya asustado al ver que el caballo perdía el equilibrio de esa manera.

—¿Posible? —repitió Leo—. Parecía que acababa de ver a la Muerte en persona. Creo que ha sufrido uno de esos episodios raros, o como sea que los llaméis.

—Tengo que hablar con él.

—Vestida así, no.

—¡Leo, por Dios! Esta vez sólo...

—No hay excepciones que valgan, preciosa. Os conozco bien a todas. Si se os da una mano, vosotras cogéis el brazo entero. —Levantó una mano y le apartó el pelo de la cara—. Y además... no vayas sin carabina.

—No quiero una carabina. Eso es aburrido.

—Sí, Beatrix, precisamente ése es el propósito de llevar una carabina.

—En fin, pues cualquiera que me acompañe como carabina necesitará una carabina más que yo, que lo sepas.

Leo abrió la boca para rebatir su teoría, pero volvió a cerrarla.

Era difícil dejarlo sin palabras en una discusión.

Beatrix contuvo una sonrisa y echó a andar hacia la casa.

Christopher había perdonado a Beatrix mucho antes de llegar a Phelan House. Era muy consciente de que disfrutaba de una libertad inaudita, y de que no deseaba que la controlaran de la misma forma que no lo deseaba el caballo que quería domar. Sabía que tardaría un tiempo en acostumbrarse a ciertas restricciones. Lo tenía muy claro.

Sin embargo, el miedo le había impedido razonar. Porque Beatrix era demasiado importante para él. Era su vida. Su alma no soportaba la idea de que sufriera daño alguno. La impresión de ver que había estado al borde de la muerte, esa abrumadora mezcla de terror y furia, había sido tan arrolladora que lo había sumido en el caos. No, en el caos no. En algo mucho peor. En la miseria. Una niebla densa y gris lo había rodeado, amortiguando los sonidos y las emociones. Tuvo la impresión de que su alma pendía de un hilo, a punto de abandonar su cuerpo.

Ese mismo entumecimiento le había sucedido de forma ocasional durante la guerra, y también en el hospital de campaña. No había cura, salvo esperar a que se le pasara solo.

Después de decirle al ama de llaves que no quería que lo molestaran, se encaminó al oscuro y silencioso santuario de la biblioteca. Rebuscó en la licorera hasta dar con una botella de Armagnac y se sirvió un vaso.

El coñac era áspero y punzante en la garganta, y dejó a su paso una sensación abrasadora. Justo lo que necesitaba. Lo apuró de un trago con la esperanza de que aliviara el frío que sentía en el alma y se sirvió otro.

Fue a abrir la puerta tras escuchar que alguien la arañaba. *Albert* entró, meneando el rabo y resoplando muy contento.

—Eres un chucho inútil —lo saludó él, que se inclinó para acariciarlo—. Hueles fatal. —El perro se pegó a sus manos, indicándole que quería más caricias. Así que se puso en cuclillas y lo miró con tristeza—. ¿Qué dirías si pudieras hablar? —le preguntó—. Supongo que es mejor que no hables. Eso es lo bueno de tener perro. La falta de conversación. Sólo hay miradas de admiración y jadeos sin fin.

En ese instante, alguien le habló desde el vano de la puerta, sorprendiéndolo.

—Ojalá no sea eso lo que esperas de...

Christopher reaccionó por instinto dándose media vuelta y atrapando entre sus manos un cuello suave.

—... una esposa —concluyó Beatrix.

Verla lo dejó helado. Intentó pensar pese a la histeria y tomó una entrecortada bocanada de aire mientras parpadeaba sin cesar.

¿¡Qué estaba haciendo, por el amor de Dios!?, se preguntó.

Había estampado a Beatrix contra la puerta y la tenía aferrada por el cuello con una mano. La otra estaba preparada para asestarle un puñetazo que rompería los frágiles huesos de su cara.

El esfuerzo que necesitó hacer para aflojar el puño y relajar el brazo lo aterrorizó. La mano con la que le aferraba el cuello percibía su pulso, y también la notó tragar saliva.

Nada más clavar la mirada en esos intensos ojos azules, sintió que la violencia lo abandonaba, dejándolo sumido en la desesperación.

Se apartó de ella con un improperio y regresó a por el vaso.

—La señora Clocker me ha dicho que no querías ser molestado —dijo Beatrix—. Y como es normal en mí, lo primero que hago es molestarte.

—No me sorprendas cuando esté de espaldas —la avisó con voz ronca—. Nunca.

—Mira que pasarme esto a mí... No volverá a suceder.

Christopher bebió un ardiente sorbo de coñac.

—¿A qué te refieres con ese comentario?

—Estoy acostumbrada a tratar animales salvajes a los que no les gusta que se les acerquen por detrás.

Christopher le lanzó una mirada venenosa.

—Es una suerte que tu experiencia con los animales te sirva como aprendizaje para nuestro matrimonio.

—No me refería a... En fin, lo que quería decir era que debería haber tenido en cuenta tus nervios.

—Lo mío no son nervios —masculló.

—Lo siento. Lo llamaremos de otra manera. —Su voz era tan suave y tranquilizadora que sólo con escucharla un grupo de animales formado por cobras, tigres, lobos y tejones se habría acurrucado para echarse a dormir en amor y compañía.

Christopher apretó los dientes y se sumió en un pétreo silencio.

Beatrix se sacó lo que parecía una galleta del bolsillo de su vestido y se la ofreció a *Albert*, que se acercó a ella de un salto y aceptó ansioso su premio. Acto seguido, lo llevó hasta la puerta y le hizo un gesto para que saliera.

—Vete a la cocina —le dijo con voz alegre para estimularlo—, la señora Clocker te dará de comer.

Albert se fue en un abrir y cerrar de ojos.

Tras cerrar la puerta con el pestillo, Beatrix volvió a su lado.

Llevaba un vestido de color lavanda que le confería un aspecto fresco y femenino, y se había recogido el pelo con varias peinetas. Era difícil pensar en una imagen más opuesta a la de la estrafalaria muchacha de los pantalones.

—Podría haberte matado —le aseguró con ferocidad.

—No lo has hecho.

—Podría haberte hecho daño.

—Tampoco lo has hecho.

—¡Dios, Beatrix! —exclamó mientras se sentaba en uno de los sillones de la chimenea con el vaso en la mano.

Ella lo siguió acompañada por el frufrú de la seda lavanda.

—En realidad, no soy Beatrix. Soy su gemela. Mucho más agradable que ella. Me ha dicho que de ahora en adelante seré yo quien esté a tu lado. —Miró de reojo la botella de Armagnac—. Me prometiste que no volverías a beber licores fuertes.

—Todavía no estamos casados. —Sabía que debería avergonzarse de arrojarle sus propias palabras a la cara con tanto retintín, pero no pudo dejar pasar la oportunidad.

Beatrix ni se inmutó.

—Lo siento mucho. Sé que no es agradable preocuparse por mi bienestar. Soy demasiado temeraria. Siempre sobrestimo mis capacidades. —Se arrodilló en el suelo, frente a él y le apoyó los brazos en las rodillas. Esos ojos azules, rodeados por espesas y oscuras pestañas, lo miraron con expresión contrita—. No debería haberte hablado en el corral como lo hice. En mi familia, las discusiones son un deporte. Y se nos olvida que otras personas se las toman muy a pecho. —Mientras hablaba, uno de sus dedos comenzó a trazar un dibujo sobre su muslo—. Pero tengo otras cualidades para compensar mis defectos —siguió—. Me da igual acabar llena de pelos de perro, por ejemplo. Y soy capaz de coger objetos pequeños con los dedos de los pies, un talento sorprendentemente útil.

El entumecimiento de Christopher comenzó a derretirse como el hielo en primavera. Y el Armagnac no tuvo nada que ver. Más bien fue obra de Beatrix.

¡Dios, cómo la adoraba!

Sin embargo, cuanto más se derretía, más volátil le parecía la situación. El deseo asomó por debajo de la delgada capa de autocontrol. Un deseo demasiado urgente.

Tras soltar el vaso de coñac sobre la alfombra, tiró de Beatrix de modo que quedara entre sus rodillas. Se inclinó para besarla en la frente y percibió el excitante aroma dulzón de su piel. La observó con detenimiento mientras apoyaba de nuevo la espalda en el sillón. Su apariencia era angelical e inocente, como si no hubiera roto un plato en la vida.

«Mala pécora», pensó con ternura. Acarició una de las delicadas manos que descansaban sobre sus muslos y tomó una honda bocanada de aire que procedió a soltar despacio.

—Así que tienes un nombre compuesto. Beatrix Heloise —comentó.

—Pues sí. En honor a la monja francesa que vivió en la Edad Media. Mi padre adoraba sus escritos. De hecho, fíjate qué detalle más curioso: Heloise es famosa por las cartas de amor que intercambió con Abelardo. —Su expresión se tornó radiante—. He hecho honor a mi segundo nombre, ¿verdad?

—Puesto que Abelardo acabó castrado por la familia de Heloise, no me hace mucha gracia la comparación.

Beatrix sonrió.

—No tienes de qué preocuparte. —Mientras lo miraba, su sonrisa se esfumó—. ¿Me has perdonado? —le preguntó.

—¿Por arriesgar tu vida? Jamás. Eres demasiado importante para mí. —Le cogió la mano para llevársela a los labios y besársela—. Beatrix, estás preciosa con ese vestido y me encanta estar a tu lado por encima de cualquier otra cosa, pero debo llevarte a casa.

Ella no se movió.

—No hasta que resolvamos este asunto.

—Ya está resuelto.

—No, todavía hay un muro entre nosotros. Lo percibo.

Christopher negó con la cabeza.

—Sólo estoy... distraído. —La tomó por los codos—. Permíteme ayudarte a ponerte en pie.

Ella se resistió.

—Te pasa algo. Estás muy distante.

—Estoy aquí.

No había palabras para describir esa espantosa sensación de desapego. Ignoraba por qué aparecía de repente o cómo librarse de ella. Sólo sabía que con un poco de paciencia acabaría desapareciendo por sí sola. Al menos, siempre lo había hecho. Tal vez algún día apareciera y nunca lo abandonara.

«¡Dios, no!», exclamó para sus adentros.

Beatrix siguió mirándolo a los ojos y se aferró con fuerza a sus muslos. En vez de ponerse en pie, se inclinó hacia él para pegarse a su torso.

Lo besó con delicada inseguridad. El roce de sus labios le provocó una descarga y se le aceleró el corazón como si de repente hubiera recordado que debía latir con más fuerza. Los labios de Beatrix eran suaves y estaban muy calientes mientras lo tentaba como él le había enseñado. El deseo se apoderó de él con una fuerza arrolladora. Sentía su peso sobre él, sus pechos, sus voluminosas faldas comprimidas entre los muslos. Bajó la guardia un instante y se entregó al momento, ansioso por besarla tal como deseaba hacerla suya: con ímpetu y pasión. Beatrix claudicó al instante, se rindió a su asalto de una forma que lo enloqueció. Y sabía muy bien el efecto que tenía sobre él.

Porque Christopher lo quería todo de ella, quería satisfacer todos sus anhelos, seguir todos sus impulsos, y Beatrix era demasiado inocente. Puso fin al beso y la apartó, manteniéndola a cierta distancia.

Esos ojos azules lo miraron abiertos de par en par y con expresión interrogante.

Para su alivio, la vio alejarse un poco para ponerse en pie.

Sin embargo, lo que hizo fue empezar a desabrocharse el corpiño del vestido.

—¿Qué estás haciendo? —le preguntó con voz ronca.

—No te preocupes, la puerta está cerrada con el pestillo.

—No me refería a... Beatrix... —Cuando logró ponerse en pie, se había desabrochado por completo el corpiño. La sangre le rugía en los oídos con un ritmo atávico y visceral—. Beatrix, no estoy de humor para experimentos virginales.

Ella lo miró con expresión inocente.

—Yo tampoco.

—No estás a salvo conmigo. —Extendió las manos para aferrarle el cuello del vestido y volvió a cerrarle el corpiño.

Mientras luchaba con los botones, Beatrix se levantó las faldas por un lado. Un tirón y un vaivén de caderas fueron suficientes para que sus enaguas acabaran en el suelo.

—Tardaré menos en desnudarme de lo que tardarás tú en vestirme —le informó.

Christopher apretó los dientes al ver cómo se bajaba el vestido y se lo pasaba por las caderas.

—¡Maldita sea mi estampa, no puedo hacer esto! No puedo hacerlo ahora. —Estaba sudando y tenía todos los músculos en tensión. Le temblaba la voz por el esfuerzo de mantener a raya el deseo—. Voy a perder el control.

No podría evitar hacerle daño. La primera vez tendría que mostrarse muy controlado y acercarse a ella con el deseo aplacado para que su lujuria no fuera tan incontenible. Sin embargo, en ese momento se abalanzaría sobre ella como una bestia rabiosa.

—Lo entiendo —le aseguró ella mientras se quitaba las peinetas y las arrojaba sobre el vestido de seda lavanda. Sacudió la cabeza para que los mechones oscuros se liberaran y lo miró con una expresión que le puso los pelos de punta—. Sé que crees que no entiendo lo que me quieres decir, pero te equivocas. Y necesito esto tanto como tú. —Se desabrochó los corchetes del corsé muy despacio y lo arrojó al suelo.

«¡Dios santo!», pensó.

¿Cuánto tiempo había pasado desde la última vez que una mujer se desnudó para él? Era incapaz de moverse o de hablar. Se limitó a quedarse donde estaba, ciego por el deseo y atolondrado, devorándola con los ojos.

Al percatarse de su forma de mirarla, Beatrix comenzó a desvestirse todavía más despacio mientras se pasaba la camisola por la cabeza. Sus pechos eran turgentes y pequeños, con los pezones rosados. Se movieron de forma delicada cuando se agachó para quitarse los calzones.

Y después, se enderezó y lo miró.

Pese a su audacia, estaba muy nerviosa y se sonrojó de la cabeza a los pies. No obstante, siguió observándolo con detenimiento para evaluar sus reacciones.

Beatrix era lo más hermoso que había visto en la vida. Tenía las piernas delgadas y esbeltas, enfundadas en unas medias de color rosa sujetas con ligas blancas. Lo desarmaba por completo. Su larga melena oscura caía a ambos lados de su cuerpo y le llegaba a la cintura. El pequeño triángulo de vello de su entrepierna destacaba por su color oscuro sobre esa piel de porcelana.

Se sentía débil y feroz al mismo tiempo, abrumado por el deseo que le corría por las venas. Nada importaba salvo poseerla... Su mundo se reducía a poseerla o morir. No comprendía por qué lo había presionado de forma deliberada hasta el límite, no entendía por qué no estaba asustada. De su garganta brotó un ronco gemido. Aunque no fue consciente de lo que hacía, se movió hasta quedar frente a ella y la tocó. Le pasó los dedos por la espalda hasta acariciar la curva de su trasero. En ese momento, la aferró con fuerza y la pegó a él para besarla con un ímpetu casi brutal.

Beatrix se rindió por completo y le ofreció su cuerpo, sus

labios para que los tomara como quisiera. Mientras la devoraba con la boca, bajó las manos para separarle los muslos en busca de los delicados pliegues de su sexo. Se adentró entre ellos, separándolos y acariciándola hasta descubrir la húmeda entrada, y la penetró con dos dedos. Beatrix jadeó sin apartarse de sus labios y se puso de puntillas. La obligó a seguir tal como estaba, y siguió besándola mientras la penetraba con los dedos.

—Quiero sentirte... —la oyó decir con un hilo de voz mientras sus manos le quitaban la ropa—. Por favor, sí...

Christopher forcejeó con el chaleco y la camisa, y con las prisas los botones salieron volando en todas las direcciones. Con el torso desnudo, la abrazó. Ambos gimieron y se quedaron muy quietos, absorbiendo las sensaciones, saboreando el momento de estar piel contra piel, sus pechos suavemente aplastados contra el vello de su torso.

La llevó hasta el canapé medio arrastrándola, medio levantándola del suelo, y la arrojó sobre los mullidos cojines. Beatrix cayó sobre ellos de espaldas, con los hombros apoyados sobre un reposabrazos y un pie en el suelo. Se colocó entre sus muslos antes de que pudiera unir las piernas de nuevo.

Al pasar las manos sobre las medias, descubrió que eran de seda. Nunca había visto medias de color rosa, sólo blancas o negras. Pero le encantaron. Le acarició las piernas, le besó las rodillas por encima de la seda, le desató las ligas y le lamió las marcas enrojecidas que le habían dejado en la piel. Beatrix se mantuvo en silencio en todo momento. Temblando. Cuando sus labios se acercaron peligrosamente a la cara interna de su muslo, dio un respingo involuntario. El sutil movimiento de sus caderas, que se alzaron a modo de invitación, lo enloqueció.

Le bajó las medias, enrollándoselas a medida que descendía por las piernas, y se las quitó. Embriagado de deseo, recorrió su cuerpo hasta llegar a su rostro, demudado por la pasión, con los ojos entrecerrados y la melena oscura desparramada a su alrededor. Le separó los muslos con las manos y lamió el suave triángulo de vello, aspirando el erótico perfume de su cuerpo.

—Christopher —la oyó suplicar al tiempo que le aferraba la cabeza con las manos.

Sus caricias la habían escandalizado, y tenía la cara muy colorada, consciente de lo que estaba a punto de suceder.

—Tú has empezado —le dijo con voz ronca—. Y yo voy a acabarlo.

Sin darle tiempo a protestar, volvió a inclinar la cabeza. Separó su sexo con los labios, besándola y explorándola. Beatrix gimió mientras doblaba las piernas y arqueaba la espalda como si quisiera rodearlo por completo con su cuerpo. Él la instó a tenderse de nuevo sobre el canapé, volvió a separarle los muslos y siguió con su festín.

El mundo se redujo a esa carne trémula, al sabor femenino de esa mujer, de su mujer. Un elixir más poderoso que el vino, el opio o las especias exóticas. Las caricias de su lengua le arrancaron un nuevo gemido. Absorbió sus respuestas, sus gemidos y estremecimientos, reaccionando a cada uno de ellos. Cada respingo desesperado se convertía en un dardo de fuego que se clavaba en su interior. Se concentró en la parte más sensible de su cuerpo y comenzó a trazar círculos a su alrededor, embrujado por su suavidad. Los círculos se convirtieron en rápidos lametones que la torturaron sin piedad. De repente, la notó tensarse al sentir la inesperada oleada y supo que su mundo se había reducido al intenso placer que le estaba ofreciendo. La obligó a aceptarlo y siguió insistiendo hasta que sus gemidos se convirtieron en gritos. El clímax fue intenso y largo, mucho más satisfactorio que cualquier otro que le hubiera provocado hasta entonces. Lo supo porque lo escuchó, lo sintió y lo degustó.

Cuando los espasmos llegaron a su fin, tiró de ella para poder besarle los pechos. Beatrix lo abrazó por el cuello. Su cuerpo estaba saciado y preparado para recibirlo. Le separó los muslos sin encontrar resistencia cuando se colocó entre ellos. Con un tirón a la pretina de sus pantalones liberó su miembro.

Ya no le quedaba el menor vestigio de control. Su cuerpo vibraba de deseo. No tenía palabras, no tenía forma de suplicarle que no lo detuviera. De decirle que no podía detenerse. Que tenía que hacerla suya. Que carecía de la fuerza necesaria para resistirse. La miró y pronunció su nombre con voz ronca y un deje interrogante.

Beatrix respondió con una especie de gemido mientras le acariciaba la espalda.

—No te detengas —susurró—. Te deseo, te quiero... —Lo acercó a su cuerpo y levantó las caderas para recibirlo al notar la presión que él ejercía.

Nunca había desvirgado a una mujer y siempre había supuesto que sería algo rápido y fácil. Sin embargo, Beatrix era muy estrecha. Sus músculos se tensaron para impedirle la entrada. Presionó para vencer la inocente resistencia hasta penetrar la barrera, momento en el que ella jadeó y lo abrazó con fuerza. Siguió hundiéndose en su interior con delicadeza, temblando por el esfuerzo de no perder el control, porque su instinto lo instaba a embestir con todas sus fuerzas para que lo acogiera por completo. Y, de repente, el cuerpo de Beatrix pareció comprender que sus intentos por resistirse eran inútiles y los músculos se relajaron. La miró y vio que tenía la cabeza apoyada en uno de sus brazos, con los labios pegados a su bíceps. Comenzó a mover las caderas con un gruñido satisfecho, consciente tan sólo del placer exquisito de estar en su interior, de ser acariciado por su cuerpo. El camino hasta el éxtasis fue breve y poderoso, y lo pilló casi desprevenido.

No hizo ningún esfuerzo por prolongarlo. El clímax lo dejó sin aliento mientras se estremecía de forma violenta y casi dolorosa. Pareció prolongarse de forma infinita, acunado entre sus brazos, con la espalda arqueada sobre ella como si quisiera protegerla, aun cuando la estaba tomando con el ansia de un poseso.

Beatrix temblaba entre sus brazos, estremecida por las emociones.

Christopher la abrazó e intentó reconfortarla, pegándole la cabeza a su torso. Descubrió que tenía los ojos llenos de lágrimas, que se enjugó con un cojín de terciopelo.

Sin embargo, tardó un buen rato en darse cuenta de que no era ella quien temblaba, sino él.

21

Los minutos pasaron mientras ellos yacían exhaustos y en silencio. Beatrix descansaba entre los brazos de Christopher, y no protestó aunque la apretaba con demasiada fuerza. Poco a poco fue capaz de distinguir las diferentes sensaciones que percibía como un todo: el calor y el peso de su cuerpo; el olor a sudor; la humedad que sentía allí donde todavía seguían unidos... Estaba dolorida, pero la plenitud y el ardor no eran del todo desagradables.

Christopher relajó un poco su abrazo y comenzó a juguetear con su pelo. Le rozó la piel del cuello con la boca mientras que con la mano libre le acariciaba la espalda y el costado. Lo recorrió un profundo estremecimiento. Le pasó un brazo por la espalda, la obligó a levantarla y le acarició un pecho con los labios. Beatrix jadeó al sentir la succión de su boca. Después se movió hasta que ella quedó encima. Sentía la ardiente presencia de su miembro contra el abdomen, ya que el movimiento los había separado. Levantó la cabeza y lo miró, miró esos ojos plateados, con las pupilas ligeramente dilatadas. Le encantaba su cuerpo, le encantaba esa magnífica y cálida criatura que tenía debajo. Tenía la impresión de haberlo domesticado, aunque cabía la posibilidad de que fuese al contrario. Lo besó en el hombro. La piel de Christopher era más suave que la suya, como satén estirado sobre los duros músculos. Tras dar con la cicatriz de la bayoneta, lamió la piel irregular.

—No has perdido el control —susurró.

—Lo he hecho, a ratos. —Hablaba como un hombre que se acabara de despertar de un largo sueño. Comenzó a juntar los mechones sueltos de su pelo hasta formar una cascada—. ¿Lo tenías planeado?

—¿Me estás preguntando si me propuse seducirte deliberadamente? No, ha sido algo espontáneo. —Al ver que él guardaba silencio, levantó la cabeza y lo miró con una sonrisa—. Seguro que piensas que soy una fresca.

Christopher le acarició con el pulgar el labio inferior, hinchado por los besos.

—Más bien estoy pensando en la forma de llevarte al dormitorio. Pero ahora que lo mencionas... eres una fresca.

Beatrix no perdió la sonrisa mientras le mordisqueaba el pulgar.

—Siento mucho haberte enfurecido antes. Cam se va a encargar del caballo a partir de ahora. Es la primera vez que tengo que rendir cuentas a alguien... voy a tener que acostumbrarme.

—Sí. Empezando ahora mismo.

Beatrix habría protestado por su tono autoritario, pero se percató de que seguía teniendo un brillo peligroso en los ojos y comprendió que se sentía tan molesto como ella. No se encontraba cómodo con la idea de que una mujer tuviera semejante poder sobre él.

«Muy bien», pensó. Aunque no pensaba someterse a él en todos los aspectos, sí podía ceder en algunos puntos.

—Prometo tener más cuidado de ahora en adelante —dijo.

Christopher no esbozó precisamente una sonrisa, pero sí adoptó una mueca burlona. Con mucho tiento, la dejó en el canapé, buscó entre su ropa y consiguió encontrar un pañuelo.

Beatrix se tumbó de costado y lo miró mientras intentaba adivinar de qué humor estaba. Christopher parecía haber recuperado la compostura, en su mayor parte, pero seguía existiendo cierta distancia entre ellos, un silencio deliberado. Pensamientos que Christopher se negaba a compartir, palabras que se negaba a pronunciar. Incluso en ese momento, después de haber compartido la mayor intimidad entre un hombre y una mujer.

Pero esa distancia no era nueva, pensó. Había estado presente desde el principio. No obstante, en ese momento era más consciente de su existencia, en ese momento percibía mejor las sutilezas de su carácter.

Christopher regresó a su lado y le dio el pañuelo. Aunque creía haber superado la vergüenza después de lo que acababan de hacer, sintió que la cubría un rubor abrasador mientras se limpiaba la humedad de la entrepierna con el pañuelo. No se sorprendió al encontrar sangre, pero verla hizo que se diera cuenta de que había cambiado de manera irremediable. Ya no era virgen. La asaltó un sentimiento novedoso, se sintió más vulnerable.

Christopher le puso su camisa, rodeándola con el cálido lino blanco que olía como él.

—Debería vestirme e irme a casa —dijo ella—. Mi familia sabe que estoy aquí contigo, sin carabina. Y hasta ellos tienen sus límites.

—Vas a quedarte lo que queda de tarde —sentenció Christopher con voz calmada—. No vas a invadir mi casa, a aprovecharte de mí y a salir corriendo como si yo fuera un recado que tenías que hacer.

—He tenido un día muy ajetreado —protestó—. Me he caído de un caballo y te he seducido, y ahora me duele todo el cuerpo porque estoy llena de magulladuras.

—Yo te cuidaré. —La miró con expresión seria—. ¿Vas a discutir conmigo?

—No, señor. —Intentó responder con voz sumisa.

—Es el peor intento de obediencia que he visto en la vida —le aseguró Christopher con una lenta sonrisa.

—¿Por qué no practicamos? —sugirió al tiempo que le rodeaba el cuello con los brazos—. Dame una orden a ver si la cumplo.

—Bésame.

Lo besó en los labios y durante un buen rato reinó el silencio. Christopher le introdujo las manos bajo la camisa, atormentándola dulcemente hasta que se pegó a él. Beatrix se derritió por dentro mientras el deseo le aflojaba las piernas.

—Vamos arriba —dijo él contra sus labios y la cogió en brazos, llevándola como si pesara menos que una pluma.

Beatrix se quedó blanca al ver que echaba a andar hacia la puerta.

—No puedes llevarme arriba así.

—¿Por qué no?

—Sólo llevo tu camisa.

—Da igual. Abre la puerta.

—¿Y si nos ve algún criado?

—¿Ahora te preocupa tu reputación? —le preguntó con un brillo burlón en los ojos—. Abre la dichosa puerta, Beatrix.

Obedeció y mantuvo los ojos cerrados mientras Christopher la llevaba a la planta superior. Si los vio algún criado, no dijo una sola palabra.

Después de dejar a Beatrix en su dormitorio, Christopher ordenó que les llevaran cubos de agua caliente y una bañera portátil, así como una botella de champán. E insistió en bañarla él mismo, sin importarle en absoluto la vergüenza que ella pudiera pasar ni sus protestas.

—No puedo quedarme aquí sentada y dejarte hacer algo que puedo hacer perfectamente —protestó mientras se metía en la bañera de metal y se sumergía en el agua.

Christopher se acercó a la cómoda, donde descansaba una bandeja de plata con una botella de champán y dos copas. Le sirvió una copa y se la dio.

—Esto te mantendrá ocupada.

Tras darle un sorbo a la burbujeante bebida, Beatrix se echó hacia atrás para mirarlo.

—Nunca había bebido champán por la tarde —dijo—. Y mucho menos mientras me bañaba. No dejarás que me ahogue, ¿verdad?

—No puedes ahogarte en esta bañera, cariño. —Christopher se arrodilló junto a ella, descamisado y perfecto—. Y no, no dejaré que te pase nada. Tengo planes para ti. —Enjabonó una esponja y procedió a bañarla.

Nadie la había bañado desde que era una niña pequeña. Tenía la sensación de que estaba a salvo, de que la estaban mimando. Se apoyó en el borde de la bañera y le acarició un brazo a través de la capa de espuma. La esponja se movía sobre ella con delicadeza, desde los pechos hasta los hombros, desde las caderas hasta las corvas. Christopher comenzó a bañarla de forma más íntima y la sensación de seguridad desapareció de repente, al sentir cómo sus dedos la penetraban. Jadeó y buscó a tientas sus muñecas.

—Que no se te caiga la copa —murmuró él, sin apartar la mano de su entrepierna.

Beatrix casi se ahogó con otro sorbo de champán.

—Eres malo —dijo, con los párpados entornados, cuando uno de sus dedos encontró un punto muy sensible en su interior.

—Bébete el champán —le dijo con suavidad.

Beatrix bebió otro mareante sorbo mientras el dedo invasor se movía con sutileza. Se quedó sin aliento.

—No puedo tragar si haces eso —le aseguró con voz temblorosa, aferrando con fuerza la copa.

Christopher la acarició con la mirada.

—Dame un poco.

Beatrix le colocó la copa con cierta dificultad en los labios para que pudiera darle un sorbo mientras seguía acariciándola y atormentándola debajo del agua. Una vez que bebió, sus labios se unieron, compartiendo el dulce y burbujeante sabor del champán. La lengua de Christopher la acarició de un modo que le aceleró el corazón.

—Y ahora bébete el resto —susurró él.

Beatrix lo miró con expresión subyugada mientras sus caderas se alzaban por instinto agitando el agua llena de espuma. Su cuerpo ardía, por dentro y por fuera, ansiando el placer que él le negaba.

—Apura la copa —la instó.

Le dio un último sorbo y Christopher le quitó la copa de los dedos temblorosos para dejarla en el suelo y volver a besarla, pasándole el brazo libre por el cuello.

Se aferró a sus hombros desnudos e intentó contener un gemido.

—Por favor. Christopher, necesito más, necesito...

—Paciencia —susurró—. Sé lo que necesitas.

Se le escapó un jadeo frustrado cuando sintió que Christopher apartaba la mano y la ayudaba a salir de la bañera. Estaba tan excitada que apenas se tenía en pie y las rodillas amenazaban con ceder.

Christopher la secó con eficacia, sujetándola en todo momento con un brazo, incluso mientras la conducía a la cama. Se tumbó a su lado, acunándola entre sus brazos, antes de empezar a besarla y a acariciarla.

Beatrix se retorcía como una gata mientras intentaba asimilar todo lo que él quería enseñarle. Un nuevo idioma de piel, manos y labios, más atávico que las palabras... y en el que cada caricia era una promesa y una provocación.

—No te resistas —le oyó decir al tiempo que su mano regresaba a su excitada entrepierna—. Déjame complacerte...
—La cubrió con la mano, introduciéndole los dedos para jugar con ella, para atormentarla.

Sin embargo, le estaba negando lo que necesitaba mientras le murmuraba que se relajase, que se entregara al momento, que se dejara llevar. Fue aterrador y también un enorme alivio rendirse a sus caricias, someterse por completo sin esconder nada. Pero lo hizo. Apoyó la cabeza en su hombro al tiempo que su cuerpo claudicaba y separaba las piernas. El clímax fue instantáneo, su cuerpo se tensó y todo pareció concentrarse en ese lugar secreto que él estaba acariciando.

Cuando por fin se recuperó, cuando se despertó de la erótica experiencia, vio la preocupación en los ojos de Christopher, que miraba su costado y le acariciaba con suavidad el enorme moratón que le había provocado la caída del caballo.

—No te preocupes —le dijo—. Siempre tengo alguna magulladura o algún arañazo.

Sus palabras no parecieron tranquilizarlo. Lo vio torcer el gesto y menear la cabeza.

—No te muevas —le ordenó—. Vuelvo enseguida.

La orden era del todo innecesaria, porque no tenía la menor intención de moverse. Se arrastró por la cama para apoyarse en los almohadones, con la mejilla sobre la funda de lino. Suspiró y se adormiló hasta que Christopher volvió.

Sintió que le colocaba una mano en la cadera, con algún tipo de ungüento en la palma. Se espabiló al oler un aroma herbal muy fuerte.

—¡Qué bien huele! ¿Qué es?

—Linimento de aceite de clavo. —Aplicó con cuidado el ungüento sobre el moratón—. Mi hermano y yo nos pasamos la mayor parte de la infancia cubiertos con este potingue.

—Conozco algunas de vuestras aventuras —le dijo—. John nos las contó a Audrey y a mí. Por ejemplo, cuando robasteis el pastel de ciruelas antes de la cena... o cuando te retó a saltar de la rama de un árbol y te rompiste el brazo... John decía que eras incapaz de resistirte a un reto. Decía que era muy sencillo conseguir que hicieras algo, sólo había que decirte que no podías.

—Era un idiota —replicó Christopher con sorna.

—Creo que se refería a ti como un «trasto».

—Salí a mi padre.

—La verdad es que no. Al menos, no según John. Decía que no era justo que siempre te comparasen con tu padre cuando en realidad no te parecías en nada a él. —Beatrix rodó hasta colocarse boca abajo cuando él le indicó con un gesto que lo hiciera. Sus manos, fuertes y suaves, masajearon sus doloridos músculos con el linimento, dejándole una sensación refrescante en la piel gracias al aceite de clavo.

—John siempre buscaba el lado bueno de todo el mundo —murmuró él—. A veces veía lo que quería ver y no lo que tenía delante de los ojos.

Beatrix frunció el ceño mientras él le masajeaba los hombros, relajando sus tensos músculos.

—Yo veo tu lado bueno.

—No te hagas ilusiones. Cuando te cases conmigo, tendrás que aprender a sacar partido de lo malo. No sabes dónde te has metido.

—Tienes razón. —Se desperezó, extasiada, cuando empezó a masajearle la espalda—. Cualquier mujer me tendría lástima si pudiera verme ahora mismo.

—Una cosa es pasar una tarde conmigo en la cama —masculló Christopher—, y otra muy distinta vivir el día a día con un lunático.

—Estoy familiarizada con la vida entre lunáticos. Soy una Hathaway. —Suspiró de placer cuando sus manos le masajearon la base de la columna. Sentía el cuerpo relajado y excitado a la vez, sin rastro de dolor. Se volvió para mirarlo por encima del hombro, y contempló esas facciones tan austeras. Sintió el irrefrenable impulso de tomarle el pelo, de hacerlo reír—. Te has dejado un sitio sin masajear.

—¿Dónde?

Se incorporó, se volvió y se acercó a él gateando. Christopher se había puesto un batín de terciopelo, aunque estaba medio abierto y dejaba al descubierto una incitante porción de su torso bronceado. Le echó los brazos al cuello y lo besó.

—Dentro de mí —susurró—. Necesito que me acaricies ahí.

Christopher esbozó una sonrisa torcida.

—El linimento es demasiado fuerte para esa zona.

—No lo es. Es maravilloso. Verás, te lo enseñaré... —Cogió el tarrito de ungüento y se untó las puntas de los dedos. El aroma del aceite de clavo inundó el aire—. Tú quédate quietecito...

—¡Que te lo has creído! —Su voz tenía un deje risueño cuando hizo ademán de sujetarle la muñeca.

Escurridiza como una anguila, Beatrix lo esquivó. Rodó un par de veces hasta conseguir soltarle el cinturón del batín.

—Tú me lo has untado por todo el cuerpo —le recordó con una risilla—. Cobarde. Ahora te ha llegado la hora.

—Ni hablar —replicó mientras la atrapaba y forcejeaba con ella.

Beatrix sintió una punzada de emoción al escuchar su ronca carcajada.

De algún modo se las apañó para subirse encima de él y jadeó al notar su erección. Forcejearon un rato hasta que Christopher la obligó a tenderse de espaldas, sujetándole las muñecas. El batín se había abierto durante el forcejeo y sus cuerpos desnudos quedaron piel contra piel.

Los brillantes ojos plateados de Christopher se clavaron en sus ojos azules. Al percatarse de su forma de mirarla, Beatrix, que aún no había recuperado el aliento, creyó flotar.

Christopher inclinó la cabeza y besó y lamió su sonrisa como si pudiera saborearla. Después le soltó las muñecas y se colocó de costado, dejando al descubierto la parte delantera de su cuerpo.

Beatrix lo miró sin comprender. Meneó los dedos.

—¿Quieres que te... que te toque con esto?

Él guardó silencio, retándola con la mirada.

Con timidez, pero llevada por la curiosidad, aferró su miembro con una mano. Los dos dieron un respingo por la caricia, una mezcla de frescor y calor, del aceite sobre la suavidad de esa imponente dureza.

—¿Así? —susurró mientras lo acariciaba con suavidad.

Christopher siseó y entornó los párpados. No intentó detenerla.

Beatrix pasó el pulgar por la suave punta, trazando un círculo. Acto seguido cerró los dedos a su alrededor y comenzó a mover la mano arriba y abajo, maravillada por su tacto.

Christopher dejó que lo explorara a placer, excitado hasta el punto de faltarle el aliento. Hipnotizada por el poder que irradiaba ese cuerpo masculino que se contenía a duras penas, le acarició las caderas y los muslos con los dedos extendidos. Acarició también los duros músculos de sus piernas, arañándole delicadamente y peinando el vello que encontró a su paso, antes de regresar a la entrepierna. Con delicadeza, exploró la parte inferior de su miembro antes de volver a acariciarlo con ambas manos.

Christopher soltó un gemido gutural antes de quitarse el batín, tirarlo al suelo y cogerla por las caderas.

Consciente de la tensión que se había apoderado de su rostro, del brillo primitivo que iluminaba sus ojos, Beatrix se echó a temblar. Christopher la colocó a horcajadas sobre su regazo y la penetró sin más. Soltó un gemido a medida que se hundía en ella, obligándola a descender para aceptarlo por completo. En esa posición, Christopher alcanzaba un nuevo lugar, un lugar que escocía pero que al mismo tiempo le proporcionaba tanto placer que todo su cuerpo se tensó en respuesta.

Christopher se quedó quieto, atravesándola con la mirada.

El linimento hizo su trabajo al instante, ya que el frescor del aceite alivió su piel enfebrecida al tiempo que excitaba ciertas zonas erógenas de su interior. Comenzó a moverse, inquieta, y Christopher se lo impidió agarrándola por las caderas y obligándola a descender de nuevo mientras él embestía.

—Christopher... —Incapaz de reprimir el impulso, levantó de nuevo las caderas.

Tras cada movimiento involuntario, Christopher la obligaba a bajar de nuevo. Sus muslos la sujetaban por detrás y una de sus manos bajó hasta el lugar donde sus cuerpos se unían. Sin apartar la mirada de ella, la atormentó con los dedos mientras sus cuerpos seguían moviéndose acompasados.

—Tregua —consiguió decir—. No lo soporto más.

—Ni hablar.

Le colocó la mano libre en la nuca y la instó a bajar la cabeza para besarla.

—Por favor. Acaba ya...

—Todavía no. —Le pasó las manos por la espalda—. Eres preciosa —susurró—. Muy receptiva... Podría hacerte el amor durante toda la eternidad.

—Christopher...

—Déjame complacerte una vez más.

—No, estoy agotada. —Le mordisqueó el labio inferior—. Acaba ya —le dijo.

—Todavía no.

—Te obligaré a hacerlo.

—¿Cómo?

Beatrix lo miró, observó esas facciones atractivas y arrogantes, y reconoció el brillo desafiante de sus ojos. Bajó las caderas siguiendo el ritmo de las embestidas de Christopher, y le susurró al oído:

—Te quiero. Te quiero.

Bastó con eso. La respiración de Christopher se transformó en un gemido al tiempo que se hundía en ella una última vez y comenzaba a estremecerse por la intensidad del clímax. La abrazó con fuerza y derramó en su interior todos esos años de angustioso anhelo. Beatrix continuó susurrándole al oído, prometiéndole amor, seguridad y nuevos sueños con los que reemplazar los que había perdido.

Prometiéndole la eternidad.

22

Una vez terminada la temporada social en Londres, la alta sociedad continuaba con sus entretenimientos en el campo. Se enviaban invitaciones para bailes, cenas y verbenas; los guardas de las propiedades preparaban la suelta de aves; se engrasaban las armas y se limpiaban para la caza; se arreglaban las pistas para caballos, y se compraban vinos y exquisiteces culinarias en los puertos de Bristol y de Londres.

La invitación más solicitada en Hampshire era la de la velada que se celebraría a mediados de septiembre en Ramsay House, durante la cual se anunciaría el compromiso de Beatrix con Christopher Phelan. Por regla general, cualquier evento organizado por los Hathaway era un éxito, pero esa ocasión era distinta. Todos los invitados habían aceptado enseguida, pero además la familia había recibido un aluvión de cartas de numerosas personas, solicitándoles una invitación. O, en algunos casos, exigiéndola. Los Hathaway atribuían su renovada popularidad a la asistencia de Christopher, el héroe de guerra más admirado de toda Inglaterra. Y al susodicho, que no ocultaba su desprecio por las multitudes, no le hacía mucha gracia el asunto.

—No negarás que es una ironía que el miembro de la familia que menos desea relacionarse con la alta sociedad sea precisamente con quien la alta sociedad desea relacionarse —señaló Leo.

—Cierra el pico, Ramsay —masculló Christopher, pero el aludido se limitó a sonreír.

Sin embargo, la expresión «miembro de la familia», usada casi al descuido, hizo que le diera un vuelco el corazón. Su relación había adquirido un matiz cómodo y amigable que le recordaba a la relación que había mantenido con John. Aunque nadie podría reemplazar a su hermano, Christopher disfrutaba muchísimo en compañía de sus futuros cuñados. Al menos, disfrutaba de la compañía de Leo y de Cam. Todavía no sabía si podría decir lo mismo de Merripen.

Merripen y su esposa, Winnifred, a quien la familia llamaba Win, volvieron de Irlanda con su hijo pequeño a primeros de septiembre. Los Hathaway, que no eran una familia apocada en ninguna circunstancia, se volvieron locos de alegría. Christopher se quedó a un lado en el saloncito familiar durante el caótico reencuentro, observando cómo la familia se fundía en un sinfín de abrazos y risas. Cam y Merripen se abrazaron y se dieron palmadas en la espalda antes de empezar a hablar en romaní a toda velocidad.

Christopher se había encontrado con Merripen en un par de ocasiones antes de la guerra. Sin embargo, recordaba muy poco de él, salvo que le parecía muy grande e intimidatorio, además de parco en palabras. Jamás se le pasó por la cabeza que algún día acabaran formando parte de la misma familia.

Win era una mujer elegante y delgada con enormes ojos azules y pelo rubio claro. Tenía un aura frágil, casi etérea, que la diferenciaba de las otras Hathaway. Tras apartarse del grupo que se encontraba en el centro de la estancia, Win se acercó a él con una mano extendida.

—Capitán Phelan, somos muy afortunados por tenerlo en la familia. Hasta ahora, los hombres han estado en clara desventaja, cuatro contra cinco. Ahora sumaremos una cifra redonda, diez.

—Me sigo sintiendo en desventaja —dijo Leo.

Merripen también se acercó a él, le dio un fuerte apretón de manos y lo observó con detenimiento.

—Rohan dice que no eres malo, para ser un *gadjo* —comentó—. Y Beatrix dice que te quiere, lo que hace que me sienta inclinado a dejar que te cases con ella. Pero aún lo estoy pensando.

—Si te sirve de algo —replicó Christopher—, estoy dispuesto a aceptar todos sus animales.

Merripen meditó sus palabras.

—Puedes quedártela.

La conversación durante la cena fue alegre y bulliciosa al principio. Sin embargo, a medida que se sucedían los platos, el tema derivó hacia Irlanda y hacia la propiedad que Merripen heredaría en breve, y eso hizo que los ánimos decayeran.

Hacía unos diez años se produjo en Irlanda una plaga en los cultivos de patata que provocó un desastre del que el país todavía no se había recuperado. La ayuda de Inglaterra fue meramente nominal, con algunas medidas para aliviar el sufrimiento, ya que los dirigentes habían supuesto que el problema se resolvería solo.

Irlanda, un país ya de por sí empobrecido, acabó padeciendo una hambruna generalizada, seguida por una serie de epidemias, que tuvo como resultado la muerte de familias enteras, que fallecieron en los caminos o en sus chozas. Los terratenientes como Cavan se limitaron a echar a sus arrendatarios arruinados y a enfrentarse en los tribunales a los que les quedaban, ocasionando una amargura que duraría generaciones.

—Las tierras de Cavan y sus arrendatarios llevan años sin recibir atención —dijo Merripen—. El abuelo estaba demasiado preocupado por sus propiedades inglesas como para hacer mejoras o reparaciones. La tierra no tiene sistema de drenaje y los agricultores carecen de maquinaria para labrar. Los arrendatarios sólo conocen los métodos más rudimentarios de agricultura. Viven en chozas de piedra y barro. Y han vendido la mayoría de su ganado para pagar la renta. —Hizo una pausa con el rostro serio—. Estuve con Cavan antes de regresar a Stony Cross. Se niega a invertir un solo penique de su fortuna para ayudar a las personas que dependen de él.

—¿Cuánto tiempo le queda? —preguntó Amelia.

—Menos de un año —respondió Merripen—. Me sorprendería que pasara de Navidad.

—Cuando muera —comentó Win— podremos invertir su fortuna en las tierras.

—Pero hará falta mucho más que dinero —repuso Merripen—. Tendremos que reemplazar las chozas de barro por construcciones más firmes. También tendremos que enseñarles a los arrendatarios nuevas formas de agricultura. Lo necesitan todo. Maquinaria, combustible, ganado, semillas... —Se interrumpió y miró a Cam con expresión insondable—. *Phral,* en comparación, lo que tuvimos que hacer en Ramsay es un juego de niños.

Cam se llevó una mano al pelo y comenzó a tirarse de un mechón.

—Tendremos que empezar a prepararlo todo desde ahora mismo —comentó—. Necesitaré toda la información que puedas reunir de las cuentas de Cavan y de sus propiedades. A lo mejor podemos vender algunas de sus... de tus propiedades inglesas para obtener efectivo. Vas a necesitar un presupuesto estimado de lo necesario y también vas a tener que establecer prioridades. No podremos hacerlo todo a la vez.

—Es abrumador —le aseguró Merripen con sequedad.

A juzgar por el silencio asombrado que se hizo en la mesa, Christopher supuso que Merripen no solía afirmar, si acaso lo había hecho alguna vez, que algo era «abrumador».

—Te ayudaré, *phral* —dijo Cam, mirando a su hermano con seriedad.

—Empiezo a tener la desagradable sensación de que voy a verme obligado a manejar las propiedades yo solo mientras vosotros dos os volcáis en la salvación de Irlanda —comentó Leo.

Beatrix miró a Christopher con una sonrisa torcida en los labios.

—En comparación, nuestra situación parece más fácil, ¿no crees? —murmuró.

Que era justo lo que él estaba pensando.

La atenta mirada de Merripen se clavó en la cara de Christopher.

—Vas a heredar Riverton ahora que tu hermano ha fallecido.

—Sí. —Christopher adoptó una expresión burlona—. Y si bien John estaba preparadísimo para la tarea, yo no tengo ni idea. Sólo sé dispararle a la gente y cavar trincheras.

—También sabes cómo organizar a los hombres —añadió Merripen—. Cómo trazar un plan y llevarlo a cabo. Cómo evaluar los riesgos y adaptarte cuando es necesario. —Miró a Cam con una sonrisa—. Cuando comenzamos a restaurar las propiedades de Ramsay, nos dijimos que lo mejor que nos podía pasar era cometer errores. Porque así aprenderíamos algo.

En ese momento, Christopher entendió por fin lo mucho que tenía en común con los hombres de esa familia, aunque procedieran de entornos y circunstancias muy dispares. Todos se estaban adaptando a un mundo que cambiaba a pasos agigantados, enfrentándose a unos desafíos para los que no estaban preparados. La sociedad al completo estaba siendo desmantelada, el sistema jerárquico tradicional se desmoronaba y el poder estaba pasando a manos desconocidas. Los hombres podían dejarse arrastrar hasta acabar en el olvido o dar un paso adelante para modelar la nueva era que se avecinaba. Las posibilidades eran intrigantes y agotadoras... Vio todas esas emociones en la cara de Merripen, y también en la cara de los demás. Pero ninguno de ellos le daría la espalda a su deber.

Christopher observó a Beatrix, que estaba sentada a cierta distancia de él. Esos ojos... de un azul intenso, inocentes y sabios a la vez, increíblemente perceptivos. ¡Qué mezcla más curiosa de cualidades! Era capaz de mantener una compostura exquisita y de jugar como una niña al mismo tiempo. Era inteligente, intuitiva y graciosa. Hablar con ella era como abrir el cofre de un tesoro para explorar un sinfín de maravillas inesperadas.

Dado que aún no había cumplido los treinta, Christopher sólo tenía seis años más que ella, y, sin embargo, tenía la sensación de que los separaba más de un siglo. Quería, necesitaba, estar cerca de ella y, sin embargo, tenía que ocultar todo lo malo que había visto y hecho para que nada de eso llegara a tocarla.

No habían hecho el amor desde hacía dos semanas, ya que se había propuesto no aprovecharse de ella hasta que estuvieran casados. Sin embargo, el erótico recuerdo lo atormentaba a todas horas. Beatrix era una experiencia sin parangón. Las mujeres con las que se había acostado en otra época le habían ofrecido un placer sofisticado, pero fácil de conseguir. Nada que pudiera compararse a la pasión desenfrenada de Beatrix.

Era demasiado inocente, demasiado pura, como para lo que el destino le había deparado. Pero la deseaba demasiado. La cuidaría, y fueran cuales fuesen las calamidades que el destino les arrojara, la mantendría a salvo.

Y también la mantendría a salvo de sí mismo en caso de ser necesario.

Se escuchó un grito procedente del salón, lo que interrumpió todas las conversaciones que se estaban manteniendo durante la velada en Ramsay House.

—¿Qué puñetas ha sido eso? —preguntó el abuelo de Christopher, lord Annandale, con el ceño fruncido. Estaba sentado en un canapé en el saloncito de la familia mientras varios invitados se acercaban a rendirle homenaje. El largo viaje hasta Hampshire lo había irritado y también lo había dejado agotado. De modo que lord Annandale le había ordenado a Audrey, que lo había acompañado desde Londres, que permaneciera a su lado.

Christopher contuvo una sonrisa al darse cuenta de que su cuñada miraba la puerta del salón con expresión anhelante. Aunque Audrey siempre se había llevado bastante bien con su abuelo, se había pasado todo el día encerrada con el viejo cascarrabias en un carruaje.

—¿A qué ha venido ese grito? —insistió lord Annandale, frunciendo todavía más el ceño.

Christopher mantuvo una expresión tranquila. Dado que seguramente estaría implicado alguno de los Hathaway, podría tratarse de cualquier cosa.

—¿Quiere que vaya a averiguarlo? —preguntó Audrey, a todas luces ansiosa por escapar del anciano.

—No, quédate aquí, por si necesito algo.

Audrey contuvo un suspiro.

—Sí, milord.

Beatrix entró en el saloncito y se abrió paso entre los invitados. Al llegar junto a Christopher, le susurró:

—Tu madre acaba de conocer a *Medusa*.

—¿Mi madre es la que ha gritado? —preguntó.

—¿Qué has dicho? —exigió saber su abuelo, que permaneció en el canapé—. ¿Que mi hija ha gritado?

—Me temo que sí, milord —respondió Beatrix con expresión contrita—. Se ha encontrado con mi erizo, que se ha escapado de su corralito. —Miró a Christopher antes de añadir con voz cantarina—: *Medusa* siempre ha estado demasiado rellenita como para escalar las paredes. ¡Creo que la tabla de ejercicios está funcionando!

—¿Ha habido púas de por medio, cariño? —preguntó Christopher al tiempo que contenía una sonrisa.

—No, no, tu madre no se ha pinchado. Pero Amelia la ha acompañado a una de las habitaciones de la planta alta para que descanse. Por desgracia, *Medusa* le ha provocado un dolor de cabeza.

Audrey puso los ojos en blanco.

—Siempre le duele la cabeza.

—¿Por qué tienes un erizo de mascota? —le preguntó lord Annandale a Beatrix.

—No sabe apañárselas sola, milord. Mi hermano la rescató del agujero de una cerca cuando era una cría, pero no pudimos encontrar a su madre. Así que la he cuidado desde entonces. Los erizos son mascotas maravillosas, siempre y cuando se toquen adecuadamente. —Hizo una pausa y miró al anciano con evidente interés—. ¡Por Dios! Es usted un águila, ¿verdad?

—¿Un qué? —preguntó lord Annandale con los ojos entrecerrados.

—Un águila. —Lo observó con detenimiento—. Tiene unas facciones muy atractivas e irradia poder aunque esté sentado. Y le gusta observar a las personas. Es capaz de juzgarlas al instante, ¿a que sí? Y no me cabe la menor duda de que siempre acierta.

Christopher hizo ademán de intervenir, convencido de que su abuelo la reduciría a cenizas con su réplica. Sin embargo, para su asombro, lord Annandale parecía entusiasmado por la admiración que vio en los ojos de Beatrix.

—Cierto —convino—. Y muy pocas veces me equivoco en mis juicios.

Audrey puso los ojos en blanco.

—Parece que tiene un poco de frío —comentó Beatrix—. Seguro que está sentado en medio de una corriente. Espere un momento... —Corrió para coger una mantita de lana azul, con la que procedió a cubrirle las piernas.

No hacía frío en la estancia y era imposible que hubiera corriente alguna. Sin embargo, Annandale aceptó la manta con evidente placer. Al recordar el calor que hacía siempre en la casa de su abuelo, Christopher llegó a la conclusión de que seguramente hubiera tenido frío. El hecho de que Beatrix se hubiera dado cuenta era un misterio.

—Audrey, permíteme sentarme junto a lord Annandale —dijo Beatrix. Como si fuera un privilegio muy solicitado.

—Si insistes... —Audrey abandonó el canapé de un salto, como impulsada por un resorte.

Antes de sentarse, Beatrix se inclinó para buscar algo debajo del canapé. Tras sacar a un soñoliento gato gris, lo dejó sobre el regazo de lord Annandale.

—Así está mejor. Nada calienta más rápido que tener un gato sobre el regazo. Se llama *Suerte*. Y se pondrá a ronronear si la acaricia.

El anciano miró el animal con cara inexpresiva.

Y para asombro de Christopher, comenzó a acariciar el suave pelaje felino.

—Le falta una pata —comentó.

—Sí. Quería ponerle *Nelson*, por el almirante manco, pero es una hembra. Era la gata del quesero hasta que acabó atrapada en una trampa.

—¿Por qué le pusiste *Suerte*? —preguntó Annandale.

—Precisamente porque quería que cambiara su fortuna.

—¿Y ha sido así?

—Bueno, está sobre el regazo de un conde, ¿no? —señaló Beatrix, a lo que lord Annandale respondió con una carcajada mientras acariciaba la pata delantera de *Suerte*.

—Tiene suerte de haber podido adaptarse.

—Estaba decidida a hacerlo —repuso Beatrix—. Debería haber visto a la pobrecita poco después de la amputación. Al andar quería apoyarse en la pata que le faltaba y perdía el equilibrio, o saltaba de una silla y se caía de bruces. Pero, un día, se despertó y fue como si hubiera aceptado que la pata ya no estaba. Y ha vuelto a ser casi tan ágil como antes. —Hizo una pausa antes de añadir con énfasis—: El truco está en olvidar lo que se ha perdido... y en aprender a seguir viviendo con lo que se tiene.

Lord Annandale la miró con fascinación y una sonrisa torcida en los labios.

—¡Qué muchacha más lista!

Christopher y Audrey compartieron una mirada asombrada mientras que Beatrix y el anciano entablaban conversación.

—Los hombres siempre han adorado a Beatrix —comentó Audrey en voz baja, volviéndose hacia él. Tenía una expresión risueña en los ojos—. ¿Creías que tu abuelo sería inmune a sus encantos?

—Sí. Nadie le cae bien.

—Al parecer, hace una excepción con las jóvenes que le doran la píldora y que parecen estar pendientes de cada palabra que dice.

Christopher le lanzó una miradita a Beatrix y vio su expresión radiante. Claro que su abuelo era incapaz de resistirse a ella. Beatrix miraba a las personas de un modo que hacía que tuvieran la sensación de contar con su total atención, de ser la persona más interesante de la estancia.

—Sigo sin entender cómo es posible que no se haya casado —dijo Christopher.

Audrey dijo en voz baja:

—La mayoría de la aristocracia considera denigrante una unión con los Hathaway. Y aunque muchos caballeros están encantados con Beatrix, no quieren casarse con una joven poco convencional. Como tú bien sabes.

Christopher frunció el ceño al escuchar la pulla.

—En cuanto la conocí mejor, admití que estaba equivocado.

—Algo que te honra —replicó Audrey—. No te creía capaz de verla sin que los prejuicios te cegaran. En el pasado, más de un caballero se ha quedado prendado de Beatrix, pero ninguno la ha cortejado. Ahí tienes al señor Chickering, por ejemplo. Le suplicó a su padre que le permitiera cortejarla, pero él amenazó con desheredarlo. De modo que se contentó con adorar a Beatrix de lejos y con coquetear con ella cada vez que se le presentaba la oportunidad, a sabiendas de que no conduciría a nada.

—Eso se ha acabado —le aseguró él—. Como vuelva a acercarse a ella...

Audrey sonrió.

—Ten cuidado. Los celos no están de moda. Hay que ser lo bastante sofisticado como para encontrar graciosas las atenciones que otros le prestan a tu esposa.

—Me resultará graciosísimo tirarlo por la ventana. —Guardó silencio al ver que Audrey se echaba a reír, ya que era evidente que se lo había tomado a broma. Decidió cambiar de tema—: Me alegro mucho de ver que has regresado a la escena social. —Y lo decía en serio. Audrey se había pasado casi todo su matrimonio cuidando de John, que enfermó de tuberculosis poco después de la boda. Eso, junto con el periodo de luto, había supuesto un largo y solitario calvario para ella. Se merecía disfrutar de la vida, y disfrutar también de un poco de compañía—. ¿Algún caballero te ha llamado la atención?

Audrey torció el gesto.

—¿Te refieres a los pocos que mis hermanos no han espantado? No, nadie me interesa de esa manera. Estoy segura de que podría escoger a cualquiera de los cazafortunas que pululan por Londres, gracias a mi adinerada situación. Pero la esterilidad juega en mi contra.

Christopher la miró con atención.

—¿Eres estéril? ¿Cómo lo sabes?

—Estuve tres años casada con John y no tuvimos hijos. Ni siquiera un aborto. Y se dice que siempre es la mujer quien tiene la culpa en esta situación.

—Pues es una creencia que no comparto. Las mujeres no siempre tienen la culpa de la infertilidad... y es un hecho demostrado. Además, John estuvo enfermo gran parte de vuestro matrimonio. Hay muchos motivos para esperar que puedas concebir con otro hombre.

Audrey esbozó una sonrisa torcida.

—Ya veremos lo que me depara el destino. Pero no busco casarme otra vez. Estoy agotada. Me siento como una mujer de noventa y cinco años en vez de como una de veinticinco.

—Necesitas más tiempo —murmuró Christopher—. Ya cambiarás de opinión, Audrey.

—Es posible —dijo, pero no parecía muy convencida.

En ese momento, la conversación cada vez más animada entre Beatrix y lord Annandale les llamó la atención.

—... soy capaz de trepar a un árbol tan bien como cualquiera de los leñadores de Ramsay —estaba diciendo Beatrix.

—Imposible —replicó el conde, muy alegre.

—¡Es cierto! Me quito las faldas y el corsé, me pongo unos pantalones y...

—Beatrix —la interrumpió Audrey antes de que la escandalosa conversación acerca de prendas innombrables siguiera su curso—, acabo de ver a Poppy en la sala contigua. Hace una eternidad que no la veo. Y no me han presentado a su marido...

—¡Vaya! —Beatrix se apartó de lord Annandale a regañadientes—. ¿Quieres que te acompañe?

—Sí. —Audrey la cogió del brazo.

Lord Annandale parecía contrariado, ya que tenía el ceño fruncido, mientras observaba a Audrey llevarse a Beatrix.

Christopher contuvo una sonrisa.

—¿Qué te parece? —preguntó.

Su abuelo respondió sin titubear:

—Me casaría con ella si tuviera cinco años menos.

—¿Cinco? —le preguntó Christopher con tono escéptico.

—¡Pues diez, maldición! —replicó con una sonrisa torcida en su vetusto rostro—. Alabo tu buen gusto. Es una muchacha con garra. No tiene miedo. Encantadora a su manera, y con su encanto no necesita ser una belleza. Deberás tener mano firme con ella, pero el esfuerzo merecerá la pena. —Hizo una pausa y su expresión se tornó triste—. Una vez que conoces a una mujer así, no puedes conformarte con una ordinaria.

Christopher estaba a punto de rebatir el comentario acerca de la belleza de Beatrix, ya que a su juicio no tenía parangón. Pero ese último comentario le llamó la atención.

—¿Te refieres a la abuela? —quiso saber.

—No. Tu abuela era la clase de mujer con la que creía que debía casarme. Estaba enamorado de otra mujer... una joven muchísimo menos adecuada. Y la dejé marchar, para mi eterno desconsuelo. —Suspiró mientras rememoraba un lejano recuerdo—. Toda una vida sin ella...

Fascinado, quiso preguntarle más cosas, pero no era ni el momento ni el lugar para mantener esa conversación. Sin embargo, sus palabras hicieron que lo mirara con nuevos ojos. ¿Qué llevaría a un hombre a casarse con Prudence cuando se podía tener a Beatrix? Tener a Prudence Mercer como esposa bastaría para amargarle la existencia a cualquiera.

Al cabo de un buen rato, los criados sacaron las bandejas con champán y los invitados esperaron impacientes al anuncio del compromiso.

Por desgracia, el hombre encargado de esa tarea estaba temporalmente desaparecido.

Tras una breve búsqueda, encontraron a Leo y lo instaron a ir al salón, donde pronunció un discurso magnífico acerca de los motivos más agradables para casarse y después hizo un brindis maravilloso. Aunque la mayoría de los invitados lo escuchaban con atención, riéndose por sus ocurrencias, Christopher oyó a un par de mujeres que susurraban, escandalizadas:

—Han encontrado a Ramsay coqueteando con una mujer en un rincón. Han tenido que alejarlo de ella a rastras.

—¿Quién era?

—Su propia esposa.

—¡Válgame Dios!

—Sí. Es de muy mal gusto que una pareja casada se comporte de esa manera.

—Supongo que los Hathaway no saben comportarse de otra forma.

Christopher contuvo una sonrisa y luchó contra la tentación de volverse hacia las dos chismosas y decirles que los Hathaway sí sabían cómo comportarse, pero que los buenos modales les importaban un pimiento. Miró a Beatrix y se preguntó si las habría escuchado, pero parecía inmune a los cotilleos, absorta como estaba en su hermano.

Leo terminó el brindis deseándoles lo mejor a los novios, un futuro lleno de felicidad y prosperidad. Los invitados alzaron la copa y brindaron todos juntos.

Christopher cogió la mano enguantada de Beatrix y se la llevó a los labios para darle un beso en la muñeca. Quería llevársela de ese salón atestado y tenerla para él solo.

—Pronto —susurró Beatrix como si le hubiera leído el pensamiento, y en ese momento la acarició con la mirada—. Y no me mires así —añadió—. Se me están aflojando las rodillas.

—Pues mejor no te digo lo que me gustaría hacerte ahora mismo. Porque te caerías al suelo como una marioneta sin hilos.

El momento, tan íntimo y placentero, terminó demasiado pronto.

Lord Annandale, que se encontraba al lado de Leo, se adelantó con una copa de champán en alto.

—Amigos míos —dijo—, espero contribuir a esta maravillosa ocasión compartiendo noticias de Londres.

La multitud guardó un respetuoso silencio.

Christopher sintió un escalofrío en la columna. Miró a Leo, pero su futuro cuñado parecía tan desconcertado como él, ya que se encogió de hombros.

—¿Qué pasa? —preguntó Beatrix.

Christopher meneó la cabeza con la vista clavada en su abuelo.

—Que Dios nos coja confesados. No lo sé.

—Antes de salir de Londres —continuó el conde—, Su Excelencia el duque de Cambridge me informó de que mi nieto va a recibir la Cruz Victoria. La medalla, creada en enero, es la condecoración militar de más alto rango que se puede otorgar por el valor demostrado ante el enemigo. La reina en persona impondrá la medalla al capitán Phelan en la ceremonia de investidura que se celebrará el próximo junio en Londres.

Todos los invitados estallaron en aplausos y vítores. Christopher sintió que la sangre lo abandonaba. No quería reconocimiento alguno, no quería otro puñetero trozo de metal colgado del pecho, otra puñetera ceremonia para honrar unos hechos que no deseaba recordar. Y que eso mancillara uno de los momentos más dulces de su vida era repugnante. ¡Maldito fuera su abuelo por hacerle eso sin avisarlo antes!

—¿Por qué le han concedido la Cruz Victoria, milord? —preguntó alguien.

Lord Annandale miró a Christopher con una sonrisa.

—A lo mejor mi nieto es capaz de ofrecernos una respuesta.

Christopher meneó la cabeza y lo miró con rostro inexpresivo.

El anciano se molestó visiblemente al ver el poco entusiasmo que demostraba su nieto.

—El capitán Phelan fue recomendado por un oficial de su regimiento, que lo vio llevar a cuestas a otro oficial herido para ponerlo a salvo a pesar de encontrarse bajo el fuego enemigo. Nuestros hombres habían tenido que retroceder después de una ofensiva con la que pretendían tomar los puestos de los francotiradores rusos. Una vez que rescató al oficial herido, el capitán Phelan mantuvo la posición hasta que llegaron los refuerzos. A la postre, pudieron tomar la posición rusa y el oficial herido, el teniente coronel Fenwick, se salvó.

Christopher no se creía capaz de hablar mientras los vítores y las felicitaciones resonaban en el salón. Se obligó a apurar el champán y a quedarse quieto con aire tranquilo, cuando en realidad se sentía al borde de un peligroso precipicio. De algún modo encontró un asidero para no caer al vacío, para mantener a raya la locura, y logró la sensación de desapego que tanto necesitaba y temía a la vez.

«¡Por el amor de Dios! —pensó—. Por salvar a Fenwick no.»

23

Al percatarse de la inmovilidad tan poco natural de Christopher, Beatrix esperó a que apurara su champán.

—¡Vaya por Dios! —exclamó en voz lo bastante alta como para que los invitados que los rodeaban la escuchasen—. Creo que estoy algo mareada por culpa de todo este alboroto... Capitán Phelan, ¿sería tan amable de acompañarme al saloncito...?

La pregunta fue recibida con murmullos compasivos, ya que una demostración de la delicada constitución femenina siempre era bien recibida.

Intentando fingir que estaba débil y mareada, Beatrix se colgó del brazo de Christopher mientras él la sacaba del salón. Sin embargo, en vez de dirigirse al saloncito, encontraron un lugar en el exterior, un banco situado en uno de los senderos de gravilla.

Se sentaron en silencio, ya que no necesitaban palabras para comunicarse. Christopher la rodeó con un brazo y la pegó a su costado, apoyando los labios en su pelo. Beatrix se concentró en los sonidos nocturnos que procedían del bosque cercano: el crujido de las hojas bajo el paso de los animalillos; la melodiosa conversación de las ranas; los aleteos de los pájaros y los murciélagos. Al cabo de un buen rato sintió que Christopher exhalaba un hondo suspiro.

—Lo siento —dijo ella en voz baja, a sabiendas de que estaba pensando en Mark Bennett, el amigo a quien no había podido salvar—. Sé por qué te resulta tan repulsiva esta medalla.

Christopher no habló. La tensión casi palpable que irradiaba le dejó bien claro que de todos los malos recuerdos que guardaba, ése era de los peores.

—¿Es posible rechazar la medalla? —le preguntó—. ¿Perder la distinción?

—De forma voluntaria, no. Tendría que hacer algo ilegal o espantoso para que recurrieran a la cláusula necesaria y me la retirasen.

—Podríamos planear un crimen —sugirió Beatrix—. Estoy segura de que mi familia tendría unas ideas estupendas.

Christopher la miró en ese momento, y sus ojos le recordaron un cristal plateado a la luz de la luna. Por un instante, temió que su intento por aligerar el ambiente lo hubiera molestado; pero después escuchó la carcajada ahogada que se le escapó y sintió sus brazos a su alrededor.

—Beatrix —susurró—. Nunca dejaré de necesitarte.

Siguieron en el exterior un poco más de lo adecuado, besándose y acariciándose hasta que ambos estuvieron jadeando por el deseo insatisfecho. A Christopher se le escapó un quedo gemido, momento en el que la obligó a levantarse del banco y la llevó de vuelta a la casa.

Beatrix se mezcló con los invitados, charlando animadamente y fingiendo interés por los consejos que le daban, mientras le lanzaba miraditas a Christopher a la menor oportunidad. Parecía tranquilo, casi estoico, con esa pose militar. Todo el mundo lo aclamaba, incluso aquellos invitados cuya posición social y título nobiliario superaban con creces la suya. Pese a su fachada serena, Beatrix percibía su inquietud, tal vez incluso el antagonismo que lo corroía, mientras intentaba adaptarse a un entorno que en otro tiempo le resultó tan familiar. Christopher se sentía fuera de lugar entre sus antiguos amigos, ya que ninguno de ellos quería pensar en la realidad de lo que había vivido y hecho en la guerra. Las medallas, los oropeles y las bandas de música eran lo único que estaban dispuestos a discutir. Y, por lo tanto, Christopher sólo podía expresar lo que sentía en pequeñísimas y cautelosas dosis.

—Beatrix —la llamó Audrey, que se colocó a su lado y tiró de ella antes de que pudiera entablar conversación con otro grupo—. Ven conmigo. Quiero darte una cosa.

Beatrix la acompañó a la parte posterior de la casa, a una escalera que conducía a una estancia del segundo piso que tenía una forma muy irregular. Era uno de los encantos de Ramsay House, una mansión plagada de habitaciones y espacios extraños sin propósito aparente, y que parecían haber brotado de la residencia principal.

Se sentaron en la escalera.

—Le has hecho muchísimo bien a Christopher —dijo Audrey—. Nada más regresar de la guerra, creí que había perdido la capacidad para ser feliz. Pero ahora parece mucho más flexible consigo mismo... Ya no parece tan pensativo ni tan tenso. Incluso su madre se ha percatado de la diferencia... y está agradecida.

—La señora Phelan ha sido muy amable conmigo —aseguró Beatrix—. Aunque es más que evidente que no soy la nuera que esperaba.

—Cierto —admitió Audrey con una sonrisa—. Pero está decidida a sacarle todo el partido posible a la situación. Eres la única oportunidad que tiene de que Riverton se quede en su rama de la familia. Si Christopher y tú no tenéis hijos, irá a parar a sus primos, a quienes no soporta. Creo que de haber podido concebir, me habría ganado la simpatía de mi suegra.

—Lo siento —murmuró Beatrix al tiempo que la cogía de la mano.

La sonrisa de Audrey se tornó agridulce.

—No era mi destino. Es la lección que he tenido que aprender. Algunas cosas no están escritas, y es una verdad contra la que se puede despotricar o aceptarla sencillamente. Cuando John estaba a punto de morir, me dijo que estaba muy agradecido por el tiempo que habíamos estado juntos. Me dijo que veía las cosas con más claridad a medida que se acercaba al final. Y eso me recuerda lo que quería darte.

Beatrix la miró, expectante.

Con cuidado, Audrey se sacó una hoja de papel pulcramente doblada de la manga. Era una carta sin sello.

—Antes de que la leas, tengo que explicarte algunas cosas —dijo—. John la escribió una semana antes de morir (insistió en escribirla de su puño y letra) y me dijo que se la diera a Christopher cuando volviera, si acaso lo hacía. Pero después de leerla, no supe qué hacer. Cuando Christopher regresó de Crimea, su estado de ánimo era tan volátil y atormentado... Me pareció mejor esperar. Porque, con independencia de lo que John me pidiera, sabía que no podía causarle más dolor a Christopher después de todo lo que ha pasado.

Beatrix puso los ojos como platos.

—¿Crees que la carta puede provocarle más dolor?

—No estoy segura. Pese a la relación que nos une, no lo conozco lo suficiente como para juzgar su reacción. —Soltó un suspiro impotente—. Cuando la leas, sabrás a lo que me refiero. No quiero dársela hasta no estar segura de que le hará bien, de que no le provocará un tormento innecesario. Lo dejo en tus manos, Beatrix, y confío en tu juicio.

24

La boda tuvo lugar un mes más tarde, durante un soleado y seco día de octubre, en el prado del pueblo. Para alegría de todos los vecinos de Stony Cross, la ceremonia se celebró siguiendo la tradición a rajatabla. Los novios y los invitados se apearon de sus carruajes a unas cuantas calles de la iglesia y recorrieron a pie el resto del camino, alfombrado con flores y hierbas de la fertilidad. La gente abarrotaba las calles, hasta que pareció más una alegre multitud que una boda.

Héctor, la mula de Beatrix, llevaba un par de cestas cargadas de flores mientras lideraba la procesión con un paso muy digno. Las mujeres que lo flanqueaban iban arrojando al suelo los pétalos y las flores que cogían de las cestas. La mula llevaba un sombrero de paja adornado con una guirnalda de flores, y las orejas sobresalían por los agujeros, dobladas de forma extraña.

—¡Válgame Dios, *Albert*! —exclamó Christopher con tristeza—. Entre la mula y tú, creo que te has llevado la mejor parte.

Albert iba limpio y con el pelo recién cortado, con una guirnalda de rosas blancas alrededor del cuello. El pobre perro lo miraba todo con recelo, y saltaba a la vista que la multitud que lo rodeaba le gustaba tan poco como a él.

Las mujeres caminaban por un lado de la calle, mientras que los hombres lo hacían por el otro, de forma que veía a Beatrix de forma ocasional. Caminaba rodeada por un grupo de muchachas del pueblo vestidas de blanco a fin de que los malos espíritus no identificaran a la novia. Él iba rodeado por una guardia de honor compuesta por sus amigos de la Brigada de Fusileros y por unos cuantos compañeros del regimiento de caballería en el que entró en el ejército.

Cuando por fin llegaron a la iglesia, estaba atestada. La alegre música de un violín flotaba en el aire.

Mientras Christopher enfilaba el pasillo para dirigirse al altar, Beatrix se detuvo junto a la puerta con Leo.

—Beatrix —le dijo éste—, ¿qué le has hecho a *Héctor*?

—Es la mula de las flores —contestó.

—Espero que no te moleste saber que se está comiendo el sombrero.

Beatrix contuvo una risilla.

Leo inclinó la cabeza y le dijo al oído:

—Bea, cuando te entregue al novio en el altar, quiero que tengas presente una cosa: en realidad, no te estoy entregando. Voy a darle a Christopher la oportunidad de que te quiera tanto como te queremos nosotros.

A Beatrix se le llenaron los ojos de lágrimas.

—Ya lo hace —replicó ella, susurrándole al oído.

—Yo también lo creo —repuso su hermano—. De otro modo, no le permitiría que se casara contigo.

El resto de la mañana y del mediodía transcurrió en una nube de felicidad. Después del intercambio de votos salieron de la iglesia bajo las espadas alzadas de la guardia de honor. La puerta principal estaba cerrada, otra tradición de Stony Cross, y no se abriría hasta que el novio pagara el peaje. Christopher introdujo la mano en una bolsa de terciopelo y sacó un puñado de monedas de oro que arrojó a la multitud. La lluvia de monedas provocó un coro de alegres chillidos. Otros tres puñados fueron arrojados al aire, y la mayoría de las resplandecientes monedas ni siquiera llegó a tocar el suelo.

Cuando no quedó ni una sola moneda por recoger, los asistentes se dirigieron al prado del pueblo, donde se habían dispuesto unas mesas alargadas, atestadas de tartas y empanadas horneadas por todas las mujeres del pueblo. Beatrix y Christopher se dieron mutuamente un trocito de tarta mientras sus vecinos les lanzaban una lluvia de migajas para asegurarles la fertilidad.

Los habitantes del pueblo siguieron festejando la boda en el prado, pero el grupo formado por los novios y sus invitados puso rumbo a Ramsay House. Los aguardaba un opíparo banquete de bodas amenizado por numerosas rondas de brindis y muchas carcajadas.

Cuando por fin acabó la larga jornada, Beatrix se marchó a su dormitorio para quitarse el vestido de novia. Amelia y una doncella la ayudaron a librarse de las voluminosas faldas, y las tres estallaron en carcajadas al ver la lluvia de migajas que cayó al suelo.

—Ésa es la costumbre de Stony Cross que menos me gusta —comentó Beatrix con cierta tristeza, sacudiéndose las migajas que se le habían quedado pegadas en los brazos—. Aunque, claro, bien mirado también les alegra el día a los pajarillos.

—Hablando de pajarillos, cariño... —Amelia guardó silencio hasta que la doncella se marchó para ordenar que prepararan el baño—. Me ha recordado el verso de Samuel Coleridge sobre la primavera: «Las abejas despiertan, los pájaros levantan el vuelo.»

Beatrix le lanzó una mirada interrogante.

—¿A qué viene eso? Estamos en otoño, no en primavera.

—Sí, pero ese poema en concreto hace referencia al apareamiento de las aves. He pensado que tal vez quieras hacerme algunas preguntas al respecto.

—¿Sobre el apareamiento de los pájaros? Te lo agradezco, pero estoy más versada en pájaros que tú.

Amelia suspiró y abandonó sus intentos por mostrarse delicada.

—Olvida los puñeteros pájaros. Es tu noche de bodas. ¿Quieres preguntarme algo?

—¡Ah! No, gracias. Christopher ya me ha... explicado lo necesario.

Amelia enarcó las cejas.

—Ah, ¿sí?

—Sí, aunque usó otro eufemismo que no tenía nada que ver con los pájaros ni con las abejas.

—¡Vaya! ¿Y qué eufemismo usó?

—Ardillas —contestó Beatrix, y se volvió para disimular la sonrisa que le arrancó la cara que había puesto su hermana.

Aunque se marcharían al día siguiente para pasar dos semanas en los Cotswolds, Beatrix había supuesto que pasarían la noche de bodas en Phelan House. De modo que envió un baúl con ropa, artículos de tocador y un camisón a casa de Christopher. De ahí que se sorprendiera cuando él le comentó que los planes eran otros.

Después de despedirse de su familia, salió de la casa acompañada por Christopher. Se había quitado el uniforme, con sus relucientes y tintineantes medallas, y llevaba un traje de tweed y paño, con una sencilla corbata blanca al cuello. Lo prefería así, vestido con sencillez. El esplendor que le otorgaba el uniforme militar la deslumbraba. El sol otoñal los bañó con su dorado resplandor mientras se ocultaba tras las copas de los árboles.

En vez del carruaje que esperaba encontrar, Beatrix descubrió un solitario caballo. El enorme castrado de Christopher.

Se volvió para mirarlo con gesto interrogante.

—¿Y yo no tengo caballo? ¿Ni una carreta tirada por un poni? ¿O es que debo seguirte a pie?

Christopher sonrió.

—Si te apetece, montaremos juntos. Tengo una sorpresa para ti.

—Qué poco convencional por tu parte.

—Pues sí, pensé que te gustaría. —La ayudó a montar y se colocó tras ella a lomos del caballo.

Sin importar cuál fuera la sorpresa, Beatrix llegó a la conclusión de que estaba en la gloria bendita mientras se echaba hacia atrás para apoyarse en Christopher. Absorbió la maravillosa sensación de tenerlo tan cerca, de estar rodeada por su fuerza, de los movimientos que realizaba su cuerpo para adaptarse al paso del caballo. Apoyada en él, se relajó. El aire se tornó fragante a medida que refrescaba, cargado con el olor de la resina y de la tierra húmeda.

—¿Adónde vamos? —le preguntó con la cara enterrada en su chaqueta.

—Ya casi hemos llegado. No mires.

Christopher no tardó en detener al caballo y desmontar, tras lo cual la ayudó a hacer lo propio.

Beatrix sonrió perpleja al ver el lugar donde se encontraban. La casa secreta situada en la propiedad de lord Westcliff. Una luz tenue iluminaba las ventanas abiertas.

—¿Qué hacemos aquí?

—Sube y lo sabrás —contestó Christopher, que se alejó para atar las riendas del caballo.

Tras alzarse el bajo de su vestido azul, Beatrix subió la escalera de caracol, iluminada por lámparas estratégicamente colocadas allí donde antaño colgaban las antorchas. Una vez que llegó a la habitación superior, entró.

Y vio que la estancia estaba transformada por completo.

En la chimenea antes ennegrecida chisporroteaba un pequeño fuego y la luz dorada de las lámparas se derramaba por doquier. Habían fregado el suelo de madera y lo habían cubierto con mullidas y coloridas alfombras turcas. Las antiguas paredes de piedra estaban adornadas por tapices de motivos florales. La antigua cama había sido reemplazada por una enorme cama de madera de castaño, con un dosel de postes salomónicos y paneles tallados. El colchón era muy grueso, y estaba cubierto por unas suaves sábanas y unos suntuosos cobertores, rematados por una hilera de mullidísimos almohadones. La mesa emplazada en el rincón tenía un mantel de damasco de color malva y estaba cargada con bandejas de plata y cestas llenas de comida. El champán helado descansaba en una cubitera de plata cuyos laterales estaban cubiertos por gotitas de agua. Y allí estaba su baúl, al lado de un biombo decorado.

Atónita, se adentró en la estancia, intentando asimilarlo todo.

Christopher la siguió y, cuando ella se dio la vuelta, contempló su cara con expresión interrogante.

—Si quieres, podemos pasar nuestra primera noche juntos aquí —dijo—. Pero si no te gusta, volveremos a Phelan House.

Beatrix apenas podía hablar.

—¿Lo has hecho para mí?

Él asintió con la cabeza.

—Le pregunté a lord Westcliff si podíamos pasar la noche aquí. Y no puso la menor objeción cuando le comenté que me gustaría redecorarlo un poco. ¿Te g...?

Beatrix lo interrumpió echándole los brazos al cuello para abrazarlo con todas sus fuerzas.

Christopher la estrechó y le acarició lentamente la espalda y las caderas. La besó con ternura en las mejillas, en la barbilla y, por último, en los labios, que se rindieron a su asalto.

Beatrix respondió sin pensar, aceptando el exquisito placer que iba abrumándola. Al notar que la tomaba con delicadeza por la barbilla, suspiró y se estremeció. Él siguió besándola en los labios, acariciándola con la lengua para instarla a separarlos. Christopher tenía un sabor suave, sutil y muy masculino. Embriagador. Ansiosa por sentirlo más cerca, se pegó a él y lo besó con más pasión.

Christopher se resistió con una queda carcajada.

—Espera. Tranquila, amor mío. No quiero que te pierdas la segunda parte de la sorpresa.

—¿Dónde está? —le preguntó arrastrando las palabras mientras una de sus manos acariciaba la parte delantera de su cuerpo.

Christopher contuvo una carcajada, la aferró por los hombros y la separó de él. La miró con un brillo reluciente en sus ojos grises.

—Escucha —susurró.

Una vez que se calmaron los atronadores latidos de su corazón, Beatrix escuchó música. Pero no se trataba de instrumentos, eran voces humanas cantando en total armonía. Extrañada, se acercó a la ventana y miró hacia abajo. Esbozó una sonrisa.

Había un pequeño grupo de oficiales del regimiento de Christopher, todavía ataviados con el uniforme, dispuestos en fila bajo la ventana mientras cantaban una conmovedora balada.

Si estuviera en las costas de Groenlandia,
con mi amada entre los brazos;
caliente entre el frío eterno,
la noche de seis meses pasaría volando.
Y te amaría todo el día.
Te besaría y retozaría contigo todas las noches,
si quisieras descarriarte conmigo.
Más allá de las colinas, en tierras lejanas...

—Nuestra canción —susurró Beatrix mientras las melodiosas palabras ascendían hasta ella.

—Sí.

Beatrix se agachó para arrodillarse en el suelo y apoyar los brazos en el alféizar de la ventana. Exactamente el mismo lugar donde tantísimas velas había encendido por un soldado que luchaba en tierras lejanas.

Christopher se colocó tras ella y la abrazó. Cuando la canción acabó, Beatrix les lanzó un beso a los oficiales.

—¡Gracias, caballeros! —exclamó, alzando la voz—. Guardaré este momento para siempre en mis recuerdos.

Uno de ellos replicó:

—Señora Phelan, tal vez no lo sepa, pero según dicta la tradición de la Brigada de Fusileros, la guardia de honor del novio al completo tiene que besar a la novia la noche de bodas.

—¡Paparruchas! —exclamó Christopher de muy buen humor—. La única tradición referida a las bodas de la Brigada de Fusileros que yo conozco es la de evitarlas en la medida de lo posible.

—¡Pues te la has saltado, compañero! —replicó alguien, haciendo que el grupo al completo riera.

—No lo culpo —dijo otro—. Es usted preciosa, señora Phelan.

—Delicada como la luz de la luna —añadió un tercero.

—Gracias —terció Christopher—. Y ahora dejad de cortejar a mi mujer y marchaos.

—Nosotros empezamos el trabajo —comentó uno de los oficiales—. Y tú lo rematas, Phelan.

Y los Fusileros se marcharon con un alegre coro de silbidos y buenos deseos.

—Se llevan el caballo —dijo Christopher con voz risueña—. Ahora sí que estás obligada a pasar la noche conmigo. —Se volvió hacia Beatrix y la tomó por la barbilla, obligándola a mirarlo a los ojos—. ¿Qué te pasa? —le preguntó con suavidad—. ¿Por qué lloras?

—No me pasa nada —contestó ella, que tenía los ojos llenos de lágrimas—. Nada de nada. Pero es que... he pasado tantas horas en este sitio, soñando con estar contigo algún día... Nunca me atreví a creer que pudiera hacerse realidad.

—Tenías que creértelo, aunque fuera un poquito —susurró—. De otra forma, no se habría hecho realidad. —Tiró de ella hasta colocarla entre sus muslos y le dio un reconfortante abrazo. Al cabo de un rato y con los labios pegados a su pelo, le dijo en voz baja—: Beatrix... una de las razones por las que no he vuelto a hacerte el amor desde aquella tarde es porque no quería aprovecharme de ti de nuevo.

—¡No te aprovechaste de mí! —protestó ella—. Me entregué a ti libremente.

—Sí, lo sé —le aseguró mientras le daba un beso en la cabeza—. Te mostraste tan generosa y eres tan preciosa y apasionada que ya no puedo mirar a otra mujer. Pero no era eso lo que tenía en mente para nuestra primera vez. Esta noche te resarciré.

Beatrix se estremeció al percibir la nota sensual de voz.

—No hace falta, pero si insistes...

—Desde luego que insisto. —Le acarició la espalda y siguió abrazándola, con la intención de que se sintiera segura entre sus brazos.

Después comenzó a besarla en el cuello, con besos húmedos y eróticos, y la sensación de seguridad se desvaneció. Sus labios se demoraron en un lugar especialmente sensible, arrancándole un jadeo.

Christopher se percató de que tragaba saliva y levantó la cabeza con una sonrisa.

—¿Cenamos primero? —Se puso en pie con agilidad, llevándola consigo.

—Después del exagerado banquete de bodas, creo que no volveré a tener hambre en la vida —respondió—. Pero no me importaría beber una copa de champán —añadió con una sonrisa radiante.

Christopher tomó su cara entre las manos y le dio un beso fugaz.

—Esa sonrisa se merece la botella entera.

Ella volvió la cabeza para besarle la palma de una mano.

—¿Te importaría desabrocharme el vestido primero?

Christopher la instó a dar media vuelta y comenzó a desabrocharle la hilera de corchetes ocultos de la espalda.

Desabrocharle el vestido le pareció una tarea muy marital, reconfortante y agradable. Una vez tuvo la nuca al descubierto, besó su delicada piel y descendió por la parte superior de su espina dorsal dejando una lluvia de besos a su paso.

—¿Te quito también el corsé? —se ofreció, hablándole al oído.

Beatrix pensó que era raro que no le temblaran las piernas.

—No, gracias, puedo hacerlo yo sola. —Y voló hasta la intimidad que otorgaba el biombo, llevándose consigo el baúl con sus cosas.

Al abrirlo, encontró su ropa pulcramente doblada, una bolsa de muselina atada con un cordón que contenía un cepillo para el pelo y unas cuantas horquillas, y otros objetos de tocador. También había un paquete, envuelto con un papel de color celeste y atado con una cinta del mismo color. Bajo la cinta descubrió una nota doblada que procedió a leer.

Querida Bea, un regalo para tu noche de bodas. Este camisón lo ha hecho la modista más elegante de Londres. No se parece en nada a los que sueles llevar, pero a tu marido le encantará. Hazme caso.

POPPY

Beatrix cogió el camisón y, al levantarlo, vio que estaba confeccionado con encaje negro y que se abrochaba con botoncitos del mismo color. Puesto que los únicos camisones que había usado eran blancos y de decente tela de algodón, la prenda le resultó muy escandalosa. Sin embargo, si Poppy afirmaba que a los maridos les gustaba...

Una vez que se quitó el corsé y el resto de la ropa interior, se pasó el camisón por la cabeza y dejó que se deslizara por su cuerpo, encantada al sentir su fresco roce. El liviano tejido se le ajustaba perfectamente a los hombros y al pecho, y se abrochaba en la cintura, desde donde caía plisado hasta el suelo. Se percató de que tenía una abertura en un lateral que se extendía hasta la cadera, de modo que cuando se moviera su pierna quedaría a la vista. Además, dejaba la espalda escandalosamente expuesta. Después de quitarse las horquillas y las peinetas, las guardó en la bolsa de muselina del baúl.

Y salió de detrás del biombo, insegura.

Christopher acababa de servir dos copas de champán. Cuando se volvió hacia ella se quedó petrificado, salvo sus ojos, que la recorrieron con una intensidad abrasadora.

—¡Por Dios! —musitó antes de apurar el champán de golpe. Soltó la copa y aferró la otra con fuerza, como si temiera que se le escurriese.

—¿Te gusta mi camisón? —le preguntó.

Asintió con la cabeza sin apartar la mirada de ella.

—¿Dónde está lo que le falta?

—Sólo he encontrado esto. —Incapaz de resistirse, volvió la cabeza y trató de mirarse la espalda—. A lo mejor me lo he puesto del revés.

—Déjame ver —replicó él.

Beatrix se dio media vuelta y cuando su espalda quedó expuesta, Christopher se quedó sin aliento. Tras lo cual soltó un improperio que ella no tuvo en cuenta, ya que llegó a la conclusión de que el pronóstico de su hermana con respecto al camisón era acertado. Al verlo apurar la segunda copa de champán, olvidándose de que era para ella, contuvo una sonrisa con gran esfuerzo. Se acercó a la cama y se sentó en el colchón, maravillada por la suavidad de los cobertores y de las sábanas. Se tumbó de costado sin hacer el menor intento por taparse la pierna cuando el encaje se abrió desde la cadera.

Christopher se acercó a ella quitándose la camisa por el camino. Ver sus músculos en acción, flexionándose y relajándose, y toda esa piel tostada por el sol la dejó sin aliento. Era un hombre guapísimo, un Apolo lleno de cicatrices, un amante de ensueño. Y era suyo.

Extendió un brazo y contuvo el aliento mientras le colocaba la mano en el torso. Dejó que sus dedos acariciaran la suavidad de su vello. Christopher se inclinó hacia ella con los ojos entrecerrados y con los labios fruncidos, un gesto habitual en él cuando estaba excitado.

—Christopher... —dijo con un hilo de voz, abrumada por una mezcla de amor y deseo.

Él le acarició los labios con el pulgar, siguiendo el borde y usando la yema del dedo para separárselos. Y después la besó, haciendo el mismo recorrido con los labios. Cada beso era una dulce descarga que la recorría por entero, extendiendo el fuego en su interior y dificultando la tarea de pensar. Sobre todo porque sus manos la acariciaban al mismo tiempo, prometiéndole ciertos deleites más que satisfaciéndola. La estaba seduciendo con gran habilidad.

De repente, se encontró tendida de espaldas sobre el colchón, con una de las piernas de Christopher instándola a separar las suyas. Sus dedos le acariciaron un pecho en busca del pezón cubierto por el encaje. Lo rozó con el pulgar y lo rodeó con delicadeza, logrando que se retorciera de placer. Después lo atrapó entre el pulgar y el índice, y lo pellizcó a través del tejido, provocándole un intenso ramalazo de deseo. Gimió contra sus labios y puso fin al beso en un intento por tomar aire.

Christopher se inclinó hasta sus pechos y el roce de su aliento se coló por el encaje, templando la piel que ocultaba. Rozó con la lengua el enhiesto pezón, humedeciendo el tejido, pero la estimulante caricia les provocó una mezcla de frustración y placer. Beatrix apartó el camisón con manos temblorosas.

—Despacio —susurró él al tiempo que la lamía, si bien no en el lugar donde ella más lo deseaba.

Le acarició el pómulo y el mentón, y la aspereza de la barba le pareció terciopelo contra la palma de la mano. Intentó guiar sus labios hacia el lugar donde los quería, arrancándole a Christopher una suave carcajada mientras se resistía.

—Despacio —repitió, dejando un reguero de besos entre sus pechos.

—¿Por qué? —le preguntó, jadeante.

—Porque es mejor para los dos. —Le colocó la mano bajo un pecho y lo capturó con reverente ternura—. Sobre todo para ti. Aumentará el placer. Déjame demostrártelo, amor mío.

Mientras su lengua torturaba su piel no pudo evitar mover la cabeza, ansiosa.

—Christopher... —Le temblaba la voz—. Me encantaría...

—¿Qué?

Era muy egoísta, pero no pudo evitar confesárselo.

—Me encantaría ser la primera para ti.

Él la miró con una expresión que la derritió por completo antes de besarla con tierno ardor.

—Mi corazón te pertenece por entero —susurró—. Con las demás nunca hice el amor. Todo esto también es nuevo para mí.

Beatrix asimiló sus palabras mientras miraba esos relucientes ojos.

—Entonces, ¿es distinto cuando se está enamorado?

—Beatrix, amor mío, supera todo lo que he conocido hasta ahora. Incluso los sueños. —Deslizó una mano por la cadera, apartando el camisón para llegar a su piel.

Sus habilidosas caricias, unidas a la emoción del momento, le provocaron a Beatrix un nudo en el estómago.

—Eres mi razón para vivir —siguió él—. De no ser por ti, jamás habría vuelto.

—No digas eso. —La idea de que le pasara algo era insoportable.

—«Todo se ha reducido a la esperanza de estar contigo...» ¿Recuerdas cuando te lo escribí?

Beatrix asintió con la cabeza y se mordió el labio mientras su mano se colaba por debajo del encaje transparente.

—Lo escribí de todo corazón —murmuró—. Y habría escrito mucho más, pero no quería asustarte.

—Yo también quería escribir más —reconoció ella con voz trémula—. Quería compartir todos mis pensamientos contigo, quería... —Dejó la frase en el aire al jadear, puesto que Christopher acababa de encontrar un lugar muy vulnerable situado entre sus muslos.

—Estás tan caliente aquí abajo... —susurró al tiempo que la acariciaba—. Tan suave. Beatrix, me enamoré de ti por tus palabras. Pero admito que... que prefiero esta forma de comunicación.

Las sensaciones eran tan abrumadoras que Beatrix apenas podía hablar ni pensar.

—Sigue siendo una carta de amor —replicó, deslizando la mano sobre la piel dorada de su hombro—. Sólo que en la cama.

Christopher sonrió.

—En ese caso, me aseguraré de usar correctamente los signos de puntuación.

—Y nada de dejar las frases sin terminar —añadió, arrancándole una carcajada.

Sin embargo, los comentarios jocosos no tardaron en desaparecer mientras él la acariciaba, la seducía y la atormentaba. Eran demasiados estímulos en distintos lugares. Se retorció, abrumada por la creciente pasión. Christopher intentó calmarla al ver que estaba a las puertas del éxtasis, acariciándole las temblorosas piernas.

—Por favor —le suplicó ella, con la piel y el pelo mojados por el sudor—. Te necesito ahora mismo.

—No, amor mío. Espera un poco más. —Le acarició los muslos, dejando que los pulgares rozaran los húmedos pliegues de su sexo.

Y Beatrix descubrió que si había algo imposible en la vida,

era contener un orgasmo. Cuanto más la instaba Christopher a resistirse, más difícil le resultaba. Y el muy sinvergüenza lo sabía, ya que le susurró con un brillo burlón en los ojos:

—Todavía no. Es demasiado pronto. —Todo ello sin apartar los dedos de entre sus muslos y mientras le besaba un pecho.

El anhelo más desesperado se apoderó de su cuerpo.

—No te rindas —le dijo él, besando su estremecida piel—. Espera...

Beatrix se tensó entre jadeos, tratando de contener la oleada de placer. Sin embargo, Christopher capturó un pezón entre los labios, comenzó a chupárselo... y ésa fue su perdición. Arqueó el cuerpo hacia sus labios y hacia sus manos con un grito, y dejó que el éxtasis la consumiera. Los espasmos la sacudieron, y se agitó sobre el colchón gimiendo y con los ojos llenos de lágrimas.

Las manos de Christopher la reconfortaron mientras tanto. Besó una de sus lágrimas y con los ojos clavados en los suyos, le dijo:

—No pasa nada.

—No he podido evitarlo —protestó con voz apesadumbrada.

—Era imposible que lo hicieras —le aseguró con ternura—. Estaba torturándote. Tomándote el pelo.

—Pero quería prolongarlo más. Es nuestra noche de bodas y ya está todo hecho. —Guardó silencio un instante y añadió con tristeza—: Por lo menos mi parte.

Vio que él volvía la cara, pero no antes de que se percatara de que estaba conteniendo una carcajada. Cuando volvió a mirarla, tenía una sonrisilla en los labios.

—Podemos repetirlo —le aseguró, apartándole el pelo de la cara.

Beatrix guardó silencio mientras examinaba su estado. Estaba agotada. Exhausta.

—No sé yo —replicó—. No tengo fuerzas.

—Te prometo que lo repetiremos —dijo él con una nota risueña en la voz.

—Tardaremos mucho —repuso, todavía ceñuda.

Christopher la abrazó para besarla con ferocidad.

—Eso espero.

Una vez que los dos estuvieron desnudos, Christopher besó su saciado cuerpo por todos los sitios, degustándola a placer. Ella se estiró y arqueó la espalda, respirando de forma entrecortada. Atento a cada una de sus respuestas, siguió avivando el deseo como si fuera una llamita que tuviera que convertirse en una hoguera. Beatrix lo acariciaba de forma compulsiva, descubriendo las diferentes texturas de su piel, el áspero vello, los sedosos y acerados músculos, las cicatrices que ya le resultaban familiares.

Christopher la instó a colocarse de costado y le levantó la pierna, penetrándola desde atrás. Beatrix notó la certera invasión, que la llenó hasta un límite casi imposible. Era demasiado; sin embargo, deseaba más. Apoyó la cabeza en su brazo y gimió cuando él la besó en el cuello. Christopher la rodeaba por completo, la llenaba por completo. Sentía cómo su cuerpo se abría y se relajaba para amoldarse instintivamente a él.

Entre tanto, le murmuraba cosas al oído. Frases eróticas, halagos y palabras de amor. Le enumeró todo lo que quería hacer para darle placer. La colocó boca abajo con mucha delicadeza y le separó aún más los muslos al tiempo que deslizaba una mano bajo su cuerpo. Comenzó a acariciar su sexo con la palma, acompasando sus movimientos al ritmo de sus poderosas embestidas. Cada vez más rápidas, más hondas, más... implacables. Beatrix gimió y se aferró al cobertor, abrasada por las sensaciones.

Justo cuando estaba al borde de otro orgasmo, él se detuvo y la colocó de espaldas sobre el colchón. Le resultó imposible apartar la mirada de esos ojos que parecían plata líquida, nubarrones de tormenta iluminados por los relámpagos.

—Te quiero —le oyó decir mientras la penetraba, sorprendiéndola tanto que dio un respingo.

Lo rodeó con brazos y piernas, besó y mordisqueó el irresistible músculo de su hombro. Christopher gruñó mientras la aferraba por el trasero para levantarle las caderas. El ángulo hacía que sus cuerpos se frotaran aún más con cada movimiento, y la repetida fricción le provocó un clímax arrollador.

Christopher se hundió en ella y detuvo sus movimientos, disfrutando de los húmedos y poderosos espasmos del cuerpo de Beatrix, y gimiendo en las garras del orgasmo. Sin embargo, el deseo no se aplacó. El alivio físico provocó otro tipo de deseo. Deseaba compartir mucho más con ella. La colocó de costado sin salir de ella. A pesar de seguir unidos, seguía deseándola.

Al cabo de un buen rato abandonaron la cama para darse un festín con las delicias frías que les habían preparado. Pastel de ave, ensaladas, jugosas ciruelas y bizcocho bañado con licor de saúco. Todo regado con champán. Una vez que dieron buena cuenta de los manjares, regresaron a la cama con sendas copas de champán que Christopher usó para hacer un sinfín de escandalosos brindis. Beatrix procedió a besarlo en diversas partes del cuerpo con los labios fríos por el champán. Juguetearon, se hicieron reír a carcajadas, y después guardaron silencio mientras contemplaban cómo se consumían las velas.

—No quiero dormirme —murmuró ella—. Quiero que esta noche dure para siempre.

Sintió la sonrisa de Christopher contra la mejilla.

—No es necesario. Yo estoy muy ilusionado con las posibilidades que se presentan para mañana por la noche.

—En ese caso, me dormiré. Se me cierran los ojos solos.

—Buenas noches, señora Phelan —le dijo él, besándola.

—Buenas noches. —Sonrió adormilada mientras lo observaba levantarse para apagar las últimas velas.

Sin embargo, antes cogió un almohadón de la cama y lo arrojó a la alfombra junto con un cobertor.

—¿Qué haces?

Christopher la miró por encima del hombro con una ceja enarcada.

—Recordarás que te dije que no podemos dormir juntos.

—¿Ni siquiera en nuestra noche de bodas? —protestó.

—Estaré aquí al lado, amor mío.

—Pero estarás incómodo en el suelo.

—Beatrix —le dijo mientras se alejaba para apagar las velas—, comparado con algunos de los lugares donde he dormido, esto es un palacio. Estaré cómodo, de verdad.

Beatrix se arropó, contrariada, y se colocó de costado. La oscuridad se apoderó de la estancia mientras escuchaba cómo Christopher se acostaba. Con el oído aguzado para escuchar su respiración, se sumió poco a poco en el olvido del sueño... dejándolo lidiar solo con sus pesadillas.

25

Aunque, en opinión de Beatrix, Hampshire era el condado más bonito de Inglaterra, los Cotswolds casi la hicieron replanteárselo. La región, conocida como el corazón de Inglaterra, estaba formada por una cadena de montes bajos que se extendía por Gloucestershire y Oxfordshire. Sus pueblecitos de ensueño, sus preciosas casitas y las verdes colinas salpicadas por orondas ovejas la hechizaron. Puesto que la lana se había convertido en el motor de la industria más rentable de la región, cuyos beneficios se invertían en la mejora de las propiedades y en la reparación de las iglesias, vio más de una placa que rezaba: «Gracias a las ovejas.»

Para su deleite, los perros pastores gozaban de un estatus tan elevado como los rebaños. La actitud de los habitantes de la zona para con sus perros le recordó el dicho romaní que le había escuchado a Cam en una ocasión: «Para hacer que alguien se sienta bien recibido, también hay que ofrecerle la misma consideración a su perro.» En los Cotswolds, la gente llevaba a sus perros a todos los sitios, incluso a las iglesias, donde las bancas estaban marcadas allí donde ataban las correas.

Christopher la llevó a una casita con tejado de paja emplazada en la propiedad de lord Brackley. El vizconde, un antiguo amigo y pariente lejano de lord Annandale, les había

311

ofrecido el lugar por tiempo indefinido. La casita no estaba a la vista de Brackley Manor, ya que se alzaba al otro lado de un antiguo granero. Era una construcción preciosa con puertas de medio punto, tejado de paja a dos aguas y un buen número de clemátides de color rosa que florecían en los muros exteriores.

La estancia principal, con los maderos del techo a la vista, contaba con una chimenea, cómodos sillones y sillas, y ventanas emplomadas orientadas a un jardín trasero. *Albert* no tardó en subir para investigar las estancias de la planta alta, mientras que un par de criados trasladaban los baúles y las bolsas de viaje.

—¿Te gusta? —preguntó Christopher con una sonrisa al ver el entusiasmo de Beatrix.

—¿Cómo no va a gustarme? —le preguntó ella a su vez mientras giraba lentamente para verlo todo.

—Es un sitio muy humilde para una luna de miel —comentó, y sonrió cuando Beatrix se abalanzó hacia él para abrazarlo—. Podría haberte llevado a cualquier lugar... París, Florencia...

—Como ya te dije en su momento, quiero un sitio acogedor y tranquilo —replicó, dejándole una lluvia de besos en la cara—. Libros, vino, largos paseos... y tú. Es el lugar más maravilloso del mundo. Ya me entristece tener que dejarlo.

Christopher rio entre dientes e intentó capturar sus labios.

—Faltan dos semanas para que tengamos que dejarlo —le recordó. Una vez que consiguió atrapar sus labios, le dio un beso largo y ardiente que la derritió por completo y le arrancó un suspiro.

—¿Cómo es posible comparar la vida ordinaria con esto?

—La vida ordinaria es igual de maravillosa —susurró él—. Siempre y cuando tú estés en ella.

Por insistencia de Christopher, Beatrix ocupó uno de los dos dormitorios de la planta alta, separado del suyo por una delgada pared de madera y yeso. Sabía que le molestaba no poder compartir dormitorio con él, pero seguía durmiendo muy mal, con frecuentes pesadillas y no quería correr riesgos.

Incluso en un lugar como ése, inmerso en una felicidad sin límites, sufría noches terribles. Se despertaba sobresaltado tras soñar con sangre y balas, con rostros demudados por el dolor, y se descubría buscando una pistola, una espada, alguna arma con la que defenderse. Si las pesadillas eran especialmente aterradoras, *Albert* se subía a los pies de la cama y le hacía compañía. Al igual que hiciera durante la guerra, lo velaba mientras dormía, preparado para avisarlo si se acercaba el enemigo.

Sin embargo, por pésimas que fueran las noches, los días eran extraordinarios... placenteros, tranquilos y tan reconfortantes que le provocaban un bienestar desconocido desde hacía años. Había algo en la luz de esa región, una suave iridiscencia que cubría con un halo las colinas y las tierras de labor. Las mañanas solían ser soleadas, pero el cielo se encapotaba a medida que pasaban las horas. A última hora de la tarde, la lluvia mojaba las coloridas hojas otoñales, otorgándoles un brillo acaramelado, y esparcía por doquier el olor a tierra mojada.

No tardaron en sumirse en una agradable monotonía. Un desayuno sencillo, seguido de un paseo con *Albert* y después una visita al mercado del pueblo, con sus tiendas y sus obradores, o una escapada para explorar antiguas ruinas y monumentos. Era imposible caminar a buen ritmo con Beatrix. Se detenía constantemente para admirar telarañas, insectos, musgos o nidos. Escuchaba los ruidos del bosque con la misma atención que otros demostraban por Mozart. Todo era una sinfonía para ella: el cielo, el agua, la tierra. Cada nuevo día se enfrentaba al mundo como si no lo conociera, y vivía el presente en plenitud, siguiendo el ritmo de todo lo que sucedía a su alrededor.

Una noche aceptaron la invitación a cenar de los vizcondes de Brackley. No obstante, lo normal era que se recluyeran en la casita a solas, interrumpidos tan sólo por la llegada de los criados de la mansión, que les llevaban la comida y la ropa blanca limpia. Más de una noche la dedicaron a hacer el amor frente al fuego o en la cama. Cuanto más lo hacían, más la deseaba.

Sin embargo, estaba decidido a mantenerla alejada de su faceta más siniestra, de los recuerdos que no podía olvidar. Beatrix se mostraba muy paciente cuando se producían abruptos silencios en sus conversaciones, o cuando una de sus preguntas se acercaba demasiado al terreno peligroso. También era muy tolerante con sus episodios de mal humor. Y el hecho de que tuviera que acostumbrarse a la complejidad de su carácter lo avergonzaba muchísimo.

En ciertos momentos, el sutil interrogatorio al que lo sometía le resultaba irritante, y en vez de contestarle de mala manera, se sumía en un silencio distante. Además, el dormir en habitaciones separadas era una fuente frecuente de tensión. Beatrix parecía no aceptar el hecho de que no quería a nadie a su lado mientras dormía. No sólo por sus pesadillas, sino porque era literalmente incapaz de dormirse con alguien al lado. Se despertaba al menor roce, al menor sonido. Cada noche era una lucha continua.

—Al menos, duerme una siesta conmigo —le insistió una tarde—. Una siestecilla de nada. Será estupendo. Ya lo verás. Te acuestas a mi lado y...

—Beatrix —la interrumpió, conteniendo la exasperación a duras penas—, no me agobies. No vas a conseguir nada salvo volverme loco.

—Lo siento —se disculpó, vencida—. Sólo quiero estar cerca de ti.

Christopher la entendía. Pero la sencilla cercanía que deseaba siempre sería un imposible para él. De modo que la compensaba en cualquier otro aspecto.

El deseo que sentía por ella era tan profundo que parecía llevarlo en la sangre, en la médula de los huesos. Sin embargo, no entendía la razón para que se hubiera producido semejante alquimia. Claro que ¿qué importaban las razones? Se podía coger el amor para examinar cada filamento de la atracción y, sin embargo, jamás se lograría entenderlo del todo.

El amor era el amor, y punto.

A su regreso a Stony Cross, Christopher y Beatrix descubrieron que en Phelan House reinaba el desorden. Los criados seguían tratando de acostumbrarse a los nuevos inquilinos de la casa y el establo, entre los que se incluían la gata, el erizo, la cabra, pájaros, conejos, la mula y demás. No obstante, el motivo principal del desorden era la necesidad de cerrar la mayor parte de las estancias de la mansión y de preparar lo necesario para la mudanza a Riverton.

Audrey y la madre de Christopher no tenían pensado residir en Phelan House. Audrey prefería marcharse a Londres para estar con su familia, que la colmaba de amor y de atenciones. La señora Phelan había decidido quedarse en Hertfordshire con su hermano y la familia de éste. Los criados que no quisieran o no pudieran marcharse de Stony Cross, permanecerían en la propiedad para cuidar la mansión y los terrenos.

La señora Clocker le dio a Christopher un informe detallado de todo lo que había acontecido durante su ausencia.

—Han llegado más regalos de boda, algunos objetos de plata y cristal preciosos, que he colocado en la mesa grande de la biblioteca junto con sus respectivas tarjetas. Y, señor... un oficial del ejército ha venido a verlo. Ninguno de los que fueron invitados a su boda, otro. Dejó su tarjeta y dijo que volvería pronto.

Christopher recibió las noticias sin inmutarse, aparentemente.

—¿Su nombre? —preguntó en voz baja.

—Es el coronel Fenwick.

Se mantuvo en silencio al escucharlo. Sin embargo, Beatrix, que estaba a su lado, se percató del movimiento involuntario de sus dedos y del rápido pestañeo, apenas perceptible.

—Gracias, señora Clocker —dijo a la postre Christopher, serio y distante, mientras asentía con la cabeza.

—De nada, señor.

Y sin decirle ni una sola palabra a Beatrix, abandonó el salón en dirección a la biblioteca. Ella lo siguió de inmediato.

—Christopher...

—Ahora no.

—¿Qué querrá el coronel Fenwick?

—¿Cómo quieres que lo sepa? —replicó con voz cortante.

—¿Crees que tendrá algo que ver con la Cruz Victoria?

Christopher se detuvo y se volvió para enfrentarla con tal rapidez y agresividad que Beatrix se paró en seco. Sus ojos tenían una expresión acerada. Comprendió que sufría uno de los arrebatos de furia que aparecían cuando sus nervios sufrían un impacto que los llevaba al límite. La simple mención del nombre del oficial lo había trastornado. No obstante, lo vio inspirar hondo unas cuantas veces en un intento por controlar sus furiosas emociones, cosa que lo honraba.

—No puedo hablar ahora —murmuró—. Necesito tomarme un respiro, Beatrix —añadió, y se alejó después de dar media vuelta.

—¿De mí? —precisó ella, que lo miraba con el ceño fruncido.

La frialdad se instaló entre ellos durante el resto del día. Christopher no habló durante la cena salvo para contestar sus preguntas con monosílabos, lo que la dejó alicaída y despechada. En la familia Hathaway, siempre había alguien con quien hablar cuando se producía un problema de esa índole.

Sin embargo, ya que estaba recién casada y no tenía hijos, si discutía con su marido, se encontraba sola y aislada. ¿Debería disculparse con él? No. Una parte de sí misma rechazaba esa idea. No había hecho nada malo, sólo le había formulado una pregunta.

Justo antes de que llegara la hora de irse a la cama, recordó un consejo de Amelia: «Nunca te acuestes enfadada con tu marido.» De modo que, en camisón y bata, recorrió la casa hasta dar con él. Estaba en la biblioteca, sentado junto al fuego.

—No es justo —le dijo desde el vano de la puerta.

Christopher la miró. La luz del fuego teñía su cara de rojo y amarillo, y le arrancaba destellos ambarinos a su pelo. Tenía las manos unidas sobre el regazo. *Albert* estaba en el suelo, junto al sillón, con el hocico sobre las patas.

—¿Qué he hecho? —siguió—. ¿Por qué no me hablas?

Su marido lucía una expresión imperturbable.

—Te he hablado.

—Sí, como lo haría un desconocido. Sin rastro de afecto.

—Beatrix —le dijo con una nota cansada en la voz—, lo siento. Vete a la cama. Todo volverá a la normalidad mañana, después de que vaya a ver a Fenwick.

—Pero ¿qué he hecho...?

—No tiene nada que ver contigo. Déjame solucionar esto a solas.

—¿Por qué me alejas de ti? ¿Es que no confías en mí?

La expresión de Christopher se suavizó. La miró con algo parecido a la compasión. Se puso en pie y se acercó a ella despacio. Su cuerpo quedó recortado contra el fuego, que al estar a su espalda lo sumió en la oscuridad. Beatrix apoyó la espalda en la jamba de la puerta, con el corazón acelerado mientras lo veía acercarse.

—Fui un egoísta al casarme contigo —lo oyó decir—. Sabía que no te sería fácil conformarte con lo que puedo darte sin pedirme más. Pero te lo advertí. —Sus ojos la recorrieron por entero. Se apoyó con una mano en la jamba mientras la otra se acercaba a la parte delantera de su bata, allí donde asomaba la puntilla de encaje del camisón. Sus dedos juguetearon con el encaje al tiempo que inclinaba la cabeza hacia ella—. ¿Quieres que te haga el amor? —le preguntó en voz baja—. ¿Bastará con eso?

Beatrix sabía que la estaba aplacando. Le estaba ofreciendo una retribución sexual en vez de una comunicación real. Como remedio paliativo no podía negar que era estupendo. Sin embargo, aunque su cuerpo respondió de inmediato a su cercanía, reaccionando a su olor y a la promesa sensual de sus caricias, su mente protestó. No quería que le hiciera el amor como simple medida de diversión. Quería ser su esposa, no un juguete.

—¿Dormirás después conmigo en mi cama? —le preguntó con obstinación—. ¿Te quedarás conmigo hasta mañana por la mañana?

Christopher detuvo el movimiento de sus dedos.

—No.

Se alejó de él, ceñuda.

—En ese caso, me iré a la cama sola. —Y mientras se alejaba añadió, cediendo momentáneamente a la frustración—: Como todas las noches.

26

—Estoy enfadada con Christopher —le dijo Beatrix a Amelia por la tarde, mientras paseaban del brazo por los senderos de gravilla que discurrían por la parte trasera de Ramsay House—. Y antes de que te lo cuente, quiero dejarte claro que sólo hay un punto de vista razonable: el mío.

—¡Vaya por Dios! —exclamó Amelia, solidarizándose con ella—. Es normal enfadarse con el marido de vez en cuando. Cuéntame tu punto de vista, que te daré la razón sin vacilar.

Beatrix empezó explicándole el detalle de la tarjeta de visita que había dejado el coronel Fenwick y el posterior comportamiento de Christopher.

Amelia la miró con una sonrisa torcida.

—Creo que ése es el problema del que tanto te habló Christopher.

—Cierto —admitió—. Aunque saberlo de antemano no hace que sea más fácil lidiar con él. Lo quiero con locura. Pero reconozco los momentos en los que se enfrenta a ciertos pensamientos que lo asaltan de repente o a ciertos actos reflejos que intenta reprimir. Y se niega a hablar del tema conmigo. He conquistado su corazón, pero es como poseer una casa cuyas puertas están cerradas con llave a todas horas. Quiere protegerme de cualquier inconveniente. Y eso no es un matrimonio de verdad. No es como el tuyo con Cam... No tendremos un matrimonio de verdad a menos que esté dispuesto a compartir lo peor de él de la misma manera que comparte lo mejor.

—Los hombres no se exponen de esa manera —dijo Amelia—. Tienes que ser paciente —añadió con voz cansada y una sonrisa torcida—. Pero, cariño, te aseguro que nadie es capaz de compartir sólo lo mejor de sí mismo.

Beatrix la miró con expresión pensativa.

—Estoy segura de que un día de éstos lo forzaré a cometer una locura. No dejo de presionarlo, de inmiscuirme, pero él se resiste, y me temo que al final conseguirá sentar las bases de nuestro matrimonio para el resto de nuestras vidas.

Amelia la miró con cariño.

—Ningún matrimonio sigue el mismo patrón eternamente. Eso es lo mejor del matrimonio, y también lo peor, pero es inevitable que cambie. Espera a que se te presente la oportunidad, cariño. Te prometo que llegará.

Después de que Beatrix saliera para pasar un rato con su hermana, Christopher sopesó a regañadientes la cuestión de hacerle una visita al teniente coronel William Fenwick. No había visto a ese malnacido desde que lo enviaron de vuelta a Inglaterra a fin de que se recuperara de las heridas recibidas en Inkerman. Por decirlo de alguna manera suave, no se habían separado como amigos.

Fenwick no había disimulado el resentimiento que albergaba hacia él por el hecho de haberse llevado toda la atención y los honores de los que se creía merecedor. Por más que sus compañeros odiaran a Fenwick, todos estaban de acuerdo en algo: había nacido para la gloria militar. Era un experto jinete, su valor era incuestionable y se mostraba agresivo en combate. Su ambición siempre fue la de distinguirse en el campo de batalla y conseguir así un puesto en el panteón de los héroes de guerra británicos.

El hecho de que fuera Christopher quien le salvara la vida fue especialmente irritante para Fenwick. Estaba seguro de que no se equivocaba al pensar que el coronel habría preferido morir en el campo de batalla antes que verlo recibir una medalla por salvarlo.

Christopher no tenía ni idea de lo que Fenwick quería decirle. Seguramente se había enterado de que le habían concedido la Cruz Victoria y había ido para ventilar su ira. Si eso era lo que buscaba, estupendo. Dejaría que se desahogara y después se aseguraría de que se marchaba de Hampshire. En el dorso de la tarjeta de visita de Fenwick había una dirección escrita. Al parecer, se alojaba en una posada de la zona. No le quedaba más remedio que ir a verlo. Ni por todo el oro del mundo dejaría que Fenwick entrara en su casa o se acercara a Beatrix.

El cielo vespertino estaba salpicado de nubes grises, azotadas por el viento, los caminos estaban cubiertos de hojas secas y ramas caídas. Las nubes ocultaban el sol, tiñendo el paisaje con una luz azulada. La fría humedad se había asentado en Hampshire a medida que el invierno iba reemplazando al otoño. Christopher enfiló el camino principal que discurría junto al bosque. Su purasangre ardía en deseos de galopar, alentado por el buen tiempo. El viento azotaba las copas de los árboles, silbando y gimiendo cual fantasma que flotara entre las ramas.

Tuvo la sensación de que alguien lo seguía. De hecho, llegó a mirar por encima del hombro, casi temiendo encontrarse con la muerte o con el diablo. Era el tipo de pensamiento lúgubre que lo había acosado sin tregua desde que acabara la guerra. Pero en menor medida de un tiempo a esa parte.

Todo gracias a Beatrix.

De repente, sintió una punzada en el pecho, el anhelo de ir a donde ella estuviera, de encontrarla y de abrazarla con fuerza. La noche anterior le había resultado imposible hablar con ella. Ese día, en cambio, creía que le sería más fácil. Haría cualquier cosa, intentaría cualquier cosa, con tal de ser el marido que ella necesitaba. Claro que no lo conseguiría de un plumazo. Pero Beatrix era paciente, y clemente, y, ¡que Dios lo ayudara!, la quería más por esas cualidades. Pensar en su esposa lo ayudó a calmarse cuando llegó a la posada. El pueblo estaba tranquilo y las puertas de las tiendas estaban cerradas para combatir el frío y la humedad de noviembre.

La posada de Stony Cross era cómoda y familiar, olía a cerveza y a comida, y las paredes estucadas eran de un oscuro color miel. El posadero, el señor Palfreyman, lo conocía desde que era niño. Le ofreció una cálida bienvenida, le hizo un par de bromas acerca de la luna de miel y le comunicó enseguida la habitación que ocupaba Fenwick. A los pocos minutos, Christopher estaba llamando a la puerta y esperaba tenso a que le abrieran.

Cuando la puerta se abrió, la parte inferior rozó una zona más elevada del suelo.

Se llevó una enorme impresión al ver al teniente coronel William Fenwick vestido con ropa de civil, ya que siempre lo había visto con el uniforme rojo y dorado de la caballería. Su cara era la misma de siempre, salvo por la extrema palidez, típica de alguien que pasaba demasiado tiempo encerrado, que resultaba extraña en un hombre tan obsesionado con la hípica.

Christopher no tenía deseos de acercarse a él.

—Coronel Fenwick —dijo, y tuvo que contener el saludo militar. En cambio, extendió un brazo para estrecharle la mano. Su tacto, húmedo y frío, le provocó un escalofrío.

—Phelan. —Fenwick se apartó con torpeza—. Entre.

Christopher titubeó.

—En la planta baja hay dos saloncitos además de la taberna.

Fenwick esbozó una sonrisa torcida.

—Por desgracia, me aquejan viejas heridas. Las escaleras

son un inconveniente. Si no le importa, me gustaría que nos quedáramos aquí. —Su expresión era lastimera, casi contrita.

Christopher se relajó un tanto y entró en la habitación.

Al igual que el resto de los dormitorios, era una estancia amplia y limpia, aunque escasamente amueblada. Observó a Fenwick mientras se sentaba en uno de los sillones, y se percató de que no se movía bien, de que tenía una pierna bastante rígida.

—Siéntese, por favor —dijo Fenwick—. Gracias por venir a la posada. Habría ido de nuevo a su casa, pero me alegro de poder ahorrarme el esfuerzo. —Se señaló la pierna—. El dolor ha empeorado de un tiempo a esta parte. Me dijeron que fue un milagro que pudiera conservar la pierna, pero no sé si habría sido mejor que me la amputaran.

Guardó silencio a la espera de que Fenwick le explicara por qué estaba en Hampshire. Cuando le resultó evidente que no tenía prisa para abordar la cuestión, le soltó:

—Ha venido porque quiere algo.

—Ya no es tan paciente como antes —comentó el coronel, con expresión burlona—. ¿Qué ha sido del francotirador afamado por su capacidad para la espera?

—La guerra ha terminado. Y ahora tengo mejores cosas que hacer.

—Sin duda alguna, relacionadas con su flamante esposa. Tengo entendido que hay que felicitarlo. Dígame, ¿qué clase de mujer ha conseguido atrapar al soldado más condecorado de toda Inglaterra?

—La clase de mujer a quien no le importan las medallas ni las condecoraciones.

Fenwick le lanzó una mirada incrédula antes de preguntarle:

—¿Cómo es posible? Por supuesto que le importan esas cosas. Se ha convertido en la esposa de un inmortal.

Christopher lo miró sin comprender.

—¿Cómo?

—Lo recordarán durante décadas —contestó Fenwick—. Tal vez siglos. No me diga que eso no le importa.

Meneó la cabeza sin apartar la vista del coronel.

—Mi familia se enorgullece de tener una larga y afamada tradición militar —continuó Fenwick—. Sabía que yo llegaría más lejos que nadie y que me recordarían más que a nadie. Nadie recuerda a los antepasados que llevan vidas insignificantes, cuyo principal papel ha sido el de ser maridos y padres, el de maestros benevolentes o amigos fieles. Nadie piensa en esos don nadie. Pero los guerreros son reverenciados. Jamás se los olvida. —La amargura desfiguró su cara—. Una medalla como la Cruz Victoria... eso es lo que siempre he deseado.

—¿Treinta gramos de bronce labrado? —replicó con escepticismo.

—No me hable en ese tono desdeñoso, imbécil. —Por raro que pareciera, y pese al veneno que destilaban sus palabras, Fenwick estaba tranquilo y controlado—. Desde el principio supe que no era más que un gallito sin dos dedos de frente. Un petimetre con uniforme. Pero resultó que tenía una habilidad muy conveniente: sabía disparar. Y entró en los fusileros, donde de alguna manera se convirtió en soldado. Cuando leí los primeros informes, creía que se trataba de otro Phelan. Porque el Phelan de esos documentos era un guerrero y yo sabía que usted no tenía lo necesario para serlo.

—En Inkerman demostré que se equivocaba —le recordó en voz baja.

La pulla le arrancó una sonrisa a Fenwick, el tipo de sonrisa que esbozaría un hombre que miraba la vida desde la distancia y veía la gran ironía que encerraba.

—Sí, me salvó, y ahora va a recibir el mayor honor nacional por ese motivo.

—No lo quiero.

—Y eso empeora las cosas. A mí me mandaron de vuelta a

casa mientras que a usted lo proclamaron un héroe y se quedó con todo lo que debió ser mío. Recordarán su nombre, y a usted ni siquiera le importa. Si yo hubiera muerto en el campo de batalla, al menos habría tenido algo. Pero también me arrebató eso. Y traicionó a su mejor amigo en el proceso. Un amigo que confiaba en usted. Abandonó al teniente Bennett para que muriera solo. —Mientras hablaba, observaba a Christopher con atención en busca de algún rastro de emoción en su cara.

—Si tuviera que elegir de nuevo, haría lo mismo —le aseguró con sequedad.

Fenwick se quedó de piedra.

—¿Cree que lo saqué del campo de batalla pensando en usted o pensando en lo que podría reportarme a mí? —preguntó Christopher—. ¿Cree que me importaba lo que pudiera pasarle o que acabaran concediéndome una puñetera medalla?

—¿Y por qué lo hizo entonces?

—Porque Mark Bennett se estaba muriendo —contestó con voz desgarrada—. Y a usted le quedaba suficiente vida como para ponerlo a salvo. En medio de esa masacre, alguien tenía que sobrevivir. Y si era usted, que así fuera.

Se hizo un largo silencio durante el cual Fenwick intentó asimilar sus palabras. Después, lo miró de tal manera que Christopher sintió un escalofrío en la nuca.

—La herida de Bennett no era tan grave como debió de parecerle —dijo el coronel—. No era mortal.

Lo miró sin comprender. Meneó la cabeza sin apartar la vista de él, instándolo a que se explicara.

—Un par de húsares rusos encontraron a Bennett y lo hicieron prisionero. Uno de sus cirujanos le trató las heridas y lo mandaron a un campo de prisioneros en el interior. Padeció fatigas, hambre y el azote de los elementos, y más adelante tuvo que realizar trabajos forzados. Consiguió escapar después de varios intentos de fuga fallidos. Llegó hasta territorio aliado y regresó a Londres hace cosa de dos semanas.

Christopher se negaba a creer lo que estaba escuchando. ¿Sería verdad?

«Tranquilo... tranquilo...», se dijo, aunque tenía la cabeza hecha un lío. Tensó todo el cuerpo para contener los temblores que amenazaban con asaltarlo. Si se echaba a temblar en ese momento, sería incapaz de detenerse.

—¿Por qué no incluyeron a Bennett en el intercambio de prisioneros que se produjo después de la guerra? —se oyó preguntar.

—Parece que sus captores querían negociar un rescate por una cantidad específica de dinero, provisiones y armas. Creo que el teniente admitió bajo tortura que era el heredero del imperio naviero de los Bennett. En cualquier caso, las negociaciones fueron muy complicadas y se mantuvieron en secreto. Sólo estaban al tanto las más altas instancias del Ministerio de la Guerra.

—¡Malnacidos! —masculló Christopher, furioso y angustiado—. Lo habría rescatado de haberlo sabido...

—No me cabe la menor duda de que lo habría hecho —comentó Fenwick con sequedad—. No obstante, y por mucho que cueste creérselo, el asunto se resolvió sin su heroica contribución.

—¿Dónde está Bennett ahora? ¿Cómo se encuentra?

—Por eso he venido a verlo. Para ponerlo sobre aviso. Y después de esto, ya no estaré en deuda con usted, ¿entendido?

Christopher se puso en pie con los puños apretados.

—¿Ponerme sobre aviso?

—El teniente Bennett no está en sus cabales. El médico que lo acompañaba en el barco de vuelta a Inglaterra recomendó que lo encerraran en un asilo para locos. Por eso no se ha informado de su regreso en los periódicos. Su familia desea mantener este asunto en la más estricta privacidad. Bennett fue trasladado a Buckinghamshire, donde lo esperaba su familia, pero al poco tiempo desapareció sin dejar rastro. No se sabe dónde está. Quería ponerlo sobre aviso porque, según sus familiares, el teniente lo culpa a usted de sus sufrimientos. Creen que quiere matarlo. —Sus labios esbozaron una sonrisa fría y tensa, como una grieta en una capa de hielo—. ¡Qué ironía! Va a recibir una medalla por salvar a un hombre que lo desprecia, pero seguramente acabe muerto a manos del hombre a quien debió salvar. Phelan, será mejor que lo encuentre antes de que él lo encuentre a usted.

Christopher salió dando tumbos de la habitación y recorrió el pasillo a grandes zancadas. ¿Sería verdad? ¿Sería algún tipo de tortura mental ideada por Fenwick, o era cierto que Mark Bennett había enloquecido? Y en el caso de que fuera cierto, ¿qué penalidades habría sufrido? Intentó reconciliar el recuerdo del intrépido y chistoso Bennett con la imagen del hombre que Fenwick había descrito. Le fue imposible.

¡Maldita fuera su estampa! Si Bennett lo estaba buscando, sería muy fácil encontrarlo en Phelan House.

Lo asaltó un nuevo temor, un miedo más abrumador que cualquier otro que hubiera experimentado jamás. Tenía que asegurarse de que Beatrix estaba a salvo. Nada en el mundo era más importante que protegerla. Bajó la escalera con el corazón en la garganta mientras sus pasos resonaban como el eco de las sílabas de su nombre.

El señor Palfreyman se encontraba cerca de la entrada de la posada.

—¿Un pichel de cerveza antes de irse? —lo invitó—. Siempre gratis para el mayor héroe de toda Inglaterra.

—No, me voy a casa.

Palfreyman hizo ademán de detenerlo y lo miró con expresión preocupada.

—Capitán Phelan, hay una mesa libre en la taberna... siéntese conmigo un ratito. Parece un poco descompuesto. Le traeré una buena copa de brandi o de ron. Para coger fuerzas, ¿le parece?

Christopher negó con la cabeza.

—No tengo tiempo.

No tenía tiempo. Para nada. Salió corriendo de la posada. El día estaba más oscuro, más frío, que al entrar. El cielo del atardecer estaba teñido por un color rojizo de pesadilla que parecía amenazar con tragarse el mundo.

Puso rumbo a Phelan House mientras en sus oídos resonaban los gritos aterradores de los hombres caídos en batalla, los sonidos de su dolor, de sus súplicas y de su agonía. Bennett, vivo... ¿cómo era posible? Había visto la herida en su pecho. Había visto muchas heridas similares como para saber que la muerte era inevitable. Pero si había sucedido un milagro...

Estaba cerca de la casa cuando vio a *Albert* salir del bosque, seguido por la esbelta figura de Beatrix. Volvía de Ramsay House. Una fuerte ráfaga de viento le agitó la capa de color vino tinto y le arrancó el sombrero de la cabeza. Beatrix se echó a reír cuando el perro empezó a perseguirlo. Al verlo en el camino, lo saludó con una mano.

El alivio fue abrumador. El pánico remitió. La oscuridad comenzó a retroceder.

«Gracias, Dios mío», pensó.

Beatrix estaba allí, sana y salva. Su lugar estaba a su lado. Era preciosa y apasionada, y pasaría el resto de su vida cuidándola. Quisiera lo que quisiera de él, cualquier palabra o recuerdo que le pidiera, se lo daría. En ese momento, casi le parecía sencillo... porque la intensidad del amor que sentía por ella le allanaba todos los caminos.

Christopher hizo que el caballo fuera al paso.

—Beatrix. —Su voz se la llevó el viento.

Ella seguía riendo con el pelo revuelto por el aire, esperando que llegara a su lado.

En ese momento notó un repentino e intenso dolor en la cabeza. Al cabo de un instante escuchó el disparo de un fusil. Un sonido muy familiar, que llevaba grabado en la memoria.

Disparos y el silbido de las granadas, explosiones, hombres gritando, los relinchos aterrados de los caballos...

Alguien lo había tirado del caballo. Se vio caer muy despacio y el mundo se convirtió en un caos de imágenes y sonidos. El cielo y la tierra cambiaron de posición. ¿Caía al suelo o al cielo? Cayó con fuerza sobre una superficie dura y se quedó sin aliento, sintiendo el cálido reguero de sangre que le corría por la sien hacia la oreja.

Otra pesadilla. Tenía que despertar, tenía que recuperar el sentido. Pero, por extraño que pareciera, Beatrix lo acompañaba en la pesadilla y lloraba mientras corría hacia él. *Albert* llegó hasta él ladrando como un poseso.

Sus pulmones se afanaban por llenarse de aire y su corazón latía con el ritmo frenético de un pez al que acabaran de sacar del agua. Beatrix se puso de rodillas a su lado, formando con sus faldas un nido azul, antes de colocarse la cabeza en el regazo.

—Christopher... déjame... ¡Dios mío!

Albert se puso a ladrar y a gruñir al percatarse de que alguien se acercaba. Tras una breve pausa, sus feroces ladridos se mezclaron con agudos gemidos.

Christopher consiguió sentarse y usó la manga del abrigo para limpiarse la sangre que le caía por la sien. Parpadeó con fuerza y vio la esquelética y desgarbada figura de un hombre que se detuvo a escasos metros de ellos. Un hombre armado.

Su cerebro analizó dicha arma de inmediato: un revólver de avancarga, de cinco disparos. Un arma reglamentaria del ejército británico.

Supo de quién se trataba antes siquiera de mirar su rostro macilento.

—Bennett.

27

El instinto hizo que Beatrix intentara interponerse entre su marido y el desconocido, pero Christopher la colocó detrás de él al punto. Jadeando por el miedo y la impresión, miró por encima de su hombro.

El hombre no iba de uniforme y la ropa le colgaba, dado que estaba casi esquelético. Era alto y debía de haber sido corpulento, pero parecía llevar meses sin comer ni dormir. Necesitaba un buen corte de pelo, ya que lo llevaba desgreñado y largo. Los miraba con la expresión desquiciada de un loco. No obstante, saltaba a la vista que en el pasado fue un hombre guapo. En ese momento se mantenía en pie a duras penas. Un hombre joven, con cara de anciano y mirada atormentada.

—He regresado de entre los muertos —dijo Bennett con voz ronca—. Ni siquiera te pasó por la cabeza que lo lograra, ¿verdad?

—Bennett... Mark —dijo Christopher, y Beatrix se percató de los temblores apenas perceptibles que sacudían su cuerpo—. Nunca supe lo que te pasó.

—No. —El revólver temblaba en la mano de Bennett—. Estabas muy ocupado salvando a Fenwick.

—Bennett, baja la puñetera pistola. Te aseguro... Tranquilo, *Albert*. Te aseguro que dejarte atrás me costó la misma vida.

—Pero me dejaste. Y he pasado un infierno desde entonces. Mientras tú te convertías en el héroe de Inglaterra, yo me pudría y me moría de hambre. Traidor. Malnacido... —Lo apuntó al pecho.

Beatrix jadeó y se escondió detrás de Christopher.

—Primero tenía que salvar a Fenwick —dijo él con frialdad, si bien tenía el corazón desbocado—. No me quedaba otra opción.

—¡Y un cuerno! Querías la gloria de salvar a un oficial de mayor rango.

—Pensaba que estabas al borde de la muerte. Y si hubieran capturado a Fenwick, le habrían sonsacado todo tipo de información letal para nosotros en manos enemigas.

—En ese caso, deberías haberle disparado y sacarme a mí de allí.

—¿¡Has perdido el puñetero juicio!? —le soltó Christopher. Una pregunta que tal vez no fuera muy oportuna dado el estado en el que Bennett se encontraba—. ¿Matar a un soldado indefenso a sangre fría? De ninguna de las maneras. Ni siquiera a Fenwick. Si quieres dispararme por ese motivo, adelante, maldita sea tu estampa. Pero como le hagas daño a mi mujer, te llevaré al infierno conmigo. O si le haces daño a *Albert*. Lo hirieron mientras te defendía.

—*Albert* no estuvo allí.

—Lo dejé a tu lado. Cuando volví a por ti, estaba sangrando por una herida de bayoneta y tenía una oreja prácticamente colgando. Tú habías desaparecido.

Bennett parpadeó y lo miró con un atisbo de incertidumbre. Su mirada se posó sobre *Albert*. Beatrix se sorprendió al verlo acuclillarse para hacerle un gesto al perro.

—Ven aquí, chico.

Albert no se movió.

—Sabe lo que es una pistola —señaló Christopher con sequedad—. No se acercará a ti a menos que la sueltes.

Bennett titubeó. Sin embargo, acabó soltando el arma en el suelo.

—Ven aquí —le dijo al animal, que gimió, confundido.

—Vamos, chico —lo animó Christopher en voz baja.

Albert se acercó a Bennett con recelo, meneando el rabo. Bennett le frotó la peluda cabeza y le acarició el cuello. *Albert* le lamió la mano entre jadeos.

Beatrix, que a esas alturas se había apoyado en la espalda de Christopher, notó cómo éste se relajaba.

—*Albert* estuvo conmigo —dijo Bennett con una voz muy distinta—. Recuerdo que me lamía la cara.

—¿Crees que lo habría dejado contigo si no hubiera tenido intención de regresar? —le preguntó.

—Da igual. Si la situación hubiera sido inversa, yo habría matado a Fenwick para salvarte.

—No, no lo habrías hecho.

—Sí —porfió Bennett—. No soy como tú, un hijo de puta honorable. —Se sentó en el suelo y enterró la cara en el pelo áspero de *Albert*—. Al menos deberías haberme rematado en vez de dejar que me capturaran —añadió con la voz amortiguada.

—Pero no lo hice. Y has sobrevivido.

—El precio ha sido demasiado grande. No sabes lo que he pasado. No puedo vivir llevando ese peso encima. —Soltó a *Albert* y su atormentada mirada se clavó en el arma que descansaba en el suelo, a su lado.

Antes de que pudiera alcanzarla, Beatrix dijo:

—Tráemelo, *Albert*. —El perro cogió el revólver al instante y se lo entregó—. Muy bien. —Le quitó el arma con mucho cuidado mientras le daba unas palmaditas en la cabeza.

Bennett dobló las piernas, se las abrazó y enterró la cara en las rodillas. Una postura de derrota absoluta que ella conocía muy bien. Lo escuchó pronunciar una retahíla de palabras incomprensibles.

Christopher se acercó y se arrodilló a su lado para pasarle un brazo por la espalda.

—Escúchame. No estás solo. Estás entre amigos. Maldita sea, Bennett, ven con nosotros a casa. Cuéntame el infierno que has sufrido. Te escucharé. Y después descubriremos el modo de que sigas viviendo. Entonces no pude ayudarte. Déjame intentarlo ahora.

Volvieron con Bennett a casa, donde se desplomó por el agotamiento, el hambre y la crisis nerviosa. La señora Clocker se hizo cargo de la situación antes incluso de que Christopher pudiera decirle qué tenía que hacer, de modo que comenzó a impartir órdenes a los criados. Todos estaban acostumbrados a atender a un enfermo. Prepararon un baño, un dormitorio y una bandeja con comida blanda y nutritiva. Una vez que Bennett estuvo acostado, la señora Clocker le dio un tónico con una dosis de láudano.

Christopher se acercó a la cama donde descansaba y contempló los irreconocibles rasgos de su viejo amigo. Las penalidades lo habían alterado, por dentro y por fuera. Pero se recuperaría. Él se encargaría de que así fuera.

Y con esa esperanza y ese firme propósito, sintió un frágil y repentino sentimiento de absolución. Bennett no había muerto. Un pecado menos que llevar en la conciencia.

Bennett lo miró adormilado. Sus otrora chispeantes ojos oscuros se veían deslustrados, sin vida.

—Te quedarás con nosotros hasta que te encuentres mejor —le dijo—. No intentarás marcharte, ¿verdad?

—No tengo otro sitio adonde ir —murmuró Bennett antes de quedarse dormido.

Christopher salió del dormitorio, cerró la puerta y enfiló el pasillo para dirigirse al otro extremo de la casa.

Vio que *Medusa,* el erizo, vagaba tranquilamente por el pasillo. Se detuvo en cuanto ella se acercó. La miró con una sonrisa en los labios mientras se agachaba para cogerla tal como Beatrix le había enseñado, ahuecando las manos para levantarla desde abajo. Las púas del animal se aplastaron en cuanto la levantó para mirarla. Relajada y curiosa, *Medusa* lo observó con su perpetua sonrisa de erizo.

—*Medusa* —dijo en voz baja—, te recomiendo que no te escapes de tu corralito por la noche. Si te ve una de las criadas, ¿qué? A lo mejor te lleva a la cocina y te usa para restregar una sartén. —La llevó al gabinete privado de la planta alta y la dejó en su corralito.

Mientras caminaba hacia el dormitorio de Beatrix, llegó a la conclusión de que su esposa consideraba que Bennett era otra criatura herida. No había puesto la menor objeción a la hora de abrirle las puertas de su hogar. Era lo menos que podía esperarse de ella.

Entró en el dormitorio en silencio y la vio sentada en la banqueta del tocador, limándole las uñas a *Suerte*. La gata la miraba con expresión aburrida mientras agitaba perezosamente el rabo.

—... tienes que mantenerte alejada de los cojines del canapé —le estaba diciendo— o la señora Clocker nos cortará la cabeza.

La mirada de Christopher recorrió su esbelta y elegante figura, la silueta de su cuerpo revelada por el brillo de la lámpara que tenía detrás, ya que se le transparentaba el camisón de muselina.

Al percatarse de su presencia, Beatrix se puso lentamente en pie y se acercó con la elegancia innata y natural que la caracterizaba.

—¿Te duele la cabeza? —le preguntó, preocupada, mientras levantaba una mano para rozarle el pequeño apósito que llevaba en la sien.

Con todo el jaleo que había supuesto la llegada de Bennett a la casa, no habían tenido oportunidad alguna para hablar en privado.

Christopher se inclinó para besarla suavemente en los labios.

—No. Tengo la cabeza tan dura que las balas rebotan.

La mano de Beatrix se demoró en su cara.

—¿Cómo ha ido el encuentro con el coronel Fenwick? ¿También ha intentado matarte de un tiro?

Christopher negó con la cabeza.

—Eso sólo lo hacen mis amigos.

Beatrix sonrió, pero no tardó en ponerse seria.

—El teniente Bennett no está loco. Lo sabes, ¿verdad? Se recuperará con el tiempo y con mucho descanso.

—Eso espero.

Sus ojos azules lo miraron de forma penetrante.

—Te culpas por lo que le sucedió, ¿verdad?

Asintió con la cabeza.

—Tomé la mejor decisión que pude tomar en aquel momento. Pero el hecho de saberlo no me ayuda a asimilar las consecuencias de dicha decisión.

Beatrix guardó silencio un instante, mientras, al parecer, consideraba una idea. Se alejó hacia el tocador.

—Tengo algo para ti. —Rebuscó en el cajoncito y sacó un trozo de papel doblado—. Es una carta.

—¿Tuya? —le preguntó, mirándola con ternura y curiosidad.

Ella negó con la cabeza.

—De John. —Se acercó de nuevo a él para entregársela—. La escribió antes de morir. Audrey se mostraba renuente a dártela. Pero creo que ya es hora de que la leas.

Christopher no hizo ademán alguno de cogerla. Se limitó a extender un brazo para agarrar a Beatrix y tirar de ella a fin de abrazarla. Cogió uno de sus lustrosos mechones oscuros y se frotó la mejilla con él.

—Léemela.

Caminaron juntos hacia la cama y se sentaron en el borde. Christopher clavó la mirada en su perfil mientras ella desdoblaba la carta y empezaba a leer:

—«Querido Christopher. Parece que tengo menos tiempo del que esperaba. Me confieso sorprendido por lo corta que ha sido esta vida. Después de analizarla en retrospectiva, veo que he malgastado mucho tiempo ocupándome de cosas que no importan y que he descuidado las que verdaderamente son importantes. Pero también he comprendido que he sido bendecido más que otros hombres en muchos aspectos. No hace falta que te diga que cuides de Audrey y de madre. Sé que lo harás en la medida de tus posibilidades.

»Si estás leyendo esto, es porque has vuelto de la guerra y te enfrentas a una serie de responsabilidades para las que no te han preparado. Permíteme un consejo. Te conozco bien desde que éramos pequeños. Conozco tu carácter inquieto, lo difícil que te resulta conformarte con las cosas. Colocas a tus seres queridos en un pedestal y, de resultas, es inevitable que te desilusionen. Y haces lo mismo con tu persona. Querido hermano, eres tu peor enemigo. Si aprendieras a no esperar la perfección suprema, ni de los demás ni de ti mismo, encontrarías la felicidad que siempre te ha eludido. Perdóname por no poder sobrevivir. Y perdónate a ti mismo por haberlo hecho. Ésta es la vida que estaba escrita que vivieras. No malgastes ni un solo día. John.»

Christopher guardó silencio durante un buen rato, sintiendo una opresión en el pecho. La carta era tan típica de su hermano... con ese tono, tan cariñoso y un tanto crítico.

—Lo echo muchísimo de menos —musitó—. Me conocía bien.

—Te conocía como eras antes —precisó Beatrix—. Pero creo que has cambiado. Ya no esperas la perfección. De ser así, resultaría inconcebible que te sientas atraído por mí.

Christopher tomó su cara entre las manos con delicadeza.

—Beatrix Heloise, eres mi idea de perfección.

Ella se inclinó un poco, hasta que sus narices se rozaron.

—¿Te has perdonado? —le preguntó en voz baja—. ¿Por sobrevivir?

—Lo estoy intentando.

La cercanía de su cuerpo, prácticamente desnudo, fue una tentación irresistible. Le colocó una mano en la nuca y la besó en el cuello, provocándole un estremecimiento. La desvistió despacio, tratando de contener la urgencia a fin de no acabar perdiendo el control. Se esforzó por que cada caricia fuera delicada, suave, con el cuerpo dolorido por el incontenible deseo de poseerla. Sus manos la recorrieron por entero, explorando la faceta física de lo que las palabras habían expresado. Le hizo el amor, lo irradió, dejó que la emoción fluyera entre ellos. Las sensaciones se transformaron en movimiento. Y el movimiento, en placer.

Exploró con la lengua el interior de su boca al mismo tiempo que la penetraba, aferrado con ambas manos a la oscura y sedosa cascada de su pelo. Beatrix intentó moverse, pero él se lo impidió, aumentando el placer que le proporcionaba hasta que su respiración se transformó en una sucesión de gemidos y la asaltaron los estremecimientos. Hasta que hundió los pies en el colchón y le clavó los dedos en la espalda. Excitado por el dolor que le provocaban sus uñas, se sumergió en la mirada aturdida de sus ojos. Los ritmos de su cuerpo se fusionaron en un rubor tan delicado como el color de una acuarela que la cubrió por completo. Sin embargo, pese al acuciante deseo que lo embargaba, no quería acabar tan pronto. Con un esfuerzo agónico, se obligó a seguir en su interior sin moverse.

Beatrix gritó y alzó las caderas.

—Christopher, por favor...

—Calla... —La obligó a bajar las caderas usando el peso de su cuerpo y la besó en el cuello, descendiendo hasta sus pechos. Se llevó un pezón a la boca para acariciarlo con la lengua y los dientes, dejando a su paso un rastro de ardiente humedad. Escuchó los gemidos que brotaban de su garganta mientras lo apresaba en su interior con un ritmo involuntario. Comenzó a seguir la delicada cadencia, hundiéndose en ella, dejándose aprisionar cada vez que se retiraba—. Mírame —susurró, y Beatrix abrió los ojos para revelarle las profundidades de su alma.

La aferró por la nuca, se apoderó de sus labios y se hundió hasta el fondo en ella. Beatrix lo acogió rodeándolo con brazos y piernas, abrazándolo con todo el cuerpo. Y el ritmo se tornó más salvaje, más impetuoso. La demostración física del amor tomó un cariz desatado y desmedido mientras se adaptaba al frenético ritmo de sus caderas. Beatrix arqueó la espalda, y su cuerpo entero se estremeció mientras lo aprisionaba en su interior con cada espasmo, llevándolo a un violento clímax.

El amor los dejó desorientados por unos instantes. Consciente de haberse abierto por completo a ella, de haber bajado la guardia, dejó que una de sus manos recorriera perezosamente su cuerpo, no con deseo sexual, sino con adoración. Beatrix se desperezó, le colocó una pierna sobre los muslos y un brazo en el pecho. Al cabo de unos instantes, se colocó sobre él y se frotó la nariz y los labios con el vello de su torso. Decidió disfrutar de la tibieza de su cuerpo sin moverse, permitiéndole explorarlo a placer.

Ambos abandonaron la cama un tanto mareados. Christopher decidió que quería bañarla, secarla y cepillarle el pelo. Mientras él se bañaba, Beatrix esperó sentada junto a la bañera, con su bata en las manos. De vez en cuando se inclinaba para robarle un beso. Se inventaron apelativos amorosos, pequeñas muestras de la intimidad conyugal que eran absurdas y a la vez muy relevantes. Las coleccionaban de la misma forma que coleccionaban palabras y recuerdos que contuvieran un significado especial para ambos.

Beatrix apagó todas las lámparas salvo la de la mesita de noche.

—Hora de dormir —murmuró.

Christopher se detuvo en el vano de la puerta, observando a su mujer mientras se arropaba después de haberse trenzado el pelo. Ella le dirigió la mirada que a esas alturas tan familiar le parecía. Una mirada alentadora y paciente. La mirada de Beatrix.

Pasar una vida entera al lado de una mujer así no sería suficiente.

Inspiró hondo y tomó una decisión.

—Quiero el lado izquierdo —dijo, y se volvió para apagar la última lámpara.

Se metió en la cama con su mujer y la abrazó.

Ambos durmieron hasta el amanecer.

Epílogo

26 de junio de 1857
Hyde Park, Londres

Christopher aguardaba junto con la Brigada de Fusileros en una amplia explanada reservada en Hyde Park para los nueve mil hombres de todos los regimientos. Una explanada que ocupaba ochocientos metros de ancho y más de un kilómetro de largo. Había infantes de Marina, dragones, fusileros, húsares, oficiales de la caballería, highlanders y muchos más, todos resplandecientes a la luz del sol. Era una mañana calurosa y no corría nada de aire, de modo que era muy posible que los cientos de miles de personas congregadas para asistir a la ceremonia de entrega de medallas al honor se asaran.

Los soldados, pertrechados con sus uniformes de gala, las estaban pasando canutas, algunos por el calor y otros... por la envidia.

—Nuestros puñeteros uniformes son los más feos del imperio —murmuró uno de los fusileros mientras observaba el de los cercanos húsares, mucho más espléndido—. Aborrezco este verde oscuro tan triste.

—Menudo blanco más bueno si te arrastraras por el frente vestido de rojo brillante y dorado —replicó un compañero con desdén—. Acabarías con el culo acribillado.

—Me da igual. A las mujeres les encantan los casacas rojas.

—¿Y prefieres la atención de una mujer a que no te acribillen el culo?

—¿Tú no?

El silencio de su compañero fue de lo más elocuente.

Christopher esbozó el asomo de una sonrisa. Echó un vistazo hacia el anexo que se había dispuesto cerca de Grosvenor Gate, donde se sentarían más de siete mil personas. Beatrix y el resto de los Hathaway estarían ocupando sus respectivos asientos, al igual que su abuelo, Audrey y algunos de sus primos. Después de que esa fastuosa e innecesaria ceremonia llegara a su fin, el grupo al completo se trasladaría al Hotel Rutledge, donde cenarían en familia y festejarían con alegría. Harry Rutledge había insinuado algo sobre una sorpresa especial. Conociéndolo, podría ser desde un trío de sopranos hasta un conjunto de monos de circo. Sólo había dos cosas seguras: los Hathaway estaban en Londres, y la fiesta sería ruidosa y sonada.

A la cena también asistiría otro invitado: Mark Bennett, que se había licenciado y estaba preparándose para asumir las riendas del negocio naviero de su familia. Había necesitado meses para recuperarse del trauma vivido durante la guerra, y todavía necesitaría muchos más para recobrarse por completo.

Sin embargo, la larga estancia en Phelan House lo había beneficiado muchísimo. Poco a poco, mediante un doloroso proceso, había logrado reunir los fragmentos separados de su mente. Y gracias al apoyo y a la comprensión de sus amigos, casi había vuelto a ser quien era.

Cada vez se parecía más al sinvergüenza encantador y chistoso que fuera en el pasado. Los largos paseos a caballo por el campo le habían devuelto el color saludable y la vitalidad, y había recuperado la musculatura perdida. Después de regresar a la propiedad de su familia en Gloucestershire, Bennett les había hecho algunas visitas a Riverton. Durante una de esas visitas coincidió con Audrey, que estaba pasando un par de semanas con ellos.

La reacción de Audrey al ver al antiguo militar, un hombre alto y de pelo moreno, fue bastante curiosa. Christopher todavía no comprendía cómo era posible que su cuñada, tan serena en circunstancias normales, se mostrara tan tímida y torpe en presencia de su amigo.

—Porque él es un tigre —le había explicado Beatrix en privado—. Y ella es un cisne. Los tigres siempre ponen nerviosos a los cisnes. Audrey reconoce su gran atractivo, pero no cree que sea la clase de caballero cuya compañía deba frecuentar.

Bennett, por su parte, parecía prendadito de Audrey. Pero cada vez que se acercaba con cautela, ella retrocedía.

Y después, con una sorprendente rapidez, los dos se hicieron amigos inseparables. Montaban juntos a caballo, salían a pasear y mantenían una activa correspondencia cuando estaban separados. Si coincidían en Londres, siempre se los veía juntos.

Atónito por el cambio en su relación, Christopher le preguntó a Bennett cuál era el motivo de dicho cambio.

—Le dije que una herida de guerra me había dejado impotente —respondió su amigo—. Eso la dejó mucho más tranquila.

Totalmente pasmado, Christopher logró preguntarle:

—¿Es cierto?

—¡Válgame Dios, no! —exclamó Bennett, indignado—. Sólo lo dije porque se ponía muy nerviosa cuando me veía. Y funcionó.

Christopher lo miró con sorna.

—¿Vas a decirle la verdad algún día?

Su amigo esbozó una sonrisa picarona.

—Tal vez dentro de poco le permita curarme —contestó.

Sin embargo, al ver la expresión de Christopher se apresuró a añadir que sus intenciones eran honorables.

Hacían una buena pareja. Y estaba convencido de que John habría aprobado un matrimonio entre ellos.

En ese momento sonó la ensordecedora salva de honor reservada a la reina, seguida del himno nacional mientras se pasaba revista a las tropas, cuyos miembros bajaron los estandartes y presentaron armas bajo la atenta mirada de Su Majestad.

Una vez finalizada la inspección, la reina, sus acompañantes y un pequeño destacamento de la caballería se dirigieron al estrado situado entre los miembros del Gobierno.

Se produjo un pequeño alboroto porque la reina no desmontó al llegar al estrado tal como estaba planeado, sino que siguió a lomos de su montura. Tal parecía que pretendía entregar las medallas desde la silla, con el príncipe consorte a su izquierda.

Los condecorados, sesenta y dos en total, fueron llamados al estrado. Como muchos otros hombres, Christopher no iba de uniforme, sino que vestía un atuendo civil, ya que se había licenciado al término de la guerra.

A diferencia de los demás, llevaba una correa en la mano. Unida a un perro. Por motivos que no le habían sido comunicados, le habían ordenado que llevara a *Albert* a la ceremonia. Los demás fusileros lo animaron mientras caminaba obediente a su lado.

—¡Muy bien, muchacho!

—¡Pon buena cara, chico!

—¡No vayas a meter la pata cuando llegues junto a la reina!

—Y esto también va por ti, *Albert* —añadió alguien, haciendo que todos rieran entre dientes.

Con una última mirada muy seria a sus amigos, Christopher siguió caminando con *Albert* en dirección al lugar donde aguardaba la reina.

Su Majestad era más baja y corpulenta de lo que esperaba. Tenía la nariz aguileña, una barbilla inapreciable y ojos penetrantes. Llevaba una chaqueta roja, la banda de general al hombro y el tocado de un general, formado por plumas blancas y rojas, en el sombrero. Alrededor de uno de sus rechonchos brazos lucía un brazalete negro en señal de duelo, siguiendo la costumbre militar. A lomos de su caballo, quedaba a la misma altura que los condecorados cuando éstos subían al estrado.

A Christopher le gustó esa forma tan práctica de conducir la ceremonia. Los hombres fueron desfilando a su lado, deteniéndose para ser presentados y para que la reina les colocara las cruces de bronce con su cinta roja en el pecho. Acto seguido, eran despachados con gran eficiencia. A ese ritmo, la entrega de condecoraciones apenas duraría un cuarto de hora.

Tan pronto como Christopher y *Albert* subieron al estrado, los espectadores los vitorearon, una reacción que lo desconcertó, sobre todo cuando los vítores se prolongaron y subieron de volumen hasta que el griterío fue ensordecedor. No era justo que lo aclamaran más que a los demás. Ellos se merecían el mismo reconocimiento por su valor y gallardía. Sin embargo, los vítores se habían propagado hasta las filas militares, lo que lo avergonzó todavía más. *Albert* lo miró, inquieto, y se acercó un poco más a él.

—Tranquilo, muchacho —murmuró.

La reina los miró con curiosidad cuando se detuvieron frente a ella.

—Capitán Phelan —dijo—, el entusiasmo de nuestros súbditos lo honra.

—Es un honor que merecen todos los soldados que han luchado al servicio de Vuestra Majestad... y también lo merecen las familias que han aguardado su regreso —replicó con tacto.

—Bien dicho, capitán, es un hombre modesto —lo halagó

la reina, cuyas patas de gallo se habían acentuado mientras hablaba—. Acérquese.

Mientras él obedecía, la reina se inclinó para colocarle la condecoración en el pecho.

Christopher estaba a punto de retroceder cuando la reina lo detuvo con un gesto.

—Aguarde —le dijo, mirando a *Albert,* que se había sentado y la miraba a su vez con curiosidad—. ¿Cómo se llama su compañero?

—*Albert,* Majestad.

Se percató de que la reina estaba esforzándose para no sonreír mientras miraba de reojo hacia su izquierda.

—Nos han informado de que sirvió a su lado en Inkerman y en Sebastopol.

—Sí, Majestad. Llevó a cabo un sinfín de labores peligrosas para garantizar la seguridad de los hombres. Esta Cruz le pertenece en parte. Ayudó a rescatar a un oficial herido bajo fuego enemigo.

El general encargado de entregarle las medallas a la reina se acercó para darle un extraño objeto. Que parecía... ¿un collar de perro?

—*Albert,* acércate —le ordenó la reina.

El perro obedeció sin dilación y se sentó al borde del estrado. La reina se inclinó y le colocó el collar en el cuello con una facilidad que puso de manifiesto su experiencia en el tema. Christopher recordó haber escuchado que poseía varios perros y que tenía debilidad por los collies.

—Este collar lleva grabadas las insignias del regimiento y las condecoraciones que te has ganado por tu valor en el campo de batalla —le dijo a *Albert,* como si pudiera entenderla—. Se le ha añadido una hebilla de plata como recompensa por el heroísmo y la entrega que has demostrado durante el servicio.

Albert esperó con paciencia mientras le abrochaba el collar, y después le lamió la muñeca.

—Qué impertinencia —susurró la reina, increpándolo, mientras le daba unas palmaditas en la cabeza. Antes de que se alejaran, le sonrió de forma discreta a Christopher.

—*Albert*, amigo de la realeza —comentó Beatrix una vez que estuvieron en el Hotel Rutledge, riéndose a carcajadas en el suelo de la suite que ocupaban. Estaba examinando el collar—. Espero que no se te suba a la cabeza y que no empieces a darte aires.

—Mientras esté cerca de tu familia, se comportará —le aseguró Christopher, que se quitó la chaqueta y el chaleco, tras lo cual hizo lo propio con la corbata. Después se sentó en el canapé, agradecido por el frescor reinante en la habitación.

Albert se dirigió a su bebedero y comenzó a beber agua de forma muy ruidosa.

Beatrix se acercó al canapé, se tumbó sobre Christopher y cruzó los brazos sobre su pecho.

—Hoy me he sentido muy orgullosa de ti —le dijo con una sonrisa—. Y tal vez un poquito engreída al ver que todas esas mujeres suspiraban y se desmayaban al verte, porque después te vendrías a casa conmigo.

Christopher enarcó una ceja y le preguntó:

—¿Sólo un poquito?

—¡Caray, lo admito! Terriblemente engreída. —Empezó a juguetear con su pelo—. Ahora que por fin se ha acabado este asunto de la condecoración, quiero comentarte una cosa.

Christopher cerró los ojos para disfrutar del masaje de sus dedos en el cuero cabelludo.

—¿El qué?

—¿Qué te parece si aumentamos la familia con un nuevo miembro?

Una pregunta en absoluto descabellada. Desde que se instalaron en Riverton, Beatrix había aumentado el tamaño de su zoológico y estaba siempre ocupada con obras de caridad relacionadas con los animales. También había redactado un informe para la sociedad de historia natural, creada en Londres hacía poco tiempo. A los vetustos ornitólogos, entomólogos y demás naturalistas no les había importado, sabría Dios por qué, incluir a una guapa jovencita entre sus filas. Entre otras cosas, porque quedó claro que Beatrix era capaz de disertar durante horas sobre rutas migratorias, ciclos vegetales y otros temas relacionados con el hábitat y el comportamiento animal. Incluso barajaron la posibilidad de que se uniera al comité directivo del que sería un nuevo museo natural, a fin de contar con una perspectiva femenina que los guiara en ciertos aspectos del proyecto.

Christopher sonrió lentamente sin abrir los ojos.

—¿Pelo, plumas o escamas? —le preguntó a modo de respuesta.

—Ninguna de las tres categorías.

—¡Válgame Dios! Algo exótico. De acuerdo, ¿de dónde procede esta criatura? ¿Tendremos que ir a Australia en su busca? ¿A Islandia, a Brasil?

Se percató de que Beatrix se estaba riendo al notar sus estremecimientos.

—En realidad, ya está aquí. Pero tardarás en verla... unos ocho meses.

Christopher abrió los ojos de par en par. Beatrix le estaba sonriendo, con expresión tímida, ansiosa y tal vez un tanto ufana.

—Beatrix... —Se giró llevándola consigo hasta dejarla bajo su cuerpo y le acarició una mejilla—, ¿estás segura?

Ella asintió con la cabeza.

Abrumado, se apoderó de sus labios y la besó con un ansia feroz.

—¡Amor mío, tesoro!

—¿De verdad estás contento? —logró preguntarle ella entre besos, si bien conocía la respuesta.

Christopher la miró con los ojos empañados por la

alegría. Las lágrimas le hicieron verlo todo borroso y radiante.

—Más de lo que me había atrevido a soñar. No me lo merezco.

Beatrix lo estrechó con fuerza.

—Yo te enseñaré lo que te mereces... —replicó mientras
lo instaba a inclinar la cabeza para besarlo.